KB251990

여자의 일생

여자의 일생

모파상 지음 | 정성원 옮김

여자의 일생

초판 인쇄 / 2003년 4월 10일
초판 발행 / 2003년 4월 15일

지은이 / 모파상
옮긴이 / 정성원
펴낸이 / 성무림
펴낸곳 / 도서출판 매일

등록 / 2001. 8. 16   제6-0567호
주소 / 서울 동대문구 신설동 98-23
전화 / (02)923-3972
팩스 / (02)922-8034

ISBN 89-90134-12-9   03840

1

잔느는 짐을 꾸린 후, 창가로 갔다. 유리창과 지붕을 때리며 밤새도록 퍼부은 후에도 비는 계속해서 내렸다. 내려앉은 하늘은 머금고 있는 물을 모두 쏟아내서 대지를 온통 죽으로 만들어버리는 것이 아닌가 싶었다. 갑자기 부는 열풍이 간헐적으로 스쳐 지나갔다. 냇물이 흘러넘치는 소리가 인적 없는 거리에 퍼졌고, 거리의 건물들은 해면처럼 온통 젖어들고 말았다.

어제 수녀학교 기숙사를 나온 후여서 그런지 잔느는 이제 마음 쓸 것 없이 홀가분해졌고, 그토록 오랫동안 꿈꾸던 일상의 행복도 가까이에서 얻을 수 있게 되었다. 그렇지만 날씨가 개지 않아 아버지가 출발을 미루지나 않을까 조바심이 나지 않을 수 없었다. 그래서 잔느는 아침부터 틈만 나면 하늘을 쳐다보았다.

그러다가 여행용 가방에 달력을 챙겨 넣는 것을 깜박 잊었다. 생각난 김에 그녀는 조그만 판지로 만들어진 달력을 벽에서 떼어냈다. 그 달력은 달마다 칸이 그려 있고, 가운데는 그 해를 가리키는 1819년이란 숫자가 금박으로 박혀 있었다. 그녀는 성자들의 이름을 하나씩 연필로 줄을 긋고 처음 네 칸을 지워 버렸다. 5월 2일이 그녀가 수녀원을 나온 날이었다.

그때 문 밖에서 부르는 소리가 들렸다.

"자네트!"

잔느는 대답했다.

"들어오세요, 아버지."

아버지가 들어섰다.

몽 자크 르 페르티 데 보 남작은 귀족 출신으로, 선량하면서도 별난 성품의 사람이었다. 장 자크 루소의 절대적 숭배자로 자연이나 전원, 숲, 동물 등에 깊은 애정을 갖고 있었다. 귀족 출신인 만큼 1789년(프랑스 시민혁명이 일어난 해)을 본능적으로 싫어했다. 그러나 철학적인 소양이 많았으며, 민주적인 교육을 받았기 때문에 전제 정치를 경멸하고 있었다. 그의 강점인 동시에 약점은 선량하다는 점이었다. 남을 사랑하고, 베풀고, 도와주고, 감싸는 데에 두 팔이 모자랄 정도였다. 천성적인 선량함, 주의심이 부족하고 모질지 못하며, 의지가 약한, 어딘가 조금 부족한 것, 그것은 말하자면 큰 약점이었다.

남작은 딸의 교육에 철저한 계획을 세워놓고 있었다. 그녀를 행복하고, 착하고, 바르고, 품위 있는 여성으로 만들고 싶었기 때문이다.

그녀는 열두 살까지 집에서 살다가, 어머니의 서러움에도 불구하고, 수녀원의 기숙사로 들어갔다.

아버지는 딸을 그 곳에서 엄하게 교육시켰다. 남의 눈에 띄지 않게 해서 세상의 때를 묻히지 않고 키우기 위해서였다. 그래서 열일곱 살이 되면 순진한 그 자체로 데려 오려는 속셈이었고, 그 다음에는 자신이 때 묻지 않은 서정의 세계에서 키울 생각이었다. 기름진 들판을 걸으며 이루어지는 순박한 사랑, 동물들의 단순한 사랑, 소중한 생명들의 이치를 깨닫게 하면서 딸의 영혼을 깨우쳐 주려고 했던 것이다.

이제 그녀는 수녀원을 나왔다. 어서 빨리 벗어나고 싶은 희망만으로 살던, 무료하고 지루한 외로움으로부터 그녀가 지금껏 수없이 마음속에 그리던 환희와 우연이 그녀의 것이 되려는 순간이었다.

그녀의 모습은 베로네세(이탈리아의 화가)가 그린 초상화를 그대로 빼 닮고 있었다. 윤기 나는 블론드의 머릿결이 살 속으로 녹아 들 것만 같았고, 연분홍빛 살결은 귀족에서만 볼 수 있는 것으로, 햇빛이 비칠 때 볼 수 있는 고운 솜털로 덮여 있었다. 눈은 푸른색이었다. 네덜란드에서 만든 도자기 인형의 눈 같은 푸른빛이었다.

왼쪽 콧방울 옆에 조그만 점이 하나 있었고, 오른쪽으로 턱 위에도 하나 있었는데, 피부색과 다름없는 털이 두개 그 점 주위에 자라나 있었다. 큰 키에 가슴은 풍만하고 허리의 선이 물결치고 있었다. 또렷한 목소리가 때로는 너무 날카롭게 울렸다. 그러나 명랑한 웃음소리는 주위를 즐겁게 했으며, 습관적으로 머리라도 손질하듯 두 손을 관자놀이에 갖다대곤 했다.

그녀는 아버지에게로 뛰어가서 껴안고 입을 맞추면서 말했다.

"출발하는 거죠?"

아버지는 비소를 시었다. 벌써 하얗게 센 길게 기른 머리를 가로 저으면서 창문 쪽으로 손을 들었다.

"이런 날씨에 어떻게 여행을 하겠니?"

그러나 그녀는 어리광을 부리며 졸랐다.

"그렇지만, 아버지. 출발해요. 오후엔 틀림없이 날씨가
갤 거예요."

"그래도 네 어머니가 허락하지 않을 걸."

"그 건 제게 맡기세요."

"네가 어머니 허락을 받는다면 아무래도 좋아."

그녀는 남작 부인의 방으로 뛰어갔다. 얼마나 손꼽아 기
다리던 날인가.

수녀원으로 들어간 뒤 그녀는 루앙을 떠나보지 못했다.
아버지는 딸의 나이가 당신이 정한 나이가 될 때까지 어떠
한 여행도 허락하지 않았기 때문이다. 단지 두 번, 파리에
데려간 적은 있었다. 그러나 그곳 역시 도시였다. 그녀가
원하는 곳은 전원(田園)이었다.

이번에는 한 여름을 그녀는 꼭 레 페플에 소유하고 있는
영지에서 보내려 하고 있었다. 그곳에는 조상 대대로 내려
온 고풍스런 저택이 이포르 부근의 절벽 위에 세워져 있었
다. 그녀는 그 바닷가에서 많은 즐거움이 있으리라고 기대
하고 있었다. 게다가 그 저택은 그녀의 소유로 되어 있어서
장차 결혼을 하면 그곳에서 살게 되어 있었다.

그래서 어제 밤부터 끝없이 내리는 비는 그녀가 난생 처
음 겪는 커다란 고민거리였다. 허지만 그녀는 3분이 채 못
되어 어머니 방에서 뛰어나오더니 집안이 떠나갈 듯한 소
리로 외쳤다.

"아버지! 어머니가 좋대요. 빨리 마차를 준비하라고 하세요."

비는 아직도 거세게 내리고 있었고 그 기세가 수그러질 것 같지는 않았다. 수그러지기는커녕 사륜마차가 현관 앞에 도착했을 때에는 더 세게 내리는 것 같았다.

잔느가 마차에 타려하는데 남작 부인이 계단을 내려왔다. 한쪽은 남편이 부축하고, 다른 한쪽은 젊은 남자처럼 몸이 좋고 건장한, 키가 큰 하녀의 부축을 받고 있었다. 그녀는 코 지방 출신의 순박한 노르망디 처녀로 실제 나이는 열여덟 살쯤이었으나 보기에는 스물쯤 돼 보였다.

이 집안에서는 딸과 다름없는 대우를 받고 있는 처녀였다. 그 이유는 그녀가 잔느와 같은 젖을 먹으며 자랐기 때문이었다. 이름은 로잘리였고, 이 처녀가 주로 맡은 일은 남작 부인을 부축하는 일이었다. 부인은 몇 해 전부터 심장 비대증으로 몹시 뚱뚱해져서 고민해오고 있었다.

남작 부인은 숨을 몰아쉬며 낡은 저택의 현관 앞 돌계단에 다다르자 빗물이 개울처럼 흐르고 있는 뜰을 보더니 중얼거렸다.

"정말 대단하네."

남편은 변함없이 미소를 지으며 말했다.

"하지만 출발하자고 한 것은 당신이에요. 아델라이드 부인."

그녀의 이름이 아델라이드였기 때문에 남편은 조금 장난하는 마음과 존경하는 말투로 언제나 '부인'이라는 칭호를 붙여 부르곤 했나.

그녀가 가까스로 마차에 올라타자, 그 순간 마차의 용수철이 모조리 휘어는 것 같았다.

남작이 옆에 앉고, 잔느와 로잘리는 말을 등진 좌석에 자리 잡고 앉았다.

주방에서 일하는 루디빈느가 한 짐이나 되는 외투를 가지고 오자, 모두 그것을 무릎 위에 놓았다. 다음에는 광주리 두 개가 좌석 밑에 넣어졌다. 그리고 나서 루디빈느는 마부가 앉는 곳으로 올라가서 시몽 영감 곁에 앉더니 큰 담요를 머리부터 뒤집어썼다. 문지기 부부가 배웅을 하자, 마차는 출발했다.

마부 시몽 영감은 빗속에서 고개를 숙인 채 등을 구부리며 외투 속에 파묻혀 있었다. 돌풍이 소리를 내며 마차의 창을 때렸고, 길에는 물이 넘쳤다. 두 필의 말이 끄는 마차는 전속력으로 큰 배들이 늘어선 강변 거리를 달려갔다. 배의 돛대와 활대, 밧줄이 잎이 떨어진 나무처럼 비 내리는 하늘 아래 쓸쓸히 서 있었다. 마차는 몽리브데의 거리로 들어섰다.

곧이어 몇 개의 목장을 지나쳐 갔다. 가끔 젖은 버드나무가 죽은 것처럼 가지를 힘없이 늘어뜨리고 비안개 속에서 희미하게 모습을 드러냈다. 말발굽이 흙탕물을 튕겨서 네 개의 마차바퀴는 진흙투성이가 되었다.

모두 침묵을 지키고 있었다. 정신까지 땅과 마찬가지로 젖어있는 것 같았다. 부인은 몸을 뒤로 젖히고 머리를 기대더니 눈을 감았다. 남작은 잔뜩 젖은 들판의 단조로운 풍경을 물끄러미 보고 있었다. 로잘리는 무릎 위에 짐을 얹어

놓고 서민들이 갖는 아련한 공상에 잠겨 있었다. 그러나 잔느만이 마치 갇혀 있다가 바람을 쐬듯이 축축한 빗속에서 생동하는 느낌이 들었다. 풍성한 나뭇잎처럼 싱싱하게 되살아나는 자신을 느끼며 모든 것이 환희에 찬 듯 즐거웠다. 비록 말은 하지 않았으나, 소리 내서 노래라도 부르고 싶었다. 밖으로 손을 내밀어 손바닥에 빗물을 받아 마시고 싶었다. 또 황량한 바깥 풍경을 바라보면서 홍수의 한가운데서도 자신은 문제없다는 생각이 그녀로서는 더할 수 없이 즐거웠다.

세찬 빗줄기 속을 달리는 말들의 번질번질하게 젖은 엉덩이에서 허연 김이 피어올랐다.

남작 부인은 꾸벅거리며 졸고 있었다. 내려뜨린 여섯 가닥의 나선형 고수머리로 둘러싸인 얼굴은, 세 겹으로 잡힌 목둘레의 물결 모양의 주름살이 힘없이 받친 채 조금씩 기울어지고 있는데, 그 마지막 물결도 넓은 가슴의 바다 속으로 사라지고 있었다. 숨을 들이킬 때마다 쳐드는 그녀의 머리는, 쳐들었는가 싶으면 다시 아래로 수그러졌다. 볼은 불룩하고 반쯤 벌린 입에서는 요란하게 코고는 소리가 새어나온다. 남편은 그녀에게 몸을 돌리더니 그녀의 불룩한 아랫배 위 깍지 낀 손 안에 조그만 가죽지갑을 살짝 놓았다.

손에 지갑이 닿자 그녀가 눈을 떴다. 그리고 선잠이 깬 듯 몽롱한 시선으로 물끄러미 내려다보았다. 그러자 지갑이 떨어지고 장식이 열렸다. 금화와 지폐가 마차 안에 흩어졌다. 그녀는 완전히 잠에서 깨고 말았다. 딸은 그것을 보더니 웃음을 티뜨렸다.

남작이 돈을 주워 모아 그녀의 무릎 위에 올려놓더니 말했다.

"자, 이게 엘르토 농원을 판 돈이오. 그 농원을 판 이유도 레 페플 저택을 수리하기 위해서야. 앞으로 우리가 자주 그곳에 가서 살 테니까 말이오."

그녀는 6천4백 프랑을 세자 살며시 호주머니 속에 넣었다.

그것은 그들의 부모가 남겨준 서른하나의 전원 중에서 아홉번째로 판 농원이었다. 그래도 아직 땅에서 한 해 2만 프랑의 수입이 얻어지고 있었다. 잘 관리하기만 하면 년 간 3만 프랑의 수입을 얻기는 어렵지 않은 일이었다.

부부는 검소하게 살고 있었기 때문에, 집안에서 항상 벌어져 있는 밑 빠진 구멍, 선량(善良)이라는 구멍만 없었으면 이 정도 수입으로 충분했을 것이다. 선량하다는 것은 태양이 연못의 물을 말리듯 그들의 돈을 말리고 있었다. 돈은 흘러나갔고, 달아났고, 사라졌다. 이유가 뭔가? 그 이유는 아무도 몰랐다. 부부 중 한 사람이 이런 말을 하곤 했다.

"왜 이리 됐는지 모르겠는데, 오늘도 백 프랑이나 썼어. 그리 대단한 것을 산 것도 아닌데."

아무튼 부담 없이 베푼다는 것은 부부가 갖는 큰 행복 가운데 하나였다. 그리고 이 점에 대해서는 서로가 감동하고 또 훌륭한 방법이라고 이해하고 있었다.

잔느가 물었다.

"레 페플의 집이 아름다워졌을까요?"

남작은 즐거운 듯 대답했다.

"그야 가서 보면 알겠지."

사나운 빗줄기의 기세도 차츰 수그러들었다. 거센 빗줄기가 차츰 약해지더니 이윽고 이슬비로 변했다. 온통 구름으로 뒤덮였던 하늘이 밝아지는 것 같았다. 그러다가 갑자기 구름 사이에 구멍이 뚫리더니, 기다란 태양의 빛줄기가 비스듬히 농장 위를 비췄다.

구름이 살라지자, 하늘의 푸른 바탕이 나타나기 시작했다. 그 갈라진 틈새는 장막이 찢어지는 것처럼 범위가 커져 갔다. 이어서 눈부시게 깊고 푸른 하늘이 대지 위에 퍼져나갔다.

산들바람이 대지의 복된 숨결처럼 싱그럽고 달콤하게 스치고 지나갔다. 마차가 농원과 숲을 끼고 지나갈 때면 깃을 말리는 새들의 수다스런 지저귐이 들려오곤 했다.

저녁이 가까이 왔다. 마차 안은 잔느를 제외하고는 모두 잠들어 있었다. 두 번쯤 여인숙에서 마차를 세워 말의 쉬게 하고 귀리와 물을 주었다.

태양은 기운 지 오래였다. 종소리가 멀리서 들려왔다. 어느 조그만 마을에 들르자 마부는 등잔에 불을 켰다. 하늘에도 반짝이는 별로 밝혀졌다. 등불을 밝힌 집들이 여기저기에서 한 무리의 불빛이 되어 어둠 속에 드러났다. 갑자기 언덕 뒤쪽의 전나무 너머로 커다란 달이 미처 잠에서 깨어나지 못한 모습으로 솟아올랐다.

바깥 날씨가 따뜻해서 창을 내려도 괜찮았다. 잔느는 꿈과 환상에도 싫증이 나서 쉬고 있었다. 같은 자세로 긴 시간 앉아 있었기 때문에 몸이 저려서 가끔 눈이 떠져서 밖을 바라보았다. 불빛이 비치는 어둠 속에 농가의 나무들이 스쳐 지나가고 들에 누워 있던 황소들이 이곳저곳에서 고개를 쳐들고 있는 것이 보인다. 그녀는 자세를 바꾸려고 몸을 뒤척이다가, 꿈을 다시 이어보려고 애를 쓰고 있었다. 그러나 마차 바퀴 소리가 끊임없이 들려와서 생각만 맴돌 뿐, 다시 눈을 감아도 마음 또한 몸과 마찬가지로 지쳐 있었다.

그러는 사이에 마차가 섰다. 남자와 여자들이 손에 등불을 들고 마차 문 앞에 서 있었다. 마침내 도착한 것이다. 잔느는 깜짝 놀라서 눈을 뜨고는 다급하게 뛰어내렸다. 아버지와 로잘리는 한 소작인이 앞을 밝혀 안내하는 대로 남작 부인을 짐처럼 운반해 갔다. 지쳐버린 부인은 운반되면서도 고통을 호소하면서 기어드는 소리로 "오, 수고해요. 다들 수고해!" 라고 되풀이했다. 그녀는 음식을 마다하고 자리에 눕자마자 잠들어 버렸다. 잔느와 남작은 마주앉아 저녁식사를 했다.

아버지와 딸은 얼굴을 마주보고 웃으면서 식탁 너머로 손을 맞잡곤 했다. 그리고 두 사람 다 어린애 같이 들떠서 수리가 끝난 집을 보러 갔다.

집은 노르망디 특유의 농가라고도 할 수 있는, 처마가 높고 넓은 저택이었다. 희지만 이젠 회색으로 변해버린 석조 건물로 대가족이 살기에 족할 만큼 넓었다.

현관을 겸한 길고 넓은 복도가 집을 둘로 갈라서 한쪽 끝으로 통하는데 앞 뒤 양쪽 정면에 각각 커다란 문이 열려 있었다. 연못 위에 걸친 것처럼 좌우 두 개의 계단이 있고, 한가운데가 빈 채로 2층에서 두 개의 계단이 마주치게 돼서 마치 다리와 같았다.

　아래층 오른쪽은 커다란 거실이었는데, 새들이 떼 지어 노는 숲을 수놓은 벽지로 되어 있었다. 촘촘하게 수놓은 천으로 싼 가구는 모두가 라 퐁테느(프랑스 고전주의 시인)의 우화에 나오는 그림이었다. 잔느는 어릴 때 너무 좋아했던 의자를 보고는 가슴이 떨리는 기쁨을 느꼈다. 그 의자에 어렸을 때 좋아하던 여우와 두루미 이야기가 그려져 있었기 때문이다.

　거실 옆에 고서로 가득 찬 서재와 사용하지 않는 두 개의 방이 있었다. 왼편으로는 판재를 다시 붙인 식당, 식탁보 따위를 넣어두는 방, 취사실, 그리고 욕실이 있었다.

　2층은 하나의 복도가 전체를 세로로 나누고 있었는데, 열 개의 문이 복도를 따라 일렬로 늘어서 있었다. 그 오른편 가장 구석진 곳에 잔느의 방이 있었다. 두 사람은 그 곳으로 들어갔다. 남작은 최근에 다락방에 넣어 두었던 천으로 만든 벽걸이와 가구를 이용해서 이 방을 다시 꾸몄다.

　아주 오래된 네델란드 벽걸이에는 수많은 인물들이 괴상한 모습으로 그려져 방을 가득 채우고 있었다. 그녀는 방에서 침대를 발견하자 자신도 모르게 소리를 질렀다. 네 귀퉁이에 밀랍처럼 반질반질한 참나무로 새긴 새까만 네 마리의 큰 새들이 침대를 받치고 있는데 마치 침대의 파수꾼이었다. 침대 양면에는 꽃과 과일 장식이 새겨져 있었다. 둥근 홈을 멋있게 파낸 네 개의 기둥은 코린트식의 머리가 있었고, 장미꽃과 큐피트가 얽혀 떠받치고 있었다.

　침대를 만든 재목은 오랜 세월을 거쳐서 검게 반짝이고

있었으나, 그래도 매우 우아한 편이었다.

침대보와 덮개는 두 개의 하늘처럼 빛나고 있었다. 둘 다 짙푸른 비단으로 만들었는데, 금실로 수놓은 커다란 백합이 별처럼 빛나고 있었다.

잔느는 자신의 침대를 마음껏 살펴보고 나서 등불을 높이 쳐들고 벽걸이를 살펴보며 그림의 주제를 이해하려고 했다.

젊은 영주와 귀부인 두 사람이 초록과 빨강, 노랑의 아주 신비로운 옷을 입고, 하얀 열매가 열려 있는 푸른 나무 그늘에서 이야기를 하고 있는데 나무 열매와 같은 색의 토끼가 회색의 풀을 뜯어먹고 있었다.

인물 바로 위에 먼 풍경이 보이는데, 반짝이는 지붕의 둥근 집이 다섯 채 가량 있고, 그 위 하늘 한가운데에 새빨간 풍차가 보였다.

그리고 꽃이 달린 큰 나뭇가지 문양이 전체의 구도를 싸고 있었다.

다른 두 개의 벽걸이도 앞의 것과 아주 비슷했다.

하나는 네델란드식의 옷을 곱게 입은 네 사람의 조그만 노인이 집에서 나오려 하고 있었는데, 모두 심한 놀라움과 분노를 보이며 하늘로 팔을 뻗고 있었다.

마지막 벽걸이는 비극을 표현하고 있었다. 풀을 뜯고 있는 토끼 옆에 젊은 남자가 쓰러져 있고, 젊은 귀부인이 그것을 보며 자기 가슴에 단검을 꽂고 있었다. 그리고 나무의 열매는 검게 변해 있었다.

잔느는 그림의 의미를 알 수 없어 갸웃거릴 수밖에 없었다. 바로 그 순간, 한쪽 구석에 작은 동물 한 마리가 있는 것을 발견했다. 그림 속의 토끼가 살아 있는 것이었다면 풀처럼 손쉽게 먹힐 만한 동물이었다. 그러나 그것은 사자였다. 그때야 그녀도 이것이 피람과 티시베(로마의 시인)의 불행한 운명을 나타내는 것임을 알게 되었다. 그림의 단순함에 미소를 지으면서도 그녀는 자신이 이 사랑의 모험을 그린 그림에 둘러싸여 있다고 생각하니 행복한 느낌이 들었다. 이것은 끊임없이 그녀에게 희망을 속삭여 줄 것이다. 그리고 밤마다 그녀의 꿈속에서 이 옛날의 전설적 사랑 이야기를 꽃피워 줄 것이다.

그 외의 가구들은 모두가 각기 다른 양식의 것을 모아놓은 것이었다. 시대 별로 남겨 놓은 가구들이었으며, 그 때문에 집안은 온갖 잡동사니로 싸인 일종의 박물관 같았다. 구리 장식으로 덮인 루이14세 때의 옷장이 옛날 그대로 꽃무늬 비단을 두른 루이17세 때의 팔걸이의자 둘 사이에 끼어 있었다. 장미나무 책상은 벽난로 선반과 마주하고 있었는데, 둥근 유리 덮개 속에 든 제정시대의 탁상시계가 그 위에 놓여 있었다.

탁상시계는 청색의 자기로 벌집 모양을 딴 것이었는데, 네 개의 대리석 기둥이 도금이 된 꽃밭 위에 버티고 있었다. 한 개의 가느다란 추가 길쭉한 틈 사이에서 튀어나와 일곱 가지 색을 입힌 꿀벌을 꽃밭에서 끊임없이 돌아가게 하고 있었다. 사기에 짙은 칠을 한 문자판은 이 벌집 한가운데 박혀 있었다.

탁상시계가 열한 시를 알렸다. 남작은 딸에게 입맞춤을

하고 자기 방으로 갔다.

잔느는 약간 아쉬웠지만 침대에 누웠다. 그녀는 마지막으로 방 안을 한 바퀴 둘러보고 촛불을 껐다. 침대는 머리쪽이 벽에 붙어 있고, 왼편에 창문이 있었기 때문에 달빛이 흘러들어 바닥에 빛의 연못을 만들었다.

달빛에 반사된 벽은 빛을 내며 피람과 티시베의 흔들림 없는 사랑을 부드럽게 어루만져주고 있었다.

발쪽과는 반대편 다른 창문에는 나무 한 그루가 부드러운 달빛에 잠겨 있었다. 침대에서 돌아누운 그녀는 눈을 감았으나, 잠시 후에 다시 떴다.

아직도 마차에 흔들리는 듯한 기분이 들고, 머리 속에서는 바퀴 소리가 울리고 있었다. 처음에는 움직이지 않고 가만히 누워 있었다. 조용히 누워 있으면, 잠이 들 줄 알았기 때문이다. 그러나 얼마 가지 않아 조바심이 났다.

두 다리에 경련이 나더니 열이 나기 시작했다. 그녀는 참다못해 일어나서 팔을 드러낸 긴 잠옷만 걸친 채 마치 유령과 같은 모습을 하고, 방바닥에 만들어져 있는 달빛의 연못을 지나 창문으로 밖을 내다보았다. 밖은 밤인데도 한낮처럼 밝았다. 이 고장의 모든 것이 눈에 익은 것들이었고, 어릴 때 좋아했던 것들이다.

눈앞에 보이는 넓은 잔디밭은 달빛을 받아 버터처럼 노랗게 보였다. 아름드리나무 두 그루가 집 앞에 보초를 서고 있었다. 북쪽은 플라타너스, 남쪽은 보리수였다.

넓은 잔디밭 저편에 조그만 숲이 있는데, 그것이 이 저택의 경계를 만들고 있었다. 고목이 된 느릅나무가 일 년 내

불어오는 바닷바람을 받아 비뚤어지고 잎이 떨어진 채로, 침식되고 마모돼서 마치 지붕 모양을 하고 있었다. 이들 방풍림 덕에 저택은 바다 쪽에서 불어오는 거센 바람으로부터 보호받고 있었다.

농원은 큰 백양나무들이 만든 두 줄기의 긴 가로수 길로 좌우가 구분되어 있었다. 백양나무를 노르망디에서는 '페플'이라 불렀는데, 이 페플로 된 가로수 길이 이 고장사람들의 집과 인접한 두 개의 농원을 갈라놓았다. 농원 하나에는 쿠이야르 일가가 살고, 다른 하나에는 마르탱 일가가 살고 있었다.

이 페플이 바로 저택의 이름이 되었다. 이 영지의 저편에 가시금작화(金雀花)가 드문드문 있는 넓은 들이 펼쳐져 있고, 그 위로 바람이 밤낮없이 불어대고 있었다. 그 끝에 높이 백 미터 정도의 깎아지른 절벽이 있고, 그 아래에 파도가 세차게 부딪치고 있었다.

잔느는 멀리 끝없이 이어지는 나뭇결 모양의 수면을 바라보고 있었다. 파도는 별빛 아래 잠들어 있는 것 같았다.

태양이 없는 이 적막 속에서, 대지의 모든 것이 향기를 내고 있었다. 창 밑에서 재스민이 가슴에 스며드는 듯한 향기를 끊임없이 내뿜다가, 푸른 잎에서 나는 더 연한 냄새와 뒤섞였다. 이따금 바다 쪽에서 불어오는 바람이 소금기 있는 공기와 텁텁하고 강렬한 해초 냄새를 싣고 지나갔다.

잔느는 대기를 들이마시는 행복감에 젖어 있었고, 전원의 평화로움이 마치 목욕을 하는 것처럼 그녀의 온몸을 진정시켜 주었다.

모든 동물은 해가 지면 눈을 뜨고, 밤의 정적 속에 그 존재를 숨긴다. 그들은 소리 없는 움직임으로 어둠을 채우고 있다. 소리를 내지 않는 큰 새가 반점처럼, 그림자처럼 하늘을 스쳐간다. 눈에 보이지 않는 벌레의 연약한 날개 소리가 귓전을 스친다. 소리 없이 다니는 신비로움이 이슬을 머금은 풀과, 인기척 없는 길의 모래 땅 위에서 느껴진다.

오직 몇 마리 우울한 두꺼비가 달을 향해 단조로운 음율을 보내고 있다. 잔느는 자신의 마음이 이 밝은 밤처럼 속삭이는 소리로 가득 차게 느껴졌다. 그녀 주위에서 웅성거리는 밤의 동물과 같은 각가지 욕정이 자신의 마음속에서 꿈틀거리는 것 같았다. 어떤 친근한 감정이 그녀를 이 숨쉬는 마을과 결합해 놓는 것이다. 그래서 부드러운 밤의 하얀 빛 속에서 인간의 힘으로 어쩔 수 없는 전율이, 잡지 못하는 희망이, 행운의 입김 같은 그 무엇이 고동치는 것을 느낄 수 있었다.

사랑! 그것은 점점 가까이 다가오는 불안감처럼 2년 전부터 그녀의 가슴을 가득 채우고 있었다. 이제는 사랑을 해도 되는 자유로운 몸이다. 단지 누군가를 만나기만 하면 되는 것이다.

어떤 사람인지 모르지만 아는 것은 자신이 그를 진심으로 사랑하고, 그도 그녀를 온 몸을 다 해 사랑한다는 것이다. 오늘밤 같은 때 두 사람은 항상 함께 거닐 것이다. 별에서 떨어지는 빛의 가루를 맞으면서, 둘은 손을 맞잡고 정답게 걸어갈 것이다. 두근거리는 심장소리를 들으며, 여름밤의 감미로움 속에 사랑을 용해시키면서 굳게 맺어진 두 사람은 서로 지닌 사랑의 힘만으로도 마음속 깊은 곳까지 들어갈 수가 있을 것이다.

그리고 그것은 깨지지 않는 순결한 애정 속에서 영원히 계속될 것이다. 그러자 갑자기 그녀는 그가 바로 곁에 있는 것처럼 느껴졌다. 동시에 말로는 표현되지 않는 육감적인 전율이 발끝에서 머리끝까지 올라왔다. 그녀는 자신의 꿈을 껴안듯, 무의식적으로 두 팔을 가슴에 갖다댔다. 그 때, 이 미지의 연인을 향해 내민 그녀의 입술 위를 무엇이 스쳐 갔는데, 그것은 봄의 숨결이 그녀에게 사랑의 입맞춤을 해준 것 같아서 그녀는 잠시 정신을 잃을 뻔했다.

별안간 멀리 떨어진 집 뒤쪽 길을 어둠을 헤치고 걸어가는 발자국 소리가 들렸다. 그녀는 하늘이 맺어준 우연이라든가, 신이 계시해준 예감, 소설 같은 운명적인 결합 등 그런 불가능한 것을 믿으려는 충동에 이끌려 '혹 그 사람이 아닐까?' 하는 생각이 들었다. 울렁대는 불안정한 가슴으로 그녀는 발소리에 귀를 기울였다. 틀림없이 그 사람이 문 앞에서 하룻밤을 지샐 것이라고 그녀는 생각했다.

그러나 그 발자국 소리가 지나쳐 가버리자 그녀는 무엇엔가 배반당한 것처럼 슬퍼졌다. 그러다가 자신의 어리석은 상상에 생각이 미치자 미소를 지었다.

다소 마음이 가라앉자, 그녀는 더욱 논리적인 꿈의 흐름에 자신을 맡겼다. 미래를 생각해보려 애를 쓰며, 다가올 삶에 대한 계획을 세워봤다.

그녀는 그와 함께 이곳에서 살게 될 것이다. 바다가 내려다보이는 이 조용한 저택에서 지식은 둘만 낳을 것이고 아들은 그를 닮아야 한다. 그 아이들이 플라타너스 그늘 밑에서 뛰어놀 때 엄마의 눈은 황홀한 듯 아이들의 뒷모습을 따라가고, 그러면서 아이들의 머리 위로 부부는 뜨거운 시선을 주고받는다.

그녀는 오래도록 그 같은 꿈에 잠겨 있었다. 어느덧 달도 하늘 여행을 마치고 바다에 잠기려 하고 있었다. 공기는 한결 서늘해졌고, 동쪽 지평선이 환해졌다. 오른쪽 농원에서 수탉 한 마리가 울었다. 왼쪽 농원에서 다른 수탉들이 대답했다. 수탉들의 쉰 울음소리가 닭장 너머 아득히 먼 곳에서 들리는 것처럼 같았다. 그리고 밝아진 하늘 무한의 공간에서 별이 사라져 갔다.

어디선가 짹짹거리는 새의 짧은 울음소리가 들려왔다. 곧이어 지지귀는 소리들이 나뭇잎 사이에서 조심스럽게 새어나왔다. 그러는 사이에 점점 대담해지고 울려 퍼지듯 흥겨운 가락으로 변해서 가지에서 가지로 나무에서 나무로 전해졌다.

잔느는 자신이 빛 가운데 있음을 알았다. 그래서인지 두 손으로 가렸던 얼굴을 쳐들자 저절로 눈이 감아졌다. 새벽의 찬란한 빛줄기에 눈이 부셨던 것이다. 진홍색 구름 봉우리가 키 큰 백양나무 가로수 그늘에 숨어서 대지 위에 붉은 빛을 뿌리고 있었다.

태양은 서서히 구름을 헤치고 나와 나무들에, 들판에, 바다에, 모든 땅 위에 불화살을 쏘면서 거대한 태양이 불타는 모습을 나타냈다.

잔느는 행복감으로 가득 찼다. 이 우주의 장엄함 앞에서 정신을 차릴 수 없는 기쁨과 무한한 감동이 그녀의 마음을 적셨다. 그녀는 그저 망연자실한 상태였다. 그것은 그녀의 태양과 여명(黎明)이었다. 삶의 시작, 희망의 해오름이었다. 그녀는 찬란한 하늘을 향해 두 팔을 내밀어 태양을 껴안고 싶었다. 무어라고 마구 외치고 싶었다. 이 아침에 다시 솟아나는 신성함을 외치고 싶었다. 그러나 그녀에게는 광적인 열성뿐이었다. 그래서 두 눈에는 눈물을 가득히 담은 채 두 손으로 얼굴을 싸안고 마음껏 울었다.

다시 얼굴을 쳐들자 해오름의 찬란한 무대는 이미 사라진 뒤였다. 그녀가 마음을 어느 정도 가라앉히자 피로가 밀려오고 한기가 느껴졌다. 잔느는 창문을 열어둔 채 곧장 침대에 누웠다. 그리고 다시 몇 분 동안 무언가를 생각하다가 깊이 잠들었다. 그녀는 깨우는 소리도 듣지 못했고, 아버지가 방 안에 들어오자 겨우 일어날 수 있었다.

아버지는 그녀의 집이 아름다워진 것을 보여 주고 싶었던 것이다.

영지 안쪽의 현관은 사과나무를 심어 놓은 넓은 뜰이 사이에 있어서 길과 멀리 떨어져 있었다. 이 길은 농부들이 울타리 사이를 걸어 나가면 반마일쯤 떨어진 곳에 르 아브르와 페캉으로 통하게 연결돼 있다.

좁은 길이 방풍림에서 현관 앞 돌계단까지 곧게 이어져 있고 바닷가에 있는 돌로 지어, 짚으로 지붕을 이은 조그만 부속 건물 몇이 개천을 따라 뜰 양쪽에 나란히 서 있었다.

지붕은 모두 새로 이었고, 목조로 된 내부의 벽도 새로 하고 칠도 다시 했다. 낡고 퇴색된 지택은 은백색 덧문을 새로 달아 얼룩무늬로 바꾸었고, 최근에 다시 색칠한 커다란 정면 현관도 회색의 얼룩을 띠고 있었다.

창문이 열려 있는 잔느의 방 쪽 현관은 맞바람을 받는 느릅나무 방풍림 너머로 바다를 바라보고 있었다.

잔느와 남작은 팔짱을 끼고 하나도 빼놓지 않으려는 듯 살피며 돌아다녔다. 그런 다음 공원이라고 말하는 장소를 둘러싼 길게 나 있는 백양나무 가로수의 길을 천천히 거닐었다. 풀이 초록 양탄자를 펼치듯 돋아나고 있었다. 저편 멀리 보이는 방풍림은 말할 수 없이 아름다웠다. 갑자기 토끼 한 마리가 뛰어나오더니 그녀를 깜짝 놀라게 하고, 언덕을 넘어 갈대밭 낭떠러지 쪽으로 도망쳐 갔다.

점심식사를 한 뒤, 그때까지도 피로가 가시지 않은 아델라이드 부인이 또 쉬겠다고 하자, 남작은 잔느에게 이포르까지 가보자고 말했다.

두 사람은 집을 나섰다. 처음에 레 페플이 있는 에투방의 촌락을 지나갔다. 농부 세 사람이 아는 사이처럼 인사를 했다. 두 사람은 비탈진 숲으로 들어갔다. 이 숲은 굽어진 계곡을 따라 바다까지 이어져 있었다.

곧 이포르 마을이 나타났다. 집 안에서 바느질을 하던 여자들이 지나가는 두 사람을 바라보았다. 비탈길 한가운데 냇물이 흐르고, 마을에 있는 집들의 문 앞에는 난파선의 조각들이 수북하게 쌓여 있었는데, 소금에 찌든 냄새를 풍기고 있었다.

비둘기 몇 마리가 냇가를 날아다니며 먹이를 찾고 있었다. 잔느는 하나도 빠뜨리지 않고 눈여겨보았다. 모든 것이

연극 무대처럼 새롭고 신기하게 여겨졌다.

어떤 돌담 모퉁이를 돌자, 갑자기 바다와 수평선이 훤히 보이는 반투명의 매끄럽고 푸른 바다가 보였다.

그들은 바닷가에 이르자 걸음을 멈추고 바라보았다. 새의 날개 같은 흰 돛이 먼 바다 위를 지나갔다. 오른편에도, 왼편에도 가파른 절벽이 높게 솟아 있다. 곶 같은 돌출부가 한쪽 시야를 가로막고, 다른 한쪽으로는 해안선이 끝없이 뻗어 있어서 끝에는 아물거리는 점이 되었다.

가까운 절벽의 경사진 틈 사이에 항구와 몇 채의 집들이 보였다. 잔잔한 파도가 거품을 내뿜으며 바닷가 자갈에 밀려왔다 밀려갔다 작게 소리를 내고 있었다.

이 지방에서 볼 수 있는 작은 배가 비탈진 자갈 위에 끌어올려져서 타르 칠을 한 둥근 뱃전을 드러내고 옆으로 누워 있었다. 어부 몇몇이 저녁의 밀물에 맞춰 배를 띄우려고 준비하고 있었다.

어부 한 사람이 생선을 팔려고 다가왔다. 잔느는 넙치 한 마리를 샀다. 레 페플까지 들고 갈 작정이었다. 그 사내는 공짜로 배를 태워주겠다고 했다. 그리고 자신의 이름을 몇 번이나 되풀이해서 말했다.

"라스티크, 조제팽 라스티크예요."

남작은 평생 기억하겠다고 약속했다.

두 사람은 집으로 향했다.

잔느는 생선을 들고 가기가 힘이 들어 아버지의 지팡이에 생선 아가미를 꿰어 두 사람이 각각 한쪽 끝을 잡았다. 그들은 비탈길을 오르면서도 마치 즐거운 어린애들처럼 시껄이고, 이마를 스쳐가는 바람에 눈을 깜박거리며 흥겹게 걸어갔다. 넙치는 차츰 두 사람의 팔에서 아래로 늘어져서 풀밭 위로 끌려가고 있었다.

2

잔느는 자유롭고 즐거운 생활을 시작했다. 그녀는 독서를 하고 공상을 하며, 또 홀로 산책을 했다. 마음은 이미 꿈에 잠겨 길을 따라 떠돌아다녔고, 굽이지는 작은 골짜기를 뛰어다녔다. 그 골짜기의 양쪽 마루에는 금빛의 옷 같은 가시금작화와 파란 풀이 양탄자처럼 깔려 있었다. 감미롭고 강렬한 향기가 더해져서 향료(香料)를 탄 포도주처럼 그녀를 취하게 했다. 또 멀리 바닷가에 밀려오는 파도 소리에 실려 그녀의 마음은 출렁거렸다.

이따금 몸이 나른해지면 언덕배기의 우거진 풀숲에 드러누웠다. 어쩌다가 골짜기를 돌아서 갈 때, 갑자기 잔디밭 저편에서 푸른 바다가 햇빛에 반짝이며 흰 돛을 띄우고 나타나면 어쩔 줄 모르게 즐거워지고, 행복이 춤을 추듯 그녀에게 다가온 것이나 아닐까 하는 생각이 드는 것이었다.

이 싱그러운 고장의 감미로운 생활 속에서, 지평선의 적막함에서 고독을 즐기는 마음이 그녀에게 생겼다. 그녀가 언덕에 앉아 시간 가는 줄 모르고 있을 때면, 가끔 조그만 산토끼가 그녀의 발치에서 깡충대며 지나갔다.

그녀는 또 헤엄치는 물고기나 허공을 나는 제비처럼 피로한 줄 모르고 움직인다는 상쾌한 즐거움에 몸을 솟구치면서, 바닷가의 살랑거리는 바람을 따라 절벽 위를 달리기도 했다.

농부가 씨를 뿌리듯, 그녀는 다니는 곳마다 추억을 뿌렸다. 죽을 때까지 뿌리를 내릴 추억이었다.

골짜기의 아무리 작은 틈새에라도 그녀의 행동은 마음의 씨를 뿌리고 다니는 것이라 생각했다.

그녀는 해수욕에 빠지기 시작했다. 다부지고 대담해서 위험을 몰랐기 때문에 눈으로 보이지 않을 만큼 멀리 헤엄쳐 갔다. 자신의 몸을 움직여 이동하는 차고 투명한 푸른 물 속에 있는 것이 좋았다. 해변에서 멀리 떨어진 곳까지 나와서 반듯하게 누워 두 손을 가슴에 모으고 끝없이 푸른 하늘로 시선을 던진다.

그 하늘에 화살처럼 제비가 날고, 갈매기 그림자가 스쳐지나갔다. 들리는 것이라고는 바닷가 모래톱에 부딪쳐 부서지는 파도의 속삭임과, 굽이치는 파도를 타고 희미하게 들리는 대지의 웅성거림이었다. 잔느는 몸을 일으켜서 꿈같은 환희에 싸여 두 손으로 물장구를 치며 소리쳤다.

그녀는 가끔 큰맘 먹고 멀리까지 나갔다. 그럴 때면 배가 찾으러 오기도 했다.

이윽고 그녀가 집으로 돌아오면 시장하고 안색은 파랗게 질려 있었지만, 마음은 들뜨서 입가에는 미소를 띠고, 눈에는 행복이 빛나고 있엇다.

남작은 남작대로 농업에 대한 계획을 크게 세우고 있었

다. 시험 재배도 하고, 더 많은 생산을 위해서 새로운 농기구를 시험하는가 하면 외국의 종자를 이곳에 이식하려고도 했다. 그래서 하루의 대부분을 농부들과 얘기하며 보냈으나, 농부들은 그의 계획에 동의하지 않았다.

남작도 곧잘 바다로 나갔다. 그럴 때는 으레 이포르의 어부를 데리고 나갔다. 부근의 동굴이나 물이 솟는 샘, 기이한 바위들을 구경하고 나서 남작도 여느 어부와 마찬가지로 고기잡이를 즐겼다.

산들바람이 부는 날, 바람을 가득 안은 돛이 밑이 불룩한 배를 끌고 파도를 타며 달려갈 때, 그리고 양쪽 뱃전에서 밑바닥에 닿을 만큼 길게 늘어뜨린 낚싯줄을 고등어 떼가 뒤따라오는 그런 때는 조그만 그물을 던졌다. 고기가 낚이면 그 진동이 전해오기 때문에 그물을 잡는 손도 설렘으로 떨린다.

남작은 달빛을 받으며 배를 저어가서는 그 전날 쳐놓은 그물을 끌어올리기도 했다. 삐거덕거리는 돛대소리에 귀를 기울이고, 소리 내며 불어대는 싸늘한 밤바람을 마시기를 좋아했다. 바위 위나 종루, 페캉의 등대를 목표로 해서 길게 돌아서 배를 몰아 낚시찌를 찾은 다음, 밝아오는 아침 햇살을 받으며 갑판에서 넙적한 노랑가오리의 미끈미끈한 등이나, 가자미의 기름진 배가 번들거리는 모양을 홀린 듯이 꼼짝 않고 쳐다보았다.

식사 때면 남작은 뱃놀이에 대해 열정적으로 이야기했다. 그러면 부인도 백양나무 가로수 길을 몇 번 왕복했는가 이야기하는 것이었다. 오른편의 쿠이야르 농원을 낀 가로

수 길을 말하는 것이다. 왼편 가로수 길은 햇볕이 잘 들지 않는다고 했다.

의사가 운동을 권했기 때문에 그녀는 열심히 걷고 있었다. 밤의 한기가 사방으로 흩어지면, 그녀는 곧 로잘리의 부축을 받으며 내려왔다. 망토와 두 개의 목도리를 걸치고 머리에는 검은 두건을 덮어썼다. 그래도 모자라 붉은 털실로 짠 모자까지 쓰고 있었다.

그 다음에 왼발을 끌면서 ─ 왼발이 오른발보다도 더 무거워서 갈 때 한 줄, 올 때 한 줄 두 줄의 이랑을 길에 남겨 놓는다. 그래서 그 자리에 풀이 자라지 못하고 있었다 ─ 끝없는 일직선의 여행을 저택 한 모퉁이에서 방풍림 숲의 막다른 곳의 관목까지 계속했다. 그녀는 이 산책길 양쪽에 벤치를 하나씩 놓아두게 했다. 그리고 5분마다 걸음을 멈춰 서서 부축해 주는 참을성 많은 하녀에게 말했다.

"얘, 그만 앉자. 좀 피로하구나."

걸음을 멈추고, 그녀는 벤치 위에 쓰고 있던 모자라든가 목도리 하나를 놓아둔다. 그리고 다음에는 또 하나의 목도리, 다음에는 두건, 그리고 망토 모양의 저고리를 벗어 놓는 것이다. 이렇게 해서 산책길 양쪽에 큼직한 옷더미가 두 개가 생기는데, 그것을 점심식사를 하려고 돌아올 때, 로잘리가 한쪽 팔에 끼고 오는 것이다.

오후에는 한층 더 늦은 걸음걸이로, 보다 긴 시간의 휴식을 취하면서 산책을 시작한다. 때로는 부인을 위해 내다 놓은 긴 의자 위에서 한 시간씩이나 꾸벅거리며 졸기도 했다.

그녀는 이것을 '자신의 운동'이라 말했다. '나이 신장 비대증'이라고 하는 거나 마찬가지였다.

10년 전쯤의 일이었다. 가만히 있어도 그녀는 숨이 차서 의사의 진찰을 받았는데 심장비대증이라는 것이었다. 그 이후 이 말이 그 의미를 정확히 파악하지도 못한 채 그녀의 머리에 새겨지고 말았다. 그녀는 남작과 잔느, 로잘리에게 자기 심장을 만져보게 하려고 조바심했지만, 그 심장이 불룩한 가슴 속 깊이 파묻혀 있어 손끝에 만져질 리가 없었다. 다른 의사의 진찰을 받자고 해도 다른 병이 드러날까 두려워 완강하게 거부해 왔다. 그리고 그녀는 틈만 나면 자신의 비대증을 이야기했다. 그것이 너무나 잦았기 때문에 이 병은 부인에게만 있는 것으로 되었고, 다른 사람들은 그것에 대해서 아무런 권리도 없는 것처럼 생각하게 되었다.

남작이 '아내의 비대증'이라 하고, 잔느가 '엄마의 비대증'이라고 하는 것은 '옷'이니 '모자'니 '우산'이니 하는 것과 같은 표현이었다.

그녀도 젊었을 때는 매우 아름다웠고 날씬했다. 제정 시대 때 군복 차림의 모든 장교 품에 안겨서 왈츠를 추었고, 〈코린느(스탈 부인이 쓴 로맨틱 소설)〉를 읽고 눈물을 흘렸다. 살이 찌자, 그녀의 정신은 더 시적인 충동에만 매달리게 되었다. 너무 뚱뚱해져서 안락의자를 벗어날 수 없게 되자, 그녀의 환상은 사랑 이야기를 뒤쫓으며 자신이 그 여주인공이 된 것처럼 날개를 폈다. 그 사랑 이야기 중에 그녀가 특히 좋아하는 부분은 항상 자신의 환상 속에 되살리곤 했다. 그것은 자동 음악상자에서 핸들을 돌리기만 하면 쉴 새 없이 같은 곡을 되풀이하는 것과 같았다. 갇혀 있는 사람과 제비에 대해 이야기하는 달콤한 사랑의 노래는 언제나 그녀의 눈시울을 적셨다. 베랑제(프랑스의 가곡 시인)의 음란한 가요까지도 좋아했다. 그것도 사랑의 미련을 노래하고 있었기 때문이다.

그녀는 몇 시간씩 상상의 세계에 파묻혀 있을 때가 많았다. 레 페플 저택은 더없이 그녀의 마음에 들었다. 그녀 마음속에 꾸미는 소설에 가장 적당한 무대를 제공했기 때문이다. 주위가 숲이고 황량한 지방이라는 것, 또 바다에서 가깝다는 것으로 그녀가 몇 달째 읽고 있는 월터 스코트(영국의 낭만파 시인. 소설가)의 작품을 연상시켰기 때문이다.

그녀는 비 오는 날이면 방에서 소위 말하는 '기념품'을 살피는 데 시간을 보냈다. 기념품이란 그녀가 간직한 오래된 편지였다. 그녀의 부친과 모친의 편지, 또 약혼 시절 남작의 편지 및 그 외의 것들이었다.

그녀는 그 편지뭉치를 구리로 만든 스핑크스 장식이 네 군데 모서리에 달린 마호가니의 책상 서랍 속에 전부 간직하고 있었다.

"로잘리, 내 기념품이 든 서랍을 이리 가져 온."

로잘리는 시킨대로 서랍을 뽑아서 그것을 그녀 옆의 의자 위에 놓았다. 그녀는 그들 편지를 한 장 한 장 천천히 읽어가기 시작했는데, 이따금 그 편지 위에 눈물을 떨어뜨렸다.

때때로 잔느가 로잘리 대신 어머니를 부축해 산책을 하는 때도 있었다. 어머니는 딸에게 어린시절의 추억을 이야기해주었다. 딸은 ㄱ 옛 이야기 속에서 자신을 찾아내서 어머니와 자기의 생각이 비슷한 점에, 또 자기들의 욕망이 일치하고 있는 데에 놀라지 않을 수 없었다.

두 사람의 느린 걸음은 느린 대화와 보조를 맞추다가 가끔 숨이 차서 잠깐씩 중단하는 때가 있었다. 그럴 때면 잔느의 생각은 갖가지 사랑의 전개를 건너뛰어, 환희에 가득 찬 미래를 향해 달려가는 것이었다.

어느 날 오후, 그들이 벤치에 앉아 있는데, 산책 길 저 편에서 뚱뚱하게 생긴 신부 한 사람이 이쪽으로 오고 있는 것이 보였다.

"아니, 남작 부인. 그간 안녕하십니까?"

그는 이 지방의 신부였다.

남작 부인은 철학자들이 왕성한 시대에 태어났고, 대혁명 시대에 별로 신앙이 깊지 못한 아버지 밑에서 자라나 교회에는 거의 가본 적이 없었다. 그러면서도 여자들이 갖는 일종의 종교적 본능에서 신부들을 좋아하고 있었다.

그녀는 피코 신부, 즉 자신들이 사는 구역의 신부를 완전히 잊고 있었기 때문에 그를 보자 얼굴을 붉혔다. 그녀는 자기가 먼저 찾지 못한 것을 사과했다. 그러나 신부는 별로 마음 쓰고 있는 것 같지 않았다. 그는 잔느를 유심히 보더니 정말 미인이라고 인사를 하고 자신도 벤치에 앉아 삼각모자를 무릎 위에 놓더니 이마의 땀을 닦았다. 신부는 몹시 뚱뚱한 체격으로 붉게 상기된 얼굴에 땀을 흘리고 있었는데, 격자무늬가 있는 땀에 찌든 커다란 손수건을 쉴 새 없이 호주머니에서 꺼내서 얼굴과 목을 훔쳤다. 그러나 땀에 젖은 손수건이 검은 신부복 안쪽 호주머니로 들어가기 전에 다시 땀방울이 맺혀 불룩한 아랫배로 떨어져서, 옷 위에 조그맣게 둥근 반점을 만들어 날아다니는 먼지가 달라붙게 만들었다.

신부는 명랑한 전형적 시골 신부였다. 너그럽고 수다스러운 호인(好人)이었다. 그는 여러 가지 세상 이야기와 이 고장의 소식을 늘어놓았다. 자신의 교구에 속한 이들 모녀가 한 번도 미사에 참석한 적이 없다는 사실을 모르는 것 같았다. 남작 부인은 본래 부지런하지 못한 데다가 신앙 역시 깊지 못했고, 잔느는 지겹도록 엄숙한 의식을 경험한 수녀원에서 갓 해방되었기 때문에 미사 따위는 염두에도 없었다.

그곳에 남작이 나타났다. 남작의 포괄적인 종교관은 교리에 대해서 무관심하게 만들었다. 그는 전부터 신부를 잘 알고 있었기 때문에 친절하게 대했고, 또 그를 저녁식사에 초대했다.

신부처럼 인간의 영혼을 상대한다는 것은 보통 인간에게도 — 어쩌다가 자신과 엇비슷한 인간들 위에서 권력을 행사하는 인간에게도 — 무의식적인 교활함을 주는 법인데, 그러한 성질의 교활함 덕택에 신부 역시 상대편 마음에 들 수 있는 것이다.

남작 부인은 신부를 정성껏 대접했다. 아마 비슷한 성격은 서로 가깝게 되는 친화력이 있는 모양이다. 이 비만한 신부의 붉은 얼굴과 짧은 호흡은 숨차고 살찐 자기와 비슷했기 때문이다.

디저트가 나올 때가 되자, 그는 수더분한 신부납게 활달

해졌고, 즐거운 식사가 끝나갈 즈음 그 허물없는 태도를 보였다.

신부가 갑자기 소리를 질렀다. 무언가 좋은 생각이 떠올랐던 모양이다.

"아. 새 교구민 한 사람이 늘었습니다. 꼭 소개할 분입니다. 라마르 자작(子爵)입니다."

남작 부인은 이 지방의 족보(族譜)를 대개 알고 있어서 곧 물어보았다.

"그 분은 위르 라마르가 태생이지요?"

신부가 고개를 끄덕였다.

"그렇습니다, 부인. 작년에 세상을 떠난 라마르 자작의 아들입니다."

아델라이드 부인은 귀족을 무척 좋아하는 터라 계속해서 질문을 던졌다. 그 결과 다음과 같은 것을 알게 되었다. 그 청년은 부친의 빚을 갚으려고 조상이 물려준 저택을 팔고, 에투방에 소유한 세 개의 농원 중 한 곳에 임시 거처를 마련했다. 이들 부동산에서 나오느 연간 수입은 모두 5,6천 프랑 정도였다. 그러나 자작은 낭비를 싫어해서, 2,3년 동안 그곳에서 검소한 생활을 했다. 그는 사교계에 나갈 만큼의 돈을 모아, 빚을 내거나 농원을 저당하지 않고 결혼할 예정이라는 것이었다.

신부는 덧붙여 말했다.

"아주 좋은 청년이에요. 예의바르고, 성실하고, 게다가 이 고장에서는 달리 즐길 만한 일도 없는 것 같아요."

남작이 말했다.

"그 사람을 한 번 우리 집에 모시고 오세요. 심심하지는 않을 겁니다."

그리고 다른 화제로 옮겨갔다.

거실에서 커피를 마시고 나자, 신부는 뜰을 한 바퀴 돌아 봤으면 좋겠다고 말했다. 식사를 하고 난 뒤에는 항상 잠시 걷는 것이 습관이라고 했다. 남작이 따라 나섰다. 두 사람은 희게 칠한 정면 현관을 천천히 걸어 나갔다. 한 사람은 마르고, 한 사람은 뚱뚱한 체격에 버섯 모양의 모자를 쓴 두 사람의 그림자가 달을 향해 걸어갈 때와 등지고 올 때를 따라 함께 오고갔다. 신부는 호주머니에서 궐련을 꺼내어 입에 물고 있었다. 그리고 시골사람답게 솔직한 말투로 그 효과를 말하는 것이었다.

"트림을 나게 하는 데는 그만입니다. 조금 소화불량증이 있어서요."

그리고는 갑자기 밝은 달이 떠 있는 하늘을 바라보며 말했다.

"이런 경치는 언제 봐도 싫지 않지요."

그리고 나서 그는 부인에게 작별 인사를 하려고 안으로 들어갔다.

3

다음 일요일, 남작 부인과 잔느는 신부에 대한 미묘한 손경심에 끌려서 미사에 참석했다. 두 사람은 미사를 마치고 신부를 기다렸다. 목요일 점심식사에 그를 초대하기 위해서였다.

신부는 키가 크고 멋있는 젊은이와 함께 나왔다. 젊은이는 신부와 가까운 사이인 듯 팔짱을 끼고 있었다.

신부는 두 여인을 보자 기쁜 듯이, 또 그러면서도 놀란 듯이 큰 소리로 말했다.

"마침 잘 되었습니다. 남작 부인, 잔느 양. 소개하겠습니다. 이 분이 라마르 자작님으로 이번에 우리 교구의 식구가 되었습니다."

자작은 고개를 숙이며 전부터 알고 지내기를 바라고 있었다고 말했다. 삶의 경험도 많은 훌륭한 젊은이 같았다. 그는 여성에게는 이상적이고, 모든 남성에게 질투심을 줄 것 같은 그런 미모를 지닌 청년이었다. 검고 곱슬곱슬한 머리털은 윤기가 나고, 볕에 탄 이마, 그린 듯 반듯한 두 개의 굵은 눈썹이 흰자가 푸른빛을 띠는 검은 눈을 부드럽게 해주고 있었다.

길고 짙은 속눈썹은 그의 눈에서 어떤 말보다 더한 정열을 말해주고 있었다. 밀실에서는 아름다운 귀부인의 가슴을 설레게 하고, 거리에서는 장보러 가는 아가씨들의 눈길을 잡아둘 것 같았다.

그의 눈에서 나오는 퇴폐적인 매력은 속이 깊음을 보여주는 것 같았고, 하찮은 말도 신중한 느낌을 주었다. 짙고 윤이 나는 부드러운 수염이 다소 경직된 느낌을 주는 턱을 가리고 있었다.

그들은 상대방에게 요란한 칭찬을 늘어놓은 다음 헤어졌다.

이틀 후 드 라마르는 첫 방문을 했다. 그날 아침에는 식구들이 거실 창문 앞의 플라타너스 밑에 놓을 벤치의 자리를 의논하고 있었는데 그가 찾아온 것이다. 남작은 보리수 밑에도 하나 두어 한 쌍을 만들자고 했다. 그러나 부인은 균형을 이루는 것은 싫어했으므로 반대했다. 조언을 부탁받은 자작은 남작 부인의 의견에 찬성했다.

그는 이 지방의 이야기를 했는데, 그림 같은 곳이라고 했으며, 혼자 산책할 때면 아름다운 곳을 수 없이 발견했다고 했다. 그러면서 그의 시선은 우연히 그런 것처럼 잔느의 눈과 마주치곤 했다. 그럴 때면 그녀는 그 시선에서 이상한 감정을 느꼈다. 그 시선은 다급히 다른 데로 옮겨갔지만, 사랑의 찬탄과 공감이 들어 있었다.

작년에 별세한 드 라마르의 부친은 우연인지 모르지만 남작 부인의 부친 데 퀴르토의 친구 한 사람을 알고 있었다. 이런 것이 계기가 되어 혼인, 인척 관계 등 대화는 끝없이 이어졌다. 남작 부인은 비상한 기억력으로 복잡한 족보를 헷갈리는 일 없이 더듬어 집안과 집안 사이의 상하 혈통 관계를 정리해보였다.

"자작님은 바르폴뢰르의 소느와가 소식을 들어봤어요? 장남 공트랑이 쿠르실가의 딸과 결혼했지요. 쿠르실 쿠르빌 말입니다. 또 차남은 내 사촌 여동생 마드모아젤 드 라로슈 오베르와 결혼했는데, 내 사촌 여동생이 크리상즈가와 친척간입니다. 이 크리상즈가의 주인이 내 아비지 친구였고, 자작님의 아버님과도 분명히 아는 사이일 겁니다."

"그렇습니다, 부인. 혹 그분이 해외로 가신 드 크리상즈 씨 아닙니까. 그 자제분이 파산을 했고?"

"네 맞아요. 내 백모에게 청혼을 했지요. 백모의 남편인 데리트리 백작이 별세한 지 얼마 되지 않을 때의 일이지만, 백모님이 거절하셨지요. 백작이 코담배를 좋아한다고. 그건 그렇고 저 빌르와즈가 사람들이 어떻게 됐는지 아세요? 1813년경 불운이 겹쳐서 투렌느를 떠나 오베르뉴로 갔다고 하는데, 그 후론 전혀 소식을 듣지 못했어요."

"제가 아는 것은, 연로한 후작은 말에서 떨어져 별세하셨고, 남은 사람은 영국 사람과 결혼한 딸뿐이라는 겁니다. 또 한 분의 따님은 바솔이라는 남자와 결혼을 했답니다. 그 남자는 돈 많은 장사꾼인데, 그 딸을 유혹했다고 하더군요."

이런 이야기를 듣고 있으니 잔느는 어렸을 때부터 들어온 여러 이름들이 머리에 떠올랐다. 이처럼 비슷한 신분을 가진 집안끼리의 결혼은 그들에게는 공적인 사건과 마찬가지로 중요했다. 그들은 만나지도 않은 사람들에 대해서도 아주 잘 아는 것처럼 이야기했다. 그리고 화제에 오르는 사람들도 어딘가 다른 지방에서 이 자리에 있는 사람들처럼 이렇게 얘기하고 있을 것이다. 이들은 멀리 떨어져 있어도 서로가 거의 친구나 동지인 것처럼, 혹은 친척인 것처럼 느끼고 있다. 그런 이유가 다만 같은 신분에 속하고 있다는 사실, 격식을 갖춘 혈통이라는 사실, 단지 그러한 것에서 비롯되었다.

남작은 근본적으로 비사교적인 성격인데다, 자기가 알고 있는 사람들의 종교나 편견과 상이한 교육을 받았기 때문에 인근의 귀족 가문에 관한 일은 전혀 몰랐다. 그래서 그들에 대해 자작에게 물었다.

드 라마르는 대답했다.

"아뇨, 이 인근에는 귀족이 별로 없습니다."

마치 이 근처의 산에는 도끼가 많지 않다고 말하는 것같았다. 그리고 자세하게 이야기를 했는데, 아주 가까운 곳에는 세 집밖에 귀족이 없다고 했다. 쿠틀리에 후작, 그는 노르망디의 대표적 귀족이었다. 다음 브리즈빌르 자작 부처, 이들은 훌륭한 가문이지만 세상을 등지고 산다는 것이다. 마지막이 푸르빌르 백작, 이 사람은 성질이 괴팍해서 부인을 못살게 한다는 소문이고, 연못가에 지은 브리에트 저택에서 사냥을 하면서 세월을 보낸다는 것이다.

그밖에 몇몇 벼락출세한 귀족들은 자기들끼리만 왕래를 하고, 이곳저곳에서 땅도 사들인다는 소문이 있었지만, 자작은 그들에 대해서는 잘 알지 못했다.

자작은 작별 인사를 하면서 시선을 잔느에게 보내고 있었다. 그 시선은 특히 더 간절하고 정이 담긴 인사를 하는 것 같았다.

남작 부인은 자작을 기분 좋고 흠잡을 데 없는 이상적인 사람이라고 칭찬했다. 남작도 그 말에 공감했다.

"그래요. 정말로 그래, 아주 식견이 넓은 젊은이야."

다음 주에는 만찬에 초대했고, 그 다음부터는 정기적으로 찾아오게 되었다.

그는 보통 오후 네 시쯤 남작 부인과 산책길에서 만났으며 '그녀의 운동'을 도와주었다. 잔느가 외출하지 않을 때는 다른 쪽에서 남작 부인을 부축해 셋이서 곧게 뻗은 길을 끝에서 끝까지 몇 번씩 천천히 오고갔다. 그는 잔느에게 거의 말을 걸지 않았다. 그러나 마치 검정 비로드 같은 그의 눈은 보석처럼 푸른 잔느의 눈과 가끔 마주쳤다.

남작을 따라서 두 사람도 함께 빈번하게 이포르로 내려갔다.

어느 날 저녁 세 사람이 해변에 있는데 라스티크 영감이 다가왔다. 그는 파이프를 입에 물고 — 파이프가 없으면 이 사나이는 코가 떨어져 없어진 것보다 더 놀라게 했을 테지만 — 말했다.

"남작님, 바람이 이정도로 불면 내일은 에트르타까지 충분히 다녀 올 수 있습니다."

잔느가 손뼉을 쳤다.

"가요, 아버지. 네?"

남작은 자작을 돌아보았다.

"어쩌겠소? 자작. 거기 가서 점심식사를 할까요?"

그래서 당장 뱃놀이를 하기로 했다.

잔느는 새벽부터 일어나 있었다. 그녀는 아버지가 천천히 옷을 입기까지 조바심 내며 기다리다가 아침 이슬을 밟으며 출발했다. 들을 가로지르고 숲을 지나갔다. 숲은 온통 새 소리로 울리고 있었다. 자작과 라스티크 영감이 배의 고물에 걸터앉아 있었다.

두 사람의 뱃사공이 출항 준비를 거들었다. 그들은 뱃전에 어깨를 대더니 있는 힘을 다해서 밀었다. 자갈이 깔린 평평한 해변 위로 배를 밀기는 무척 힘들었다. 라스티크 영감은 기름칠을 한 나무를 배 밑에 깔고는 자기 자리로 와서 "영차! 영차!" 하고 큰 소리로 장단을 맞추었다.

가까스로 비탈진 곳에 이르자, 배는 갑자기 움직이기 시작하더니 요란한 소리를 내며 자갈 위를 미끄러져 내려가서 작은 물결이 만들어내는 거품 앞에 멈추었다. 모두 배에 올라서 자리를 잡았다. 뭍에 있는 뱃사공 두 사람이 배를 바다로 밀어냈다.

산들바람이 끊임없이 불어와서 물위에 잔물결을 일어내고 있었다. 돛을 올린 배는 바닷물에 흔들리며 천천히 해안을 떠나 바다로 향했다 수평선을 바라보니 하늘은 낮게 내려앉아 바다와 하나가 되어 있었다. 육지를 바라보니 가파르게 솟은 낭떠러지가 주위에 커다란 그림자를 드리우고 있었다. 햇빛을 가득 안은 비탈진 잔디밭이 초승달 모양을 하고 있었다. 멀리 뒤쪽으로 갈색 돛 몇 개가 페캉의 흰 방파제를 빠져나오려 하고 있었다. 그리고 앞쪽으로 기이한 모양의 구멍 뚫린 둥근 바위 하나가 흡사 파도 속에 코를 처박고 있는 거대한 코끼리 같았다. 그것은 에트르타의 작은 궁문이었다.

잔느는 조금 배멀미가 났기 때문에 한 손으로 뱃전을 잡고, 먼 곳을 바라보고 있었다. 그녀의 생각에는 창조주가 만들어낸 것 가운데 이 세상에서 정말로 아름다운 것은 세 가지밖에 없는 것 같았다. 빛과 하늘과 물이다.

모두 침묵을 지키고 있었다 라스티크 영감은 키와 돛줄

을 잡고 있다가, 이따금 의자 밑에서 술병을 꺼내서 병째 들이키고 있었다. 또 몸의 일부분인 듯 파이프담배를 계속해서 피워댔는데, 그 불은 영원히 꺼질 것 같지 않았다. 파이프에서는 파란 선이 끊임없이 가늘게 피어오르고 있었으며, 동시에 실오라기 같은 연기가 입술 안쪽에서도 새어 나왔다. 흑단보다 더 검은 흙으로 만든 파이프에 담배를 피우는 이 뱃사공보다 더 담배를 피우는 사람을 본 적은 없었다.

가끔 한손으로 파이프를 잡아 입술에서 떼어놓는 적은 있었다. 그럴 때면 연기가 나오던 입술 한 쪽에서 이번에는 갈색의 침이 튀어나왔다.

남작은 뱃머리에 앉아서 뱃사공 대신 돛을 살피고 있었다. 잔느와 자작은 나란히 앉아 있었지만, 둘 다 어색한 분위기였다. 그러다가 알 수 없는 어떤 힘이 그들의 시선을 마주치게 했다. 그것이 마치 가까워지는 신호처럼 두 사람이 동시에 눈을 쳐들었다. 이미 둘 사이에는 미묘한 사랑의 감정이 감돌고 있었다.

젊은 남자의 추함이 없고, 처녀의 아름다움이 있다면 젊은 두 사람 사이에 으레 싹트는 것은 사랑이다. 두 사람은 서로 가까이 있는 것이 즐거웠다. 둘 다 상대편을 생각하고 있기 때문일 것이다.

태양은 밑에 펼쳐진 바다를 보다 높은 곳에서 바라보기라도 하려는 듯 차츰 더 높이 떠올랐다. 그러나 바다는 교태를 부끄러운 듯 엷은 안개로 몸을 가리고 태양의 빛으로부터 달아나려 했다. 금빛으로 물든 투명한 안개는 바다 위에 낮게 깔려서 그 무엇도 감추지는 않고 주위를 한층 부드럽게 보여 주었다. 태양은 불의 화살을 쏘아 안개를 녹이려 했다. 태양이 뜨겁게 내리쪼이자 안개는 마침내 증기가 되어 사라져버렸다. 그러자 바다가 거울처럼 반짝이기 시작했다. 잔느는 더할 수 없는 감동으로 중얼거렸다.

"오, 아름다워라!"

자작이 맞장구를 쳤다.

"정말 아름답군요."

아침의 싱그러운 햇빛이 두 사람의 마음에 메아리 같은 것을 느끼게 해주었다. 이때 에트르타의 궁문이 보이기 시작했다. 마치 바다 위를 걷는 두 개의 다리 같은 모양을 하고 배가 지나다닐 만한 높이의 아치를 만들고 있었다. 끝이 뾰족한 하얀 바위가 첫번째 궁문 앞을 가로막고 서 있었다.

배는 바닷가에 닿았다. 맨 처음 뛰어내린 남작이 밧줄을 매는 동안 자작은 잔느가 물에 젖지 않게 안아서 뭍에 내려놓아주었다. 그리고 둘이서 자갈 위를 걸어갔다. 조금 전의 짧은 포옹으로 두 사람은 흥분하고 있었다. 그러자 갑자기 라스티크 영감이 남작에게 말하는 소리가 들려왔다.

"아주 잘 어울리는 한 쌍이 되겠는데요."

해변 가까이에 있는 작은 음식점에서의 식사는 즐거웠다. 바다는 말과 생각을 마비시켜 입을 다물게 했지만, 식탁은 사람들을 수다스럽게 만들었다. 사소한 일에도 그들은 기쁨에 빠진 아이들처럼 재잘거리기 시작했다.

라스티크 영감은 식탁에 앉자 아직 연기가 피어오르고 있는 파이프를 베레모 밑에 조심스레 감추었다. 그것을 보고 모두 웃음을 터뜨렸다. 파리 두어 마리가 영감의 붉은 코에 끌린 듯, 끝없이 날아와서는 콧등에 앉으려 했다. 그러자 영감은 파리를 잡으려고 손을 저었지만 너무 느려서 파리는 그 무리들이 더러운 반점을 셀 수 없이 만들어 놓은 모슬린 커튼으로 빠르게 도망쳐버렸다. 그래도 뱃사공의 붉은 코가 마음에 들어 견딜 수 없었는지 곧바로 다시 날아와서 앉으려 했다.

파리가 왔다 갔다 할 때마다 웃음이 터졌다. 영감은 화가 나서 "짓궂은 놈들이네." 하고 중얼거렸다. 잔느와 자작은 눈물이 나게 웃다가, 소리를 내지 않으려고 몸을 웅크리며 입에 냅킨을 갖다대고 낄낄거렸다.

커피를 마시고 나자 "다들 산책하러 가요." 하고 잔느가 말했다. 자작은 일어섰으나 남작은 자갈 위에서 햇볕을 쬐고 싶다고 일어나지 않았다.

"둘이서 다녀와. 한 시간 후에는 돌아오도록 하고..."

그들이 이 지방에서나 보는 갈대 지붕을 인 대여섯 채의 집을 지나서, 큰 농가로 보이는 곳을 지나가자 눈앞에 길게 뻗은 널따란 골짜기가 나왔다.

배를 탄 탓인지 그들은 평소 때보다 피로했고, 소금기에 젖은 대기는 그들을 고달프게 했다. 그리고 점심식사후의 식곤증이 머리를 흐릿하게 하고 맥 풀리게 만들었다. 그들은 들판을 마구 달리고 싶은 충동이 일었다. 잔느는 여태껏 느껴보지 못한 몽롱한 기분에 취해 귀가 윙윙거리는 것을 느꼈다.

불같은 태양이 두 사람 위에 내리쬐고, 길 옆에는 무르익는 농작물이 더위에 늘어져 있었다. 밀과 쌀보리도 주위에 약하고 부드러운 음률을 던지고 있었다.

불타는 태양 아래선 어떤 소리도 들리지 않았다. 하늘은 눈부시게 푸른빛을 띠고 있더니 마치 시뻘건 숯불에 갖다 댄 쇠처럼, 금세 빨갛게 달아오를 듯한 황색을 띠기 시작했다.

멀리 보이는 오른편의 작은 숲으로 그들은 걸어갔다.

두 개의 비탈 사이에 한 줄기 좁은 길이 있었다. 길 양쪽으로 큰 나무들이 들어서서 햇빛을 가려 주었다. 숲에 들어선 순간, 서늘한 기운이 두 사람을 둘러싸 가슴속까지 소름이 돋을 정도였다. 햇빛도 들지 않고 대기의 순환도 잘 되지 않은 때문인지 풀 대신 이끼가 땅을 덮고 있었다.

그들은 앞으로 나아갔다.

"아, 저기 앉을 만한 데가 있어요."

잔느가 말했다. 그 곳은 두 그루의 고목이 숲 사이에 빈 자리를 만들었기 때문에 햇빛이 마냥 쏟아져 땅을 따뜻하게 해주고 있었다. 그래서 그 주위에 잔디와 민들레, 덩굴풀이 돋고, 안개처럼 희고 가는 꽃이 피고, 물레 같은 디기탈리스가 피어 있었다. 나비, 꿀벌, 왕벌, 반점이 있는 장밋빛 무당벌레, 초록빛이 나는 뚜껑벌레, 그밖에 뿔이 난 검은 벌레 등이 울창한 숲 서늘한 그늘 속에 만들어진, 이 따뜻한 빛의 우물 속에 모여들고 있었다.

두 사람은 그곳에 앉았다. 머리는 그늘에, 다리는 볕을 쬐게 했다. 그들은 한 줄기 광선이 비춰주는 작은 생명들의 움지임을 바라보았다. 잔느기 감동하여 되뇌었다.

"시골은, 정말 기분 좋고 멋있는 곳이에요. 나도 벌이나 나비가 되고 싶던 적이 있죠. 꽃그늘에 숨고 싶어서요."

두 사람은 자신들의 일, 습관, 취미에 대해서 이야기했다. 비밀 이야기라도 하는 것처럼 소리를 낮춘, 친밀감이 깃든 말투였다. 경직된 생활은 지겹고, 사교계는 싫증이 났다. 그것은 판에 박은 일상일 뿐 거기에 참된 것, 성실한 것은 하나도 없었다.

사교계! 잔느는 알고 싶었다. 그러나 그것이 전원생활만큼 가치가 없다는 것을 이미 알고 난 다음 일이었다.

두 사람은 마음이 서로 가까워질수록 '무슈' 또는 '마드므와젤'이라고 깍듯이 불렀다. 두 사람의 시선은 더욱 더 미소를 지으며 한데 얽히게 되었다. 전에는 느끼지 못했던 호감이, 한층 더 쌓인 사랑이 그들 사이에 싹트는 것 같았다. 지금까지는 깨닫지 못했던 온갖 일상사들이 새삼 흥미롭게 느껴졌다.

그들은 돌아왔다. 남작은 '공주의 방'이라 이름 붙여진, 절벽 꼭대기에 있는 동굴로 산책을 가고 없었다. 그들은 주막에서 남작이 돌아오기를 기다렸다.

남작은 오후 다섯 시가 되어서야 나타났다. 긴 시간 해안을 산책하고 다녔기 때문이었다.

다들 배에 올랐다. 배는 순풍을 받아 조금도 흔들림 없이, 가고 있다는 것을 깨닫지 못할 만큼 천천히 나아갔다. 산들바람이 살며시 숨결처럼 부드럽게 불어와서 돛은 잠시 불룩해졌다가 곧 축 늘어져 돛대를 휘감았다. 투명하지 않은 물은 마치 죽은 듯했고, 다 타버린 태양은 반원의 궤적을 따라 소리 없이 수평선 위에 지려고   한다.

바다가 다시 사람들의 입을 무겁게 만들었다.

한참 있다가 잔느가 입을 열었다.

"정말로 여행을 하고 싶어요."

그러자 자작이 말했다.

"그래요. 하지만 혼자 여행을 하는 것은 외롭죠. 적어도 둘은 되어야 해요. 서로의 느낌을 말하기 위해서라도."

그녀는 잠시 생각에 잠겼다.

"그럴지도 모르지만…, 그래도 역시 혼자서 가는 게 좋아요. 상상하는 것, 혼자 꿈같은 생각에 잠기는 것은 정말 즐거운 일이거든요."

자작은 한참 동안 그녀를 바라보았다.

"둘이서도 할 수 있지요."

그녀는 눈을 감았다. 이것은 무슨 암시일까? 틀림없이 어떤 의미가 있을 거야. 그녀는 수평선을 바라보았다. 좀더 먼 곳을 보려는 것처럼. 그리고 더 천천히 말했다.

"이탈리아에 가고 싶어요…, 그리고 그리스도…, 맞아요, 그리스. 또 코르시카도! 야성적이고 아름다울 거예요."

자작은 스위스가 좋다고 했다. 산장과 호수가 있기 때문이라고 했다.

그녀는 말했다.

"나는 달라요. 코르시카와 같이 아주 새로운 나라나 아니면 그리스처럼 추억으로 가득 찬 역사적인 나라가 좋아요. 어려서부터 유적을 찾거나 위대한 사건이 있었던 곳에 가본다는 것을 정말로 즐거워하고 동경했어요."

자작은 그녀만큼 감동하지 않은 듯 말했다.

"나는 영국이 더 마음이 끌리는군요. 배울 것이 많은 나라니까."

두 사람은 세계를 두루 돌아다녔다. 그러나 따져보니 세계에서 가장 아름다운 나라는 역시 프랑스라는 데 의견이 일치되었다. 기후는 온화하고, 여름엔 시원하며 겨울엔 따뜻하다. 풍요로운 전원이 있고 푸른 숲이 있으며, 고요히 흐르는 여러 줄기의 큰 강이 있다. 게다가 아테네 빼고는 그 어느 곳에서도 볼 수 없는 미술품들이 있었다.

그리고 나서 두 사람은 잠잠해졌다.

태양은 더욱 기울어져서 핏빛에 물든 것 같았다. 한 줄기의 광선, 눈부신 한 가닥의 길이 수면 위를 달리고 있었다. 그것이 대서양 끝에서 배가 지나온 자국까지 뻗어 있었다.

바람은 마지막 숨결처럼 잦아들어 잔물결도 일지 않았으며, 돛은 빨갛게 물들어 미동도 하지 않았다. 저녁노을의 침묵이 끝없이 세상을 마비시켜서, 자연세계의 온갖 요소가 만나는 곳에 정적을 만들었다. 고요한 바다는 찬란하고 습한 배를 하늘 아래 활처럼 굽이치며, 불의 여신이 내려오는 것을 기다리고 있었다. 여신은 포옹하고 싶은 욕정에 불타서 하강을 서두르고 있었다. 마침내 바다가 태양을 껴안으며 조금씩 그것을 삼켰다.

이윽고 수평선 쪽에서 서늘한 대기가 흘러와서 흔들리는 물결에 전율했다. 삼켜진 태양이 마치 세상을 향해 편안히 숨을 내뿜는 것 같았다.

황혼은 짧았다. 별이 새겨진 밤이 펼쳐졌다. 라스티크 영감이 노를 잡았다. 바다는 인광(燐光)을 띠었다. 잔느와 자작은 나란히 붙어 앉아 배가 자꾸만 뒤쪽에 남기는 빛의 움직임을 보고 있었다. 그들은 아무 생각도 하지 않았다. 다만 멍하니 더없는 행복에 잠겨서 저녁 공기를 마시고 있었다. 잔느는 한 손은 배를 짚고 있었는데, 옆에 앉은 자작의 손가락이 자신도 모르게 그녀의 살결에 닿았다. 그녀는 이 가벼운 접촉을 놀라움과 환희로 얼떨떨해져서 꼼짝도 하지 못했다.

그날 밤, 자신의 방으로 돌아온 그녀는 스스로가 이상하리만치 동요하고 있는 것을 느꼈다. 감상적이 되어 사소한 일에 울고 싶을 정도였다. 그녀는 탁상시계를 쳐다보며 가느다란 추의 조그만 꿀벌은 심장처럼 고맙게 움직이고 있는 것이라 생각했다. 자신의 일생에 증인이 되어 주겠지, 이 규칙적인 시계 소리가 자신의 기쁨과 슬픔의 반려가 되어주겠지 하고 생각했다. 그녀는 금빛 꿀벌의 움직임을 멈추고 그 깃털 위에 입을 맞췄다. 그러자 무엇에나 입맞춤하고 싶어졌다. 갑자기 책상 서랍 안쪽에 오래된 인형을 간직해 둔 것이 생각났다. 그리고 찾아내자 좋아하는 친구를 만난 듯 기뻤다. 인형을 가슴에 꼭 껴안고 붉은 뺨과 곱슬곱슬한 세 가닥의 머리칼에 입맞춤을 퍼부었다.

그리고 인형을 껴안은 채 끝없이 생각에 잠겼다.

헤아릴 수 없는 밀어로 약속하고, 신의 뜻으로 만나게 될 나의 남편이 바로 그일까? 나를 위해 태어나고, 내가 생을 바칠 사람이 바로 그일까? 그와 내가 장차 사랑으로 결합해서 떨어질 수 없는 열내로 냇어실 두 사람인 것일까?

자기의 모든 것을 뒤흔드는 충동, 미칠 듯한 황홀감, 마음 밑바닥부터 솟아나는 것, 이것이야말로 열정이라고 그녀는 믿고 있었지만, 실제로 그런 것을 느껴본 적이 없었다. 그러면서도 자신이 그를 사랑하기 시작했다는 것을 느꼈다. 그 사람을 생각할 때면 가끔 짜릿한 감정이 나기 때문이다. 또 그녀는 끊임없이 그 사람 생각을 하고 있었다. 그 사람이 가까이 있으면 가슴이 두근거렸고, 눈이 마주치면 얼굴은 붉어졌다가 창백해졌으며, 목소리를 들으면 온몸이 전율하는 것을 느꼈다.

그날 밤, 그녀는 거의 잠들지 못하고 사랑하고 싶다는 욕망이 그녀의 가슴 속에 애절하게 파고들었다. 그녀는 자신의 마음을 양귀비꽃이나 구름에 묻기도 하고, 허공에 동전을 던져서 점쳐보기도 했다.

그러던 어느 날 밤, 아버지가 그녀에게 말했다.

"내일은 곱게 해라."

그녀가 물었다.

"왜 그러세요, 아버지?"

"그건 비밀이야."

이튿날 그녀가 산뜻하게 차려입고 계단을 내려가니 거실 탁자 위에는 과자 상자가 가득했고, 의자 뒤에 큰 꽃다발이 놓여 있었다.

한 대의 마차가 앞뜰로 들어왔다. 마차 위에 이런 글씨가 씌어 있었다. '페캉 거리에 있는 르라 제과점, 결혼 피로연에 필요한 요리 배달'. 그리고 루디빈느가 견습 요리사와 열려 있는 마차 뒤에서 크고 넙적한 광주리를 수없이 꺼내오고 있었다. 그 광주리에서는 맛있는 냄새가 풍겼다.

그 자리에 드 라마르 자작이 나타났다. 바지는 구김살 하나 없고, 그 밑에 발이 작아 보이는 귀여운 생김새의 에나멜 장화가 보였다. 허리에 달라붙은 긴 프록코트는 패인 가슴에 장식용 레이스가 고개를 내밀고 있었다. 겹쳐 감은 보드라운 넥타이는 유난스레 위엄있게 보이는 그의 아름다운 밤색 머리털을 떠받고 있었다. 그는 평소와는 인상이 달랐다. 아무리 낯익은 얼굴이라도 옷차림에서 보는 어떤 특별한 느낌이었다. 잔느는 아이가 없어져서 처음 보는 사람처럼 그를 자세히 바라보았다. 그녀에게는 그가 너무도 훌륭한 귀족이라고 생각되었다. 머리끝에서 발끝까지 한 군데 나무랄 데 없는 영주였다.

그는 점잖게 웃으며 고개를 숙였다.

"대모님 준비는 됐습니까?"

잔느가 머뭇거렸다.

"무슨 말이에요? 대체 어떻게 된 거죠?"

"곧 알게 된다."

남작이 말했다.

삼륜마차가 현관 앞으로 왔다. 아델라이드 부인이 방에서 나왔다. 화려하게 차려입고 로잘리에게 부축을 받고 있었는데, 로잘리 역시 드 라마르 자작의 고상한 모습에 넋을 잃은 것 같았으므로 남작이 자작에게 나직하게 속삭였다.

"어떻소, 자작. 우리 집 하녀가 당신을 너무 마음에 들어 하는 것 같습니다."

자작은 귀밑까지 빨개지면서 못 들은 척 시치미를 떼고

꽃다발을 들어 잔느에게 안겨 주었다. 잔느는 더욱 놀라며 꽃다발을 받았다. 모두 마차에 올랐다. 그러자 하녀 루디빈느가 남작 부인의 기운을 차리게 하려고 찬 수프를 가지고 와서 큰 소리로 말했다.

"마님, 이건 정말 결혼식 같은데요."

이포르 마을에 도착해서 마차에서 내렸다. 마을을 지나가자 저마다 산뜻한 새옷으로 갈아입은 어부들이 집에서 나와 남작과 악수를 나누고 행렬의 뒤를 따랐다.

자작은 잔느에게 한쪽 팔을 내밀어 끼게 하고 함께 앞장서서 걸어갔다.

교회에 다다르자 모두 걸음을 멈추었다. 은으로 만든 큰 십자가가 한 성가대 소녀에게서 빛을 발산했다. 또 그 뒤에는 빨갛고 흰 옷을 입은 소년이 성수 항아리를 들고 천천히 걷기 시작했다.

이어 세 사람의 늙은 기수가 지나갔는데, 그 중의 하나는 발을 절룩이고 있었다. 다음에 나팔수, 그 다음이 신부였는데 그의 불룩한 아랫배는 금빛 허리띠를 떠받고 있었다. 그는 살짝 미소를 띠고 고개를 끄떡여 인사를 하더니 곧 눈을 반쯤 감고, 기도의 말이라도 외는 듯 모자를 콧등에 닿을 만큼 깊숙이 눌러쓰고는 입을 우물거리며 흰 옷을 입은 아이들의 뒤를 따라 바다 쪽으로 내려갔다.

바닷가에는 한 무리의 사람들이 꽃으로 장식된 새로 만든 한 척의 배를 둘러싸고 있었다. 배의 돛대와 돛과 밧줄은 산들바람에 나부끼는 리본들로 덮여 있었고, 배의 이름이 잔느라고 뒤쪽에 금색으로 새겨져 있었다.

배는 남작의 돈으로 만들어진 것이었다. 그 배의 선장인 라스티크 영감이 행렬 앞으로 걸어 나왔다. 남자들은 모두 함께 모자를 벗었다. 수녀처럼 두건을 쓴 신앙심 깊은 여자들은 모두 주름진 헝겊이 어깨에 달려 있는 헐렁한 망토를 입고 일렬로 서 있었는데, 십자가를 보자 성호를 그리며 꿇어앉았다.

신부는 합창대의 두 소년과 함께 배의 한쪽 끝으로 다가 갔다. 그 반대편에서는 세 사람의 늙은 가수가 때가 낀 몸에 흰 옷을 입고 텁수룩하지만 위엄 있는 얼굴로, 아침 하늘 아래 입을 크게 벌리고 악보를 보며, 제대로 곡조에 맞지도 않게 노래를 부르고 있었다.

그들이 숨을 돌리는 동안에는 나팔 소리만이 들려왔다. 나팔수의 볼이 부풀고, 회색의 조그만 눈은 부풀어 오른 볼 속에 파묻혀 버렸다. 이마의 살이, 목에 붙은 살가죽이 떨어져 나가는 것이 아닌가 싶게 나팔수는 온몸에 힘을 주어 나팔을 불어댔다.

바다는 꼼짝도 않고 조용히 가라앉아, 자기 가슴에 떠 있는 작은 배의 세례식에 참석하고 있는 것 같았다. 파도는 거의 일지 않았고, 갈퀴로 자갈을 긁어모으듯 들릴까말까 한 소리로 밀려오는 잔물결도 그리 높지 않았다. 하얀 갈매기 떼가 날개를 펴고 파란 하늘에 곡선을 그리며 멀리 날아 가다가 다시 되돌아와서 무릎 꿇고 있는 사람들 위를 날아 다녔다. 노래 소리가 멈췄다. 5분 동안이나 아멘을 외치고 나서 성가가 끝났다.

신부는 혀 꼬부리진 소리로 두서너 마디 리틴어를 중얼

거렸으나, 사람들은 억양밖에 듣지 못했다. 그리고는 신부가 성수를 뿌리며 배를 한 바퀴 돌았다. 그런 다음 뱃전을 향해 대부 앞에서 기도의 말을 중얼거리기 시작했다. 대부도 손을 맞잡고 반듯이 서 있었다.

청년은 너무나 잘 생긴 외모였으며, 처녀는 뜻하지 않은 감동에 숨이 막히고 정신이 어지러운 듯 온몸을 부들부들 떨며 이빨이 맞부딪치는 소리가 나는 것 같았다. 얼마 전부터 그녀의 마음속에 오가던 꿈이 갑자기 현실로 나타난 것이다.

사람들은 결혼식 이야기를 했다. 신부는 그 자리에 서서 축복했다. 흰 옷을 입은 사람들이 찬송가를 부르고 있는데 나를 결혼시키려는 것이 아닐까.

그녀의 손가락에서 움직임이 전해진 것일까? 그녀 마음속의 열정이 혈관을 통해 옆에 서 있는 남자의 심장에까지 도달한 것일까? 그는 이해했을까? 짐작했을까? 나와 마찬가지로 그도 사랑의 환희 같은 것에 사로잡혀 있을까? 아니면, 어떤 여자도 자기를 거절하지 않는다는 것을 경험에 의해서 알고 있는 것일까? 갑자기 그녀는 그가 자기 손을 잡고 있음을 느꼈다. 처음에는 살며시 그리고 점점 더 세게, 더욱 더 세게, 끝내 으스러지도록…. 그리고 눈썹 하나 움직이지 않으며 아무도 눈치채지 못하게 그가 말했다. 그랬다. 그는 틀림없이, 아주 똑똑히 말했던 것이다.

"오, 잔느. 당신만 좋다면 이것이 우리들의 약혼식이 될 수 있습니다."

그녀는 천천히 고개를 숙였고, 아마 그것은 '네'라는 대답을 의미했을 것이다. 신부는 아직도 성수를 뿌리고 있었고, 그들의 손가락에도 몇 방울 떨어뜨려 주었다.

그것으로 끝났다. 무릎을 꿇고 있던 여자들도 일어섰다. 돌아갈 때는 제각기 따로따로였다. 성가대 소년의 손에 있던 십자가가 위엄을 잃고 오른편 왼편으로 왔다갔다 흔들렸다가 다시 앞으로 뒤로 자빠지려고 했다. 한 마디로 말이 아니었다. 이제 신부는 기도노 하지 않고 그 뒤를 쫓아갔다. 가수들과 나팔수도 어서 빨리 옷을 벗어버리고 싶은 생각에 골목길로 자취를 감추었다. 그리고 어부들도 삼삼오오 떼를 지어 발길을 서두르고 있었다. 그들 머리에 떠오르는 음식에 대한 공통된 생각이 그들로 하여금 발걸음을 빠르게 하고 입에 침이 고이게 하여, 뱃속의 창자가 노래를 부르도록 만든 것이다.

맛있는 점심이 레 페플에서 그들을 기다리고 있었다.

큰 식탁이 뜰의 사과나무 밑에 놓이고 어부와 농부 등 60여 명의 사람들이 자리를 잡고 앉았다. 남작 부인이 중앙에 앉고 그 양쪽에 두 사람의 신부, 이포르의 신부와 레 페플의 신부가 앉았다. 그 맞은편이 남작의 자리였는데 양쪽에 촌장과 촌장 부인이 앉았다. 촌장의 부인은 나이가 꽤 많은 바싹 마른 시골 여자로 때가 없이 고개를 숙였다. 야윈 얼굴에 노르망디식 모자를 쓰고 있었는데, 언제나 놀란 듯한 동그란 눈이 하얀 암탉 같은 꼴이었다. 그리고 마치 코끝으로 접시를 쪼듯 부지런히 집어먹고 있었다.

잔느는 대부의 옆에 앉아 있었다. 그녀에게는 아무것도 보이지 않았다. 환희에 잠겨서 그냥 잠자코 있었다.

그녀가 라마르에게 물었다.

"이름은 뭐지요?"

그가 말했다.

"줄리앙입니다. 아직 몰랐습니까?"

그녀는 대답하지 않았다. 다만 생각했다. '앞으로 내가 얼마나 자주 그 이름을 부르게 될까요?' 하고.

식사가 끝나자, 뜰은 어부들에게 맡기고 모두 저택 반대쪽으로 옮겨갔다. 남작 부인은 남작의 팔에 매달려서 두 신부의 부축을 받으며 늘 하는 운동을 시작했다. 잔느와 줄리앙은 방풍림이 있는 곳까지 가서 풀이 우거진 오솔길로 들어섰다. 갑자기 그가 그녀의 손을 잡았다.

"나의 아내가 되어 주겠소?"

그녀는 다시 고개를 숙였다. 그리고 그가 "대답해 주세요, 제발!" 하고 망설이며 말하자, 그녀는 살며시 눈을 들어 그를 올려다보았다. 그는 그 눈 속에서 대답을 읽었다.

4

어느 날 아침, 잔느가 채 일어나지도 않았는데 남작이 방으로 들어와서 침대 맡에 앉으며 말했다.

"드 라마르 자작이 너를 아내로 맞고 싶다는구나."

그녀는 이불 속에 얼굴을 묻고 싶었다.

아버지가 말을 이었다.

"대답은 나중에 하겠다고 했다만…."

그녀는 감동을 받아 가슴이 조여들고 숨이 막힐 것 같았다. 남작이 미소를 지으며 덧붙여 말했다.

"뭐든 네게 알리고 싶었다. 네 엄마나 나는 이 결혼에 반대하지 않는다. 그러나 네게 강요하지는 않는다. 너는 그 사람보다 더 부자다. 그러나 일생의 행복을 생각하면 돈에 얽매일 건 없다. 자작에게는 식술이 아무도 없으니 네가 그와 결혼하면, 이 집으로 아들이 되어 들어오는 것이지. 그러나 다른 남자와 결혼을 하면 네가 남의 집으로 가게 되지 않겠니. 자작은 우리 마음에는 들었다. 너는 어떠냐?"

그녀는 귀밑까지 빨개져서 머뭇거렸다.

"좋아요, 아버지."

그러자 부친은 딸의 눈 속까지 들여다보면서 여전히 미소를 머금고 말했다.

"나도 그럴 줄 알았다."

그녀는 술에 취한 것처럼 무엇을 하고 있는지도 알지 못했다. 생각했던 물건을 집으면 엉뚱한 것이었고, 별로 걷지도 않았는데 두 다리는 지쳐서 힘이 없었다.

여섯 시쯤 어머니와 플라타너스 그늘에 앉아 있는데 자작이 나타났다.

잔느의 심장이 요동치기 시작했다. 자작은 태연하게 다가와서 남작 부인의 손을 잡고 입을 맞추었다. 그런 다음 이번에는 잔느의 떨리는 손을 잡더니 입술을 갖다댔다. 감사의 마음이 담겨진 정답고 긴 입맞춤이었다.

결정이 되자, 모두가 결혼을 서두르고자 했다. 그래서 결혼식은 6주 후 8월 15일에 치르기로 했다. 신랑신부가 결혼식을 마치고 신혼여행을 떠나는 것도 결정되었다. 잔느는 어디가 좋겠냐는 제의를 받자 코르시카로 가자고 했다. 거기라면 이탈리아의 다른 도시보다 단둘이 지낼 수 있는 시간이 훨씬 더 많을 것이라고 생각했다.

그들은 결혼식을 느긋하게 기다리며 감미로운 사랑에 몸을 맡기고 있었다. 자연스러운 애무와 영혼을 주고받는 뜨거운 시선, 그러한 것들에 더할 수 없는 사랑을 느꼈다. 때때로 사랑 표현의 절정인 포옹에 몸부림치기도 했다.

결혼식에 다른 식구는 초대하지 않았으나 이모인 리종은 예외였다.

그녀는 남작 부인의 여동생으로 베르사유의 한 수녀원에서 지내고 있었다.

남작 부인은 그녀의 아버지가 세상을 떠나자 동생을 불러들여 같이 살려고 했다. 그러나 노처녀였던 그녀는 자신이 방해가 될 뿐 아니라, 쓸모없고 귀찮은 존재라는 생각에 수녀원에 칩거해 버렸던 것이다.

그녀는 이따금 찾아와서 한두 달씩 함께 지냈다.

말이 없고 몸집이 작은 이 여인은 항상 자신이 드러나지 않도록 애쓰고 있었다. 식사시간에만 나타나고 식사가 끝나면 곧 자기 방으로 가서 틀어박혔다.

사람 좋은 할머니 같지만, 아직 나이는 42세로 나이보다 더 늙어 보였으며 다정하고 슬픔이 감도는 눈매의 여인이었다. 단 한 번도 집에서 식구들과 제대로 어울린 적이 없었다. 아주 어려서부터 귀염성도 별로 없고 장난꾸러기도 아니었기 때문에 남이 뽀뽀해주는 일은 거의 없었다. 늘 한쪽에서 조용하고 얌전하게 있었다. 그때부터 그녀는 항상 고독한 생활을 해 왔고, 결혼할 나이가 된 뒤에도 누구 하나 관심두지 않았다.

마치 그림자 같은 존재, 아니면 눈에 익은 물건 같은 존재였다. 매일 봐와서 눈에는 익지만 조금도 마음이 가지 않는 살아 있는 가구였다. 언니는 결혼하기 전의 습관대로 이 동생을 대수롭지 않게 여겨 하나의 동정심으로 거리낌 없이 무심하게 대했다.

그녀의 이름은 리즈였는데, 멋지고 젊은 그 이름이 거북한 것 같았다. 그녀는 결혼도 하지 않았고, 앞으로도 하지 않을 것 같아 사람들이 리즈를 리종으로 부르게 된 것이다. 잔느가 태어나고부터는 '리종 이모'가 되고 말았다. 상냥하고 싹싹하며 지나치게 조심성이 많은 이모였다. 자기를 사랑하는 언니나 형부에 대해서도 그러했다. 사랑이라지만 그것은 무관심하고, 무의식적인 것이 아닐까 하는 막연한 감정에서였다.

때때로 남작 부인은 지난 젊은 시절을 애기하면서, 그 때를 분명하게 한다고 '리종이 철부지 때'라고 했다.

그 이상은 말하지 않았기 때문에 이 '철부지'는 안개 속이 되고 말았다.

어느 날 밤, 리즈의 나이 스무 살 때, 무슨 이유인지 알 수 없지만 강물에 몸을 던진 적이 있었다. 그녀의 생활이나 태도에서 이런 행동을 할 만한 사유가 아무것도 없었다. 거의 죽은 상태에 있는 그녀를 구해냈는데, 부모님은 화가 나서 두 주먹만 내두를 뿐 왜 그런 짓을 했는지 물어 보려고도 않고 '철부지' 운운하며 얼버무려 버렸다. 그것은 '코코'라는 이름을 가진 말에게 있었던 불행한 사건을 얘기하는 것과 같은 말투였다. 이 말은 그녀의 자살 미수 소동이 있기 얼마 전에 다리를 다쳐서 부러졌기 때문에 하는 수 없이 죽이고 말았던 것이다.

그런 일이 있고 얼마 안 되어 리종이라 불리게 된 리즈는 저능한 아가씨로 간주되었다. 식구들의 정이 담긴 경멸적 감정은 주위 모든 사람들에게 점차적으로 번져갔다. 어린 잔느마저 어린이가 갖는 천성적인 직감으로 리종 이모를 가까이 하지 않았다. 그녀의 침상에 입맞춤하러 가는 일은 절대로 없었고, 그녀의 방에 들어가는 일도 없었다.

하녀 로잘리가 잔심부름을 해주고 있었으므로 그녀의 방 안을 알고 있는 것은 로잘리 뿐인 것처럼 여겨지기도 했다. 잔느는 이모가 점심식사를 하려고 들어오면 습관적으로 그녀에게 이마를 내밀 뿐이었다.

누가 그녀와 할 이야기가 있으면 하녀를 보냈는데, 만약 자리에 없으면 아예 마음을 쓰지 않고, 생각도 하지 않았다. '어떻게 된 일일까. 오늘 아침에는 리종이 안 보이는데.' 하고 걱정하거나 찾을 생각도 하지 않았다.

그녀에게는 자기 자신이라는 것이 없었다. 지구상에 미개척 지대가 있듯이 가까운 친척에게도 잘 알려지지 않은 사람들이 있는데, 그녀가 그러한 사람 중 하나였다. 그 사람이 죽었다고 집안에 구멍이 나는 것도 아니고, 빈자리가 생기는 것도 아니다. 이웃에 사는 사람들의 생활이나 습관

속에, 또 사랑 얘기 대상에도 끼지 않는, 그런 사람이었다.

누가 '리종 아줌마'라 불러도 이 두 마디 말은 누구에게 어떤 정을 느끼게 해주지 않았다. 그것은 마치 '커피 포트' 혹은 '설탕 그릇' 하고 말하는 것과 같았다.

그녀는 언제나 종종걸음으로 소리 내지 않고 걸었다. 소리가 나는 일은 절대로 없었다. 무엇에 부딪치는 일도 없었다. 소리를 내지 않는나는 절대적인 생각을 주위 사물에게 전하고 있는 것도 같았다. 두 손이 솜이 아닌가 생각될 만큼 물건을 부드럽게 다루었다.

그녀는 7월 중순 쯤에 도착했는데 잔느의 결혼 이야기에 들떠 있었다. 선물을 산더미처럼 가져왔으나, 거의 무시당하고 말았다. 그녀가 도착한 다음 날부터 벌써 식구들은 그녀가 있다는 것을 마음에 두지 않았다.

그러나 그녀의 마음속에는 어떤 심상치 않은 분위기가 시작되고 있었다. 그녀의 눈은 결혼 당사자들을 주시하고 있었다. 신기할 정도로 정력적이고 활동적으로, 열에 들뜬 사람처럼 혼수 준비에 몰두했다. 아무도 찾아오지 않는 자기 방에 틀어박혀 마치 가정부처럼 일만 했다.

손수 가장자리를 감친 손수건이나, 머리글자를 수놓은 냅킨 등을 쉴 새 없이 남작 부인에게 보여주며 묻는 것이었다.

"이만하면 되요, 언니?"

그러면 남작 부인은 대충 살피고는 대답했다.

"너무 마음을 쓰지 않아도 돼, 리종."

그 달이 끝날 무렵의 어느 날 밤, 뜨거운 해가 저물고 어두워지자 달이 떴다. 사람의 가슴을 야릇하게 흔들고, 감미로운 감정에 젖게 하며, 또 흥분시켜 영혼 속에 깃든 정감을 눈뜨게 하는 것 같은 밝고 따뜻한 밤이었다. 들판을 거쳐 온 후덥지근한 비바람이 말 없이 거실로 흘러 들어왔다. 남작 부인과 남작은 등잔이 탁자 위에 그리는 동그란 불빛 속에서 별로 흥겹지 않은 카드놀이를 하고 있었다. 리종 이모는 둘 사이에서 뜨개질을 하고 있었다. 그리고 젊은이들은 열린 창가에서 달빛이 비치는 뜰을 바라보고 있었다.

보리수와 플라타너스가 넓은 잔디밭에 그림자를 던지고 있었다. 잔디밭은 푸르스름하게 빛을 내며 더 뻗어나가서 검은 방풍림까지 이어지고 있었다.

밤이 지니는 감미로움, 나무와 풀이 무성한 숲 그림자에 끌린 듯, 잔느는 부모를 돌아보았다.

"아버지, 우린 잔디밭을 한 바퀴 돌아오겠어요."

남작은 카드에서 눈을 떼지 않고 말했다.

"그래, 다녀오렴."

그리고는 하던 것을 계속했다.

두 사람은 밖으로 나와서 달빛이 환히 비치는 넓은 잔디밭 위를 천천히 걸어서 멀리 조그만 숲까지 갔다.

시간이 지나도 두 사람은 돌아갈 생각을 하지 않았다. 남작 부인은 피곤하여 자기 방으로 가고 싶었다.

"애들을 불러야겠어요."

부인이 말했다.

남작은 뜰을 흘낏 바라보았다. 그곳에 두 개의 그림자가 조용히 거닐고 있었다.

"내버려 둬요."

남작이 말했다.

"바깥은 기분이 좋을 거야! 리종이 기다려 주겠지. 그렇지, 리종?"

노처녀는 고개를 들더니 미심쩍게 말했다.

"예. 제가 기다릴게요."

남작은 부인을 부축하여 일으켰다. 그리고 자기도 낮 동안 더위에 지쳤으므로, "그럼 자기로 할까." 하며 아내와 함께 거실에서 나갔다.

리종 이모도 일어섰다. 그리고는 털실과 뜨개바늘을 의자에 놓아 둔 채 창가로 가서 팔꿈치를 괴고 아름다운 밤을 바라보았다.

두 약혼자는 끝없이 거닐고 있었다. 잔디밭을 건너 방풍림에서 돌계단으로, 돌계단에서 다시 방풍림으로 오가고 있었다. 두 사람은 서로 손을 꼭 잡고 아무 말도 하지 않았다. 마치 자신들에게서 빠져나가 대지에서 뿜어내는 정감에 온몸을 맡기고 있는 것 같았다.

갑자기 잔느는 창문에서 노처녀의 그림자를 발견했다. 등잔불이 비추고 있었던 것이다.

"어머, 리종 이모가 우리를 보고 계세요."

그녀가 말했다.

자작은 고개를 들었다. 그리고 아무 생각 없이 말했다.

"그렇군요. 리종 이모님이 우리를 보고 계시군요."

그리고는 다시 꿈꾸듯 천천히 걸음을 옮기며 사랑을 계속 했다.

대지에는 밤이슬이 내리고 있었다. 싸늘한 기운에 둘 다 오싹해 졌다.

"그만 들어가요."

그녀가 말했다.

두 사람은 되돌아갔다.

거실에 들어가자, 리종 이모는 고개를 숙인 채 다시 뜨개질을 시작하고 있었다. 그녀의 손가락이 몹시 지친 듯 가늘게 떨리고 있었다.

잔느가 다가갔다.

"이모, 그만 자겠어요."

노처녀는 눈을 들었다. 울기라도 한 것처럼 눈이 빨갰다. 연인들은 그러한 것에 전혀 관심이 없었다. 그보다도 자작은 잔느의 구두가 이슬에 함빡 젖어 있음을 깨달았다. 그는 걱정스런 듯 물었다.

"당신 발이 차지 않아요?"

그러자 갑자기 이모의 손가락이 떨리기 시작했다. 어찌나 심하게 떠는지 일감이 손에서 떨어졌다. 털실 뭉치가 방바닥 위를 저만치 굴러갔다. 동시에 이모가 갑자기 두 손으로 얼굴을 가리더니 흐느껴 울기 시작했다.

두 약혼자는 어리둥절해져서 꼼짝도 않고 그녀를 바라보았다. 잔느가 급하게 이모의 무릎에 매달려 그녀의 두 팔을 떼어놓았다. 그리고 얼떨결에 같은 말을 되풀이했다.

"왜 그래요, 네? 왜 그래요, 이모?"

이 가여운 여인은 눈물에 젖어 온몸에 경련을 일으키며 떨리는 소리로 말했다.

"저 사람이 네게 물을 때…, 차지 않느냐고… 네 발이…, 나는 그런 말을 여태 한 번도 들어본 적이 없어…, 나는 한 번도…, 한 번도…."

잔느는 놀라고, 또 가여운 생각도 들었으나, 한편으로 이모에게 다정한 말을 건네 줄 사람 생각을 하니 웃음이 터질 것 같았다. 자작은 웃음을 참으려고 고개를 돌렸다.

이모는 갑자기 일어서서, 방바닥에 떨어진 털실 뭉치도 뜨개질하던 것도 버려 둔 채, 등잔불도 들지 않고 어두운 계단 쪽으로 달려가서 더듬듯 자기 방을 찾아가버렸다.

뒤에 남은 두 사람은 우습기도 하고 가슴이 뭉클하기도 해서 서로의 얼굴을 쳐다보았다. 잔느가 중얼거렸다.

"불쌍한 이모."

그러자 줄리앙이 말을 이어,

"이모님이 오늘 밤 약간 격한 것 같아요."

그들은 헤어지기가 아쉬워 손을 맞잡고 있었다. 그리고 조용히 정말로 조용히 처음으로 입맞춤했다. 방금 리종 이모가 일어선 그 빈 의자 앞에서였다.

다음 날이 되자, 이미 두 사람의 머리에 노처녀의 눈물 따위는 남아 있지 않았다.

결혼을 앞둔 두 주일 동안, 잔느는 비교적 평온하고 차분하게 지냈다. 감미로움에 지쳐 있었다고 할까?

이윽고 운명이 결정되는 날 아침, 그녀는 무슨 생각을 할 여유가 전혀 없었고, 온몸으로 공허함을 느낄 뿐이었다. 살도 피도 뼈도 속에서 녹아버린 듯, 무엇을 만질 때마다 손이 몹시 떨고 있음을 느꼈다. 그녀가 겨우 정신을 가나듬은 것은 교회에서 의식이 거행될 때였다.

이렇게 결혼을 하는 것이다! 새벽부터 있었던 일이나 움직임들은 마치 꿈 같이 정말 꿈만 같이 여겨졌다.

주위의 모든 것이 갑자기 변한 것처럼 느껴지는 순간이 있다. 그런 때는 사람의 행동까지도 새로운 의미를 갖는다. 시간까지 자리를 지키지 않는 것처럼 여겨진다.

그녀는 왠지 멍청해지고 만 듯한 느낌이었다. 새삼스레 놀라울 뿐이었다. 어제까지는 생활 속에 여느 때와 하나도 달라진 것이 없었다. 자신이 살아오는 동안 가졌던 소망이 보다 가까이에 있었는데 말이다. 간밤에는 처녀로 잠이 들었고 지금은 한 남자의 아내가 되어 있는 것이다.

그녀는 울타리를 뛰어넘은 것이다. 모든 환희와, 꿈에 그리던 행복, 미래를 감추고 있던 울타리였지만 마침내 문이 열린 것처럼 느꼈다. 그녀는 '기다리고 있는 것' 속으로 들어가려는 것이다.

두 사람이 교회 입구에 나타나자, 무서운 폭음이 나서 신부는 놀라서 펄쩍 뛰었고, 남작 부인은 비명소리를 냈다. 그것은 농부들이 쏜 소총의 일제 사격이었다. 그 폭음은 레페플에 도착하기까지 멎지 않았다.

간단한 식사가 준비되어 있었다. 가족을 비롯하여 그 고장의 신부, 이포르의 촌장, 부근에 사는 부자들 가운데에서 뽑힌 입회인들이 먹을 것이었다.

만찬이 준비되기까지 모두가 정원을 한 바퀴 돌았다. 남작, 남작 부인, 리종 이모, 촌장, 피코 신부는 남작 부인의 산책길을 걷기 시작했다. 그때 맞은편 가로수 길에서는 또

한 신부가 빠르게 걸어오면서 기도서를 읽고 있었다.

저택 반대쪽에서 농부들의 즐거운 말소리가 떠들썩하게 들려오고 있었다. 그들은 사과나무 밑에서 사과주를 마시고 있었다. 나들이옷을 차려입은 마을 사람들이 뜰에 가득히 모여 있었다. 젊은이와 처녀들은 어울려 놀고 있었다.

잔느와 줄리앙은 방풍림을 지나 벼랑 위로 올라갔다. 둘 다 말없이 바다를 보았다. 8월 중순인데도 아주 시원했다. 북풍이 불고 있었다. 태양은 새파란 하늘에서 타고 있었다.

젊은 두 사람은 그늘을 찾아서 오른편을 돌아 들판을 가로질러 갔다. 벌목하는 숲에 다다르자, 바람은 한 점도 불지 않았다. 둘은 아주 좁은 오솔길로 들어섰다. 겨우 나란히 서서 걸어갈 수 있었다. 그때 그녀는 그이 팔이 살그머니 자기 허리로 다가옴을 느꼈다.

그녀는 아무 말도 하지 못했다. 숨이 차고 가슴이 두근거리고 목이 잠겼다. 낮게 휘어진 나뭇가지가 그들의 머리칼을 스쳤다. 그 밑을 걸으면서 두 사람은 연신 허리를 굽혔다. 그녀가 무심코 뜯은 나뭇잎 뒤쪽에 무당벌레가 두 마리 엉켜 붙어 있었다. 두 개의 빨강색 조개껍질 같았다.

그러자 그녀는 천진스럽게, 어느 정도 안정을 찾은 듯 말했다.

"어머나, 한 쌍이에요." 하자, 줄리앙은 그녀의 귀에 입을 가져갔다.

"오늘 밤, 당신은 내 아내가 되는 거요."

시골에 사는 동안에 많은 것을 배웠다고는 하지만 그녀는 사랑의 감성적인 면만 생각하고 있었다. 그래서인지 그 말을 듣고 새삼스럽게 놀랐다. 아내가 되다니? 벌써 아내가 되지 않았는가?

그때, 그가 그녀에게 입맞춤을 하기 시작했다. 성급하고 짧은 입맞춤이 이마와 고수머리가 흩어진 목덜미에 소나기처럼 쏟아졌다. 지금까지 이와 같은 남성의 입맞춤을 경험한 적이 없었으므로 그녀는 그럴 때마다 깜짝 놀라서 본능적으로 고개를 돌려 피하려고 했다. 그래도 그녀는 황홀해지지 않을 수 없었다.

그들은 숲 가 까지 와 있음을 알았다. 그녀는 이처럼 멀리까지 온 데 당황해서 걸음을 멈추었다. 모두 어떻게 생각할까?

"돌아가요."

그녀는 말했다.

그는 그녀의 허리를 안고 있던 팔을 뺐다. 두 사람이 돌아서자 얼굴이 마주 보였다. 너무나 가까워서 서로의 숨결이 닿을 정도였다. 가라앉고 예리한, 꿰뚫을 것 같은, 영혼이 하나로 섞일 것 같은 시선으로 마주 보았다. 둘은 서로의 눈 속에서, 존재에서, 많은 예감 속에서 서로의 모습을 찾았다. 집요하고도 말없는 질문으로 서로를 관찰했다. 어떻게 되는 것일까? 함께 시작한 생활은 장차 어떻게 전개될 것인가? 결혼이라는 끊지 못하는 이 깊고 긴 만남 속에서 서로가 얼마나 많은 기쁨과 행복을과 혹은 환멸을 준비하고 있는 것일까? 그런 생각을 하자 둘 다 만난 적이 없는 타인처럼 여겨졌다.

그때, 줄리앙이 갑자기 두 손을 잔느의 어깨에 올려놓더니 그녀가 지금까지 받아 본 적이 없는 힘찬 입맞춤을 한 입 가득히 밀어붙였다. 이 입맞춤은 온몸을 떨게 하고 혈관과 뼛속까지 스며들었다. 그녀는 너무나도 격렬한 충동을 받았기 때문에, 자신도 모르게 줄리앙을 밀어냈다. 그 바람에 그녀 자신은 뒤로 넘어질 뻔 했다.

"돌아가요. 빨리 돌아가요."

그는 대답하지 않았다. 그녀의 손을 잡고 자기 손 안에 꼭 쥐었다.

그들은 집에 올 때까지 한 마디도 하지 않았다. 남아 있는 오후의 시간이 지루했다.

해질 녘에 일동은 식탁에 앉았다.

만찬은 노르망디의 습관과는 다르게 간단하고 짧았다. 자연스럽지 못한 분위기가 음식 먹는 사람들을 갑갑하게 만들었다. 다만 두 사람의 신부, 촌장, 또 선택된 소작인들이 결혼식의 흥겨움을 조금 보여 주었을 뿐이었다.

웃음소리가 그쳤는가 하자 촌장이 또 무어라고 한 마디 지껄여 웃겨 놓았다. 아홉 시경이었다. 모두 커피를 마시려고 했다. 바깥은 앞뜰 사과나무 밑에서 우스꽝스런 춤이 시작되고 있었고, 열린 창문으로 떠들어대는 광경이 보였다. 나뭇가지에 매단 촛불이 비쳐 나뭇잎이 회록색을 띠고 있었다. 사람들이 원을 그리고 춤을 추면서 순박한 노래를 불렀다. 주방의 탁자를 끌어내다가 만든 무대 위에서 두 개의 바이올린과 클라리넷 한 개가 빈약한 연주를 하고 있었다. 농부들의 요란한 노래가 이따금 악기 소리를 완전히 지워 버리곤 했다. 요란한 노랫소리에 짓눌린 연주는 살기살기 찢어진 악보처럼 하늘에 흩어지는 느낌이었다.

타오르는 횃불이 둘러싼 커다란 술통 두 개가 사람들에게 마실 것을 제공해 주었다. 두 사람의 하녀가 컵과 잔을 씻느라 눈코 뜰 새가 없었다. 그리고 아직 물기가 가시지 않은 컵과 잔을, 붉은 포도주와 다른 금빛 사과주가 흘러나오는 술통 주둥이로 가져갔다. 춤을 추다가 목이 마른 사람, 의젓하게 앉아 있는 노인, 땀에 젖은 아가씨들이 몰려와서 손을 뻗쳐 제각기 마음에 드는 잔을 들고 고개를 뒤로 젖히며 들이켰다.

테이블 하나에는 빵과 버터, 치즈, 소시지가 놓여 있었다. 가끔 다가와서는 입맛에 맞는 것을 한 입씩 집어넣고 제자리로 돌아갔다.

불을 밝힌 나뭇잎이 매달린 천장처럼 생긴 공간 아래서 벌어지는 이 야성적인 잔치는 식당에서 가라앉은 기분으로 식사를 하고 있는 사람들에게도 그렇게 춤을 추고 싶다는 욕망을 일으키게 했다. 또 버터 바른 빵과, 생 양파를 안주로 큰 술통의 술을 마음껏 퍼 마셨으면 하는 생각을 감출 수 없게 했다.

촌장은 나이프로 장단을 맞추다가 소리쳤다.

"재밌게들 뛰어노는구만. 마치 '돈끼호테'의 '가나슈의 혼례' 같아."

좌중에서 참지 못하고 웃음이 터졌다. 그러나 피코 신부가 촌장의 통속적인 표현에 대해 말했다.

"'요한복음'의 '가나의 혼례'라고 하실 생각이었지요."

그러나 촌장은 깨우쳐줘도 듣지 않았다.

"아니요, 신부님, 저도 압니다. 가나슈는 역시 가나슈예요."

일동은 일어나서 거실로 갔다. 그리고는 얼큰하게 취한 농부들과 잠시 어울리다가 물러갔다.

남작과 남작 부인은 낮은 소리로 말다툼을 하고 있었다. 아델라이드 부인은 평소보다 거칠게 숨을 쉬고 있었는데, 남편의 의견을 부정하고 있는 것 같았다. 마침내 그녀가 말했다. 거의 고함소리에 가까웠다.

"안 돼요, 나는 할 수 없어요. 여보, 어떻게 해야 할지 알 수가 없어요."

그러자 남작이 갑자기 잔느에게로 다가왔다.

"어떠냐, 나와 함께 한 바퀴 돌지 않겠니?"

그녀는 놀라면서 말했다.

"좋아요, 아버지."

두 사람은 밖으로 나왔다.

밖으로 나오자, 갑자기 바다 쪽에서 건조한 바람이 산들거리며 불어왔다. 그것은 벌써 가을을 느끼게 하는 여름의 서늘한 바람이었다.

구름이 하늘을 달리며 별을 가렸다 벗겼다 했다.

남작은 딸의 팔짱을 끼고 그 손을 부드럽게 잡았다. 두 사람은 몇 분 동안 걸었으나, 그는 마음을 안정하지 못해 애태우고 있는 것 같았다.

이윽고, 결심을 한 듯 아버지가 입을 열었다.

"귀여운 잔느, 지금부터 내가 어려운 말을 해야겠는데, 사실은 엄마가 해야 할 일이야. 하지만 싫다니까 하는 수 없다. 내가 대신 해야지. 네가 인생에 대해서 어느 정도 알고 있는지, 나는 알 수 없다. 세상에는 자식들, 특히 딸자식에 대해서는 조심스레 숨기고 있는 비밀이 많다. 딸은 마음을 순수하게 가져야 하기 때문이다. 부모가 한 남자의 품에 넘길 때까지 하나 나무랄 데 없이 순결한 딸이어야 하니까. 그리고 인생의 달콤한 비밀에 가려진 장막을 걷어 주는 것은 남자가 해야 할 일이야…. 그러나 딸들은 아직 그런 생각을 해 본 적이 없으니 환상 뒤에 숨겨진 다소 야만적인 현실을 만나면 반항하는 일이 흔히 있다. 딸들은 인간의 법칙, 즉 세상의 법칙이 남편에게 허용하는 권리를 거부하지. 내 입으로는 더 이상 말할 수 없지만, 귀여운 잔느, 이 것만은 잊지 말아라. 너의 모든 것이 네 남편의 것이라는 사실을 말이다."

그녀는 그를 알고 있는가? 무엇을 알고 있을까? 그녀는 떨렸다. 왠지 가슴이 뛰고, 기분이 무겁고 우울해졌기 때문이었다.

두 사람은 돌아왔다. 그리고 뜻밖의 광경이 거실 입구에서 그들의 발을 멈추게 했다. 아델라이드 부인이 줄리앙의 가슴에 매달려 흐느끼고 있었던 것이다. 그녀의 눈물은 마치 풀무질을 하듯 코와 입과 눈에서 동시에 흘러나왔다. 줄리앙은 어찌할 바를 모르고 어색하게 이 살찐 여인을 붙잡고 있었고, 그녀는 그녀대로 그의 팔에 기대어 자기의 사랑스럽고 소중한 딸을 잘 돌봐주도록 당부하고 있었다.

남작이 달려갔다.

"여보, 적당히 해요. 눈물을 흘릴 때가 아니란 말이오."

그렇게 말하며 의자에 앉히자, 그녀도 눈물을 닦았다.

남작은 잔느를 돌아보며, "자, 어머니에게 입맞춤해 드려라. 그리고 너도 자거라."

잔느도 울음이 터질 것 같아서 급히 부모에게 입맞춤하고는 달아나듯 자기 방으로 가버렸다.

리종 이모는 이미 자기 방으로 가고 없었다. 남작과 부인괴 줄리잉만 함께 남았다. 세 사람 다 거북해서 말이 나오지 않았다. 야회복 차림의 두 남자는 우두커니 서서 각기 딴 곳을 보고 있었고, 아델라이드 부인은 의자에서 아직도 목구멍 속의 오열을 삭이고 있었다. 모두가 어색해서 더 견딜 수 없었으므로, 남작은 신혼부부가 며칠 내에 떠나기로 계획하고 있는 여행에 대해서 이야기하기 시작했다.

잔느는 그녀 방에서 로잘리에게 옷을 벗기게 하고 있었다. 로잘리는 샘물처럼 눈물이 솟아나오고 있었다. 손은 이리저리 허공을 더듬을 뿐, 핀과 끈도 찾지 못했다. 주인 아가씨보다 더 흥분하고 있었다. 잔느에게 하녀가 흘리는 눈물은 생각 밖이었다. 어쩐지 자기가 딴 세계로 온 것처럼 느껴지기만 했다. 자기가 지금까지 알고 있던 모든 것, 아껴 주던 모든 것에서 떠나 딴 세계로 가는 것 같았다. 자신의 삶의 모든 것이 뒤집혀진 것 같은 생각이 들었다. '나는 남편을 사랑하는가?' 라는 엉뚱한 생각이 떠오르기까지 했다. 갑자기 남편이 남처럼 여겨진 것이다. 세 달 전에는 이런 사람이 존재하는지도 알지 못했다. 그런데 이제 그 사람의 아내가 되었다. 어떻게 된 셈일까? 왜 이렇게 갑자기 결혼 속으로 빠져들고 말았나? 발치에 입을 벌리고 있는 구덩이에라도 굴러 떨어지듯….

밤 화장이 끝나자, 그녀는 침대로 들어갔다. 침구가 그녀의 살갗에 소름을 돋게 하고, 두 시간 전부터 그녀의 넋을 짓눌러 온, 춥고 외롭고 서글픈 감정을 한층 더하게 했다.

로잘리는 여전히 흐느끼면서 도망치듯 나가버렸다. 잔느는 기다렸다. 가슴이 죄어드는 듯한 불안감으로 기다렸다. 뚜렷이 예감할 수 없는, 아버지가 애매하게 예고한 것을, 사랑의 신비한 비밀을.

계단을 올라오는 소리를 듣지 못했는데 문을 가볍게 두드리는 소리가 들렸다. 잔느는 오싹 소름이 돋아서 대답하지 않았다. 또 두드리는 소리가 났다. 그리고는 손잡이가 삐걱거렸다. 그녀는 방 안에 도둑이 들어오기라도 한 듯 얼굴을 가렸다. 나무로 된 바닥을 밟은 구두가 나직한 소리를 냈다. 그리고 갑자기 누가 그녀의 침대를 만졌다. 그녀는 신경질적으로 벌떡 일어나서 나직한 비명을 질렀다. 그녀가 담요 밖으로 얼굴을 내밀자 자기 앞에 서 있는 줄리앙이 눈에 들어왔다. 그가 그녀를 보며 빙그레 웃고 있었다.

"어쩌면 그렇게 사람을 놀라게 해요!" 하고 그녀가 말했다. 그가 되받았다.

"그럼, 나를 기다리지 않았어요?"

그녀는 대답하지 않았다. 그는 정장 차림을 한 채 잘 생긴 젊은이답게 의젓한 표정을 짓고 있다. 그녀는 이처럼 단정한 남성 앞에서 자신이 그렇게 누워 있는 것이 부끄러워서 견딜 수가 없었다. 두 사람은 무슨 말을 할지, 어떻게 해야 할지 몰랐다. 생애의 진정한 행복이 싹트려 하는 이 진지하고 결정적인 순간에 얼굴을 마주 볼 용기도 나지 않았던 것이다.

그도 막연히 느끼고 있었을 것이 틀림없다. 이 밀고 당기기 후에 어떤 상황이 전개될까 하는 것을, 또 환상 속에서 자라난 처녀가 갖는 미묘한 수치심, 연약함을 조금이라도 다치지 않게 하려면 얼마나 의연한 태도와 지능적인 애정이 필요한가를….

그래서 그는 살그머니 그녀의 손을 잡아 입술에 갖다댔다. 그리고 제단 앞에라도 끌려나온 것처럼 침대 맡에 무릎을 꿇고 나지막한 소리로 속삭였다.

"나를 사랑해 주겠어요?"

그 순간, 마음이 놓인 그녀가 레이스에 덮인 머리를 베개 위에 얹고 환하게 웃었다.

"벌써 사랑하는 걸요."

그는 아내의 가늘고 여린 손가락에 입을 가져갔다. 그리고 입술이 살에 닿아서 변한 목소리로 말했다.

"그럼 사랑하고 있다는 증거를 보여주겠습니까?"

그녀는 다시 어쩔 줄 몰라 대답하기는 했으나, 그것이 무슨 의미인지 알지 못했다. 다만 아버지의 말이 생각나서 말했다.

"저는 당신 거예요."

그는 그녀의 손목을 뜨거운 입맞춤으로 덮었다. 그리고 천천히 일어나서 아내의 얼굴로 다가갔다. 그녀는 또다시 얼굴을 가리려 했다.

갑자기 그가 침대 위로 팔을 뻗어 담요 위로 아내의 몸을 껴안고 또 한쪽 팔은 베개 밑으로 집어넣어 머리까지 들어 올렸다. 그리고 아주 나직한 소리로 요구했다.

"그럼 당신 옆에 자리를 조금 비워 주겠어요?"

그녀는 겁이 났다. 본능적으로 무서워졌다. 그래서 더듬 거리며 말했다.

"오, 아직은 안 돼요, 제발 부탁이에요."

그는 실망한 듯, 약간 기분이 상한 듯한 표정이었으나 여 전히 애원하듯, 그러나 좀더 거칠게 말했다.

"아직이라니, 왜요? 어차피 그렇게 될 일 아니오."

그런 말을 하다니, 그녀는 남편이 원망스러웠다. 그러나 체념을 하고 조금 전의 말을 다시 되풀이했다.

"저는 당신 거예요, 여보."

그러자 남편은 곧 욕실로 사라졌다. 그녀에게 남편의 소 리가 또렷이 들렸다. 옷 벗는 소리, 호주머니에서 잔돈이 짤랑거리는 소리, 구두가 연달아 벗겨지는 소리.

그러자 아래 내의와 양말만 신은 남편이 급히 방을 가로 지르더니 시계를 선반 위에 놓았다. 그리고는 역시 빠른 걸 음으로 옆의 작은방으로 들어가더니 잠시 부스럭거렸다. 잔느는 돌아누워 눈을 감았으나, 그때 남편이 온 것이 느껴 졌다.

그녀는 자신도 모르게 바닥에 뛰어내릴 것처럼 놀랐다. 자신의 다리 사이로 또 하나의 서늘하고 털이 난 다리가 비 집고 들어왔기 때문이다. 그녀는 정신이 혼미해서 두 손에 얼굴을 묻고 당장 고함이 터질 것 같아서 몸을 웅크렸다.

그녀가 등을 돌리고 있는데도 그가 그녀를 품속에 안았

다. 그리고 목덜미와 잠옷에 달린 보드라운 레이스, 수놓은 깃에다가 탐욕스런 입맞춤을 퍼부었다.

그녀는 두려움과 불안으로 몸이 굳어서 꼼짝을 하지 않았다. 다만 두 팔로 가린 젖가슴을 찾으려는 억센 손길을 느낄 뿐이었다. 그녀는 이처럼 난폭한 접촉으로 인해 기겁해서 숨을 헐떡였다. 도망치고 싶었다. 집을 뛰쳐나가 이 남자로부터 멀리 떨어진 곳으로 숨어 버리고 싶었다.

그는 이제 움직이지 않았다. 그녀는 등에 남편의 체온을 느끼고 있었다. 공포심이 가라앉았다. 그리고 그녀는 돌아누워 입맞춤만 하면 끝난다는 생각이 들었다.

마침내 남편이 참지 못하겠다는 듯이 그리고 더없이 애타는 목소리로 말했다.

"그럼, 귀여운 나의 아내가 되지 않겠다는 거요?"

그녀는 손가락 사이로 중얼거렸다.

"내가 많이 잘못했어요?"

그가 시무룩하게 말했다.

"물론이지. 너무 사람을 놀리지 말아요."

그녀는 남편이 불만스럽게 말하자, 불안해졌다. 그래서 남편에게 사과하려고 했다.

그가 그녀의 허리를 힘껏 끌어안았다. 마치 그녀의 육체에 굶주리기라도 한 것처럼 게걸스럽게 그리고 재빠르게 물어뜯을 듯한, 미치광이 같은 입맞춤을 온 얼굴에, 가슴에 해대면서 그녀를 얼얼하게 만들었다. 그녀는 두 팔을 벌리고 몸부림치는 그의 아래서 하는 대로 내맡겨 두었다. 그녀는 머리가 혼란해서 아무것도 이해할 수 없었으며, 지기가 무엇을 하는지 남편이 무엇을 하는지도 알 수 없었다.

그리고 갑자기 날카로운 아픔이 그녀의 몸을 찢었다. 그녀는 신음하기 시작했다. 남편이 난폭하게 그녀의 몸을 갖는 동안 그 품 안에서 신음하는 수밖에 없었다.

그 다음에는 어떤 일이 있었을까? 그녀는 거의 기억할 수 없었다. 머리가 이상해져 있었기 때문이다. 오직 남편이 자신의 입술 위에 고마움의 입맞춤을 계속해서 퍼붓고 있다는 느낌이 들었을 뿐이었다.

그 다음에 남편이 그녀에게 말을 걸고 그녀도 대답한 것 같았다. 그리고 남편은 또다시 다른 행동을 하는 것 같았으나, 그녀는 겁이 나서 계속 거절했다. 그렇게 몸부림치는 동안에 조금 전에 다리에 느꼈던 털을 이번에는 가슴에서 느끼고 깜짝 놀라 몸을 뺐다.

아무리 달래어도 할 수 없게 되자, 남편은 마침내 지쳐서 반듯이 누워버린 채 꼼짝하지 않았다.

그녀는 생각에 잠겼다. 그렇게 꿈결같이 생각하던 감정은 환상처럼 사라지고 소중히 간직했던 기대감도 짓밟혀서 행복은 허물어지고 말았다. 그녀는 마음 밑바닥까지 절망감에 휩싸여서 혼자서 중얼거렸다.

"이것이 아내가 되는 일이었구나. 바로 이것이!"

그녀는 오래도록 슬픔에 잠겨 꼼짝도 않고 있었다. 방을 감싸고 있는 전설이 그려진 벽걸이를 눈으로 더듬으며….

줄리앙은 말 한 마디도 없다. 꼼짝도 하지 않고 있었기 때문에 그녀는 살그머니 그에게로 눈을 돌려보았다. 그는 잠자고 있었다. 잠든 것이다! 입을 멍청하게 벌리고 태평한 얼굴로 그는 잠자고 있는 것이다. 그녀는 믿어지지 않았다. 분노가 치밀어 올랐다. 그 짐승 같은 행위보다도 그가 이렇게 잠든 것에 한층 모욕당한 생각이 들었으며, 자신을 보통 여자와 똑같이 대한 것으로 밖에 여겨지지 않았다. 이 사람은 그러고도 이런 특별한 밤에 잠을 잘 수가 있단 말인가? 지금 두 사람 사이에 일어난 일이 이 사람에게는 아무것도 아니었단 말인가? 정말로 이럴 바에야 차라리 두들겨 맞고, 좀더 심한 폭행을 당하고, 정신이 나갈 만큼 추잡한 행위로 짓밟히는 것이 더 나을지 모른다.

그녀는 한 쪽 팔꿈치를 세우고, 남편 쪽으로 몸을 숙이고 가만히 귀를 기울였다. 입으로 가벼운 숨소리가 새어나오고 때때로 코고는 소리가 들리기도 한다.

날이 샜다. 처음에는 어둠침침하다가 환하게 장밋빛으로 변해서 나중에는 눈부실 정도로 밝아졌다. 줄리앙은 눈을 뜨자, 하품을 하고 기지개를 켜더니 아내를 보며 빙그레 웃었다. 그리고 물었다.

"당신 잘 잤소?"

그녀는 남편이 지금 자신을 '당신'이라고 부르는 것을 들었다. 그녀는 얼떨결에 대답했다.

"잘 잤어요. 당신은?"

남편이 말했다.

"아, 나 말이오? 정말 잘 잤소."

대답하고 그녀를 향해 입맞춤한 다음 침착하게 이야기를 시작했다. 그는 경제에 바탕을 둔 계획을 이것저것 늘어놓았다. 그가 수 없이 입에 담는 경제란 말에 진느는 놀랐다.

그녀는 말의 뜻을 잘 알지 못하면서 남편이 하는 이야기에 귀를 기울였고, 남편의 얼굴을 빤히 쳐다보았다. 갖가지 일들이 마음속에 스쳐갔다.

시계가 여덟시를 알렸다.

"자, 일어납시다. 잠자리에서 꾸물대다간 남들이 우습게 볼 테니까."

그렇게 말하고 그는 먼저 침대에서 내려갔다. 자신의 옷차림을 하자 다정하게 아내를 거들며 사소한 화장까지 챙기며 로잘리를 부르지 못하게 했다.

그는 방을 나설 때, 그녀를 불러 세웠다.

"알고 있겠지만, 둘만 있을 때에는 허물없이 부르는 것도 좋지만 부모님 앞에서는 조심하는 것이 좋겠소. 신혼여행에서 돌아온 다음에는 자연스럽게 되겠지."

그녀는 낮에까지 모습을 나타내지 않았다. 그리고 여느 때와 다름없이 하루가 갔다. 마치 아무 일도 없었던 것 같았다. 집안에 남자 하나가 늘었을 뿐이었다.

5

나흘 후, 두 사람을 마르세이유까지 태우고 갈 사륜마차가 도착했다.

첫날밤의 고통을 겪은 다음 잔느는 줄리앙과의 접촉, 말하자면 그가 하는 입맞춤, 특히 그 정다운 입맞춤에는 익숙해졌다. 그러나 두 사람 사이의 밀접한 관계를 혐오하는 마음은 여전했다.

그녀는 남편이 멋있다고 생각했고, 그를 사랑하고 있었다. 자신이 행복하다고 느꼈고, 다시 명랑해져 있었다.

다녀오겠다는 인사는 간단히 끝났고, 애석하다는 생각은 별로 들지 않았다. 남작 부인만 흥분하고 있었다. 마차가 출발하려 하자, 그녀는 납덩이처럼 무겁고 큰 지갑을 딸 손에 쥐어 주며 말했다.

"너도 결혼을 했으니 돈 쓸 곳이 많을 거다."

잔느는 지갑을 호주머니에 넣었다. 말이 달리기 시작했다. 저녁 무렵 줄리앙이 그녀에게 물었다.

"어머님이 지갑에 얼마를 넣었소?"

그녀는 이미 그것을 잊고 있었다. 그래서 지갑을 꺼내어 열어 보았다. 금화가 굴러 떨어졌다. 2천 프랑, 그녀가 손뼉을 쳤다.

"마음껏 쓸 수 있겠어요."

그렇게 말하고 지갑을 다시 넣었다. 1주일이나 무더위 속을 여행한 끝에 마르세이유에 도착했다. 그리고 그 다음날 아작시오를 거쳐 나폴리로 가는 소형 우편선이 그들을 코르시카로 실어다 주었다.

광활한 코르시카의 관목림! 그 곳으로 도망쳐 간 범죄자들! 울창한 산맥! 나폴레옹의 고향! 잔느는 현실에서 빠져나와 꿈나라로 들어가는 듯한 기분이었다.

그들은 배의 갑판에 나란히 서서 프로방스 지방의 낭떠러지가 눈앞을 흐르듯 지나가는 것을 구경하고 있었다. 짙은 청색의 바다는 작렬하는 태양 빛을 받아 굳어버린 듯 꼼짝을 하지 않았다. 푸르고 끝이 없는 하늘 아래 바다는 펼쳐져 있었다.

그녀가 입을 열었다.

"라스티크 영감의 배로 뱃놀이를 갔던 생각나요?"

대답 대신 그가 그녀의 귓밥에 재빠르게 입맞춤을 했다.

유람선이 물을 휘저어 깊이 잠든 바다를 깨워 놓았다. 배 뒤편으로 샴페인처럼 이는 거품의 자취가 일직선으로 나아가는 배의 항로를 보여 주고 있었다.

갑자기 뱃머리 앞쪽 아주 가까운 곳에서, 돌고래 한 마리가 물 위로 뛰어올랐다가 머리를 물 속에 처박듯 뛰어들어 사라졌다. 잔느는 깜짝 놀라 소리치며 줄리앙의 가슴에 달라붙었다. 그리고는 겁을 먹은 자신이 우스워서 웃음을 터뜨렸다. 다시 조바심하면서도 또다시 뛰어나오지 않을까 계속해서 바라보고 있었다. 몇 초가 지나자 돌고래가 또다시 뛰어올랐다. 마치 용수철이 달린 커다란 장난감 같았다. 그놈은 물 속에 잠겼다가 다시 뛰어올랐다.

이윽고 두 마리 세 마리가 되고, 여섯 마리가 되더니 배 주위를 돌고 있는 모양이 배를 호위하는 것처럼 보였다. 돌고래들은 배 왼쪽으로 갔다가 다시 오른쪽으로 돌아왔다. 무리를 지어, 혹은 한 마리씩 뒤를 이어 마치 무슨 놀이라도 하듯이 곡선을 그리며 공중으로 높이 떠올랐다가 다시 차례로 물 속에 잠겼다.

그 크고 유연한 수영 선수가 보일 때마다 잔느는 좋아서 손뼉을 치고 몸을 흔들었다. 그녀의 마음도 그 돌고래들처럼 천진난만한 기쁨에 들뜬 것이다.

돌고래들은 자취를 감추었다가 한 번 더 나타났으나 이번에는 아주 멀리 떨어진 곳에서였다. 그리고는 다시 나타나지 않았다. 아주 잠깐 동안이었지만, 잔느는 돌고래들이 사라져 버린 것이 서운했다.

저녁이 되었다. 평화롭고 정겹고 밝고 행복으로 충만한 저녁이었다. 대기도 바다도 움직이지 않았다. 바다와 하늘의 끝없는 휴식이 역시 나른해진 사람의 영혼까지 번졌다.

태양이 아득히 먼, 보이지 않는 아프리카 쪽으로 가라앉았다. 아프리카, 그것은 열정을 느끼게 했다. 해가 거의 졌을 무렵에 산들바람은 아니지만 시원한 바람이 사람들의 얼굴을 가볍게 스쳐갔다.

그들은 선실로 돌아가고 싶지 않았다. 배에서 나는 특유의 고약한 냄새가 나기 때문이었다. 그래서 두 사람은 망토를 덮어쓰고 몸을 맞댄 채 갑판에 누웠다. 줄리앙은 곧바로 잠들었으나, 잔느는 여행의 흥겨움에 잠들지 못하고 있었다. 배의 단조로운 진동이 그녀를 흔들고 있었다. 그녀는 머리 위에서 반짝이는 별들의 세계를 바라보고 있었다. 이곳 남국의 하늘에서는 별들이 더욱 눈부시게 반짝거려서 흡사 물기를 머금은 것 같았다.

새벽녘에 그녀는 잠깐 잤다. 그러다가 소란스러운 소리에 눈을 떴다. 선원들이 노래를 부르면서 배를 치장하고 있었다. 그녀는 곤히 잠들어 꼼짝도 않는 남편을 흔들어 깨웠다. 손가락 끝에까지 스며드는 소금기 머금은 안개를 그녀는 흥분된 마음으로 들이마셨다. 보이는 것은 바다뿐이었다. 그러나 뱃머리 쪽으로 밝아오는 여명 속에 회색빛이 도는 이상한 모양의 구름 같은 것이 물에 떠 있었다.

그것은 한층 더 뚜렷해졌다. 밝아오는 하늘 아래 그 형상이 한층 더 분명하게 떠올랐다. 뿔이 난 것처럼 보이는 괴상한 생김새의 산맥이 갑자기 나타난 것이다. 그것은 얇은 베일에 싸여 있는 코르시카 섬이었다.

태양이 그 뒤에서 떠올라 산맥의 능선들을 모두 까만 그림자처럼 그려 놓고 있었다. 그러다가 다시 그것들이 붉게 타오르고 다른 부분은 여전히 안개에 덮여 있었다.

그때 몸집이 작은 선장이 갑판에 나타났다. 거친 바닷바람에 시달려 마르고 축소되고 피부가 거칠어진 노인이었다. 그는 돌풍 속에서 소리를 질러가며 쉰 목소리로 잔느를 보고 말했다.

"무슨 냄새가 나는 것 같습니까?"

그녀는 어떤 식물의 독특하고 강렬한 냄새를 느끼고 있었다. 야생적인 냄새였다.

선장이 말을 이었다.

"코르시카입니다, 부인. 꽃이 한창 피는 코르시카 섬에서 나는 냄새입니다. 어여쁜 여자의 냄새지요. 20년 동안 떠나 있다가도 이 냄새는 5마일이나 떨어진 바다에서도 느낄 수 있습니다. 나는 이곳 태생이지요. 그분(나폴레옹을 말함) 역시 저 먼 세인트 헬레나에서 태어나셨는데, 이 냄새를 언제나 말씀하셨지요. 그분과 나는 같은 혈통입니다."

말을 마치자, 선장은 모자를 벗어 코르시카 섬에 경례를 하고 나서 다시 아득히 먼 대서양 서쪽 그와 혈통이 같은 유폐된 황제에게 경례를 보냈다.

잔느는 몹시 감동해서 눈물을 흘릴 뻔했다.

그리고 나서 선장이 수평선을 가리키며 말했다.

"저게 상기네르 군도(등대로 유명한 소군도)입니다!"

줄리앙은 아내 곁에 서서 그녀의 허리에 팔을 감고 있었다. 두 사람은 가리키는 곳을 보려고 멀리 시선을 던졌다.

피라미드처럼 생긴 바위 몇 개가 눈에 들어왔다. 배는 그 바위를 돌아서 넓고 잔잔한 항만으로 들어갔다. 항만은 수많은 산봉우리로 둘러싸여 있었는데, 그 봉우리의 비탈 아래쪽은 이끼로 덮여 있는 것 같았다.

선장은 초록빛 그늘을 가리키며 말했다.

"저것이 관목의 밀림입니다."

배가 나아감에 따라 산봉우리의 고리가 배 뒤편으로 처졌다. 바닥이 보일 만큼 맑고 투명한 수면 위를 배는 천천히 미끄러져 나갔다. 갑자기 굽이치는 해안의 산맥을 뒤로 하고 하얀 마을이 항만 안에 나타났다.

작은 이탈리아 배 몇 척이 항구에 닻을 내리고 있었다. 5,6척의 보트가 손님을 맞으려고 배 주위를 이리저리 오고갔다.

줄리앙은 짐을 챙기면서 아내에게 나직이 말했다.

"종업원한테 20수우만 줘도 충분하겠지?"

지난 일 주일 동안 똑같은 말을 해 왔기 때문에 잔느는 그럴 때마다 괴로웠다. 그녀는 조금 짜증을 내며 대답했다.

"충분할지 잘 모를 때는 넉넉하게 주는 거예요."

그는 계속해서 여관집 주인, 심부름꾼, 마부, 또 상인들을 상대로 실랑이했다. 되지도 않는 말을 길게 늘어놓다가 값을 대충 깎고 난 후 말하는 것이었다.

"나는 명목 없이 주는 건 싫소."

계산서를 보면 그녀는 몸서리쳤다. 그렇게 값을 깎는 것이 부끄러웠고, 아주 적은 팁을 받은 종업원의 경멸어린 시선과 마주칠 때마다 그녀는 귀까지 빨개졌다.

방금도 그는 육지까지 실어다 준 뱃사공과 말다툼했다.

그녀가 섬에서 처음으로 본 나무는 종려나무였다. 그들은 넓은 네거리 한 모퉁이에 있는 한산하고 제법 큰 여관에 들어가 점심을 주문했다.

디저트가 끝나고 거리를 구경하려고 잔느가 일어서자, 줄리앙이 그녀를 껴안으면서 정답게 속삭였다.

"여보, 잠깐 자고 갑시다. 괜찮지?"

그녀는 깜짝 놀랐다.

"자요? 조금도 피곤하지 않아요."

그는 그녀를 꼭 껴안았다.

"당신이 필요해. 알겠지? 벌써 이틀 동안이나…."

그녀는 부끄러워서 얼굴을 붉히며 말을 더듬었다.

"어머나, 이런 시간에! 남들이 어떻게 생각하겠어요. 대낮에 방을…. 어떻게 그런 말을 해요? 줄리앙, 부탁이에요. 제발요."

그러나 그는 그녀의 말을 막았다.

"사람들이 뭐라든, 또 어떻게 생각하든, 나는 아무렇지도 않아. 그런 이유로 하고 싶은 일을 할지 못할지 두고 봐."

그리고 그는 종을 울렸다.

그녀는 더 이상 말 하지 않고 눈을 내리깔았지만 남편의 그치지 않는 요구에 정신도 육체도 줄곧 반항하고 있었다. 하자는 대로 했지만 그것은 마지못해서였고, 그 짓이 부끄럽다기보다 짐승처럼 야비하고 불결하게 느껴졌다.

그녀의 정욕은 아직 깨어나지 않고 있었다. 그러나 남편은 아내 역시 자기처럼 정욕적인 사람으로 생각하고 있는 것이다.

종업원이 오자, 줄리앙은 방으로 안내하라고 했다. 종업원은 눈 속까지 털이 난 전형적인 코르시카인이었는데, 말뜻을 잘 알지 못하고 밤까지는 준비해 두겠다고 했다.

줄리앙은 짜증스럽게 설명했다.

"아니, 지금 곧 필요해요. 여행에 지쳐서 쉬고 싶소."

엷은 미소가 종업원의 수염 사이에서 새어 나왔다. 잔느는 도망치고 싶었다.

그리고 나서 한 시간 후. 그들은 방을 나와 아래층으로 내려갔다. 그녀는 마주 오는 종업원들을 지나칠 용기도 나지 않았다. 뒤에서 웃으며 수군거릴 것이기 때문이다. 이런 것을 몰라주는 줄리앙이 원망스러웠다.

수치심과 사려 깊은 생각을 가지고 있지 않은 줄리앙이 너무 미웠다. 따라서 그녀는 자기와 남편 사이에 어떤 장막이나 장애물 같은 것을 느끼지 않을 수 없었다. 또 그것은 그녀가 처음으로 느낀 사실이지만, 두 사람은 영혼이나 생각을 같이 할 수 없다는 것이었다. 둘이 어깨를 나란히 하고 걸을 때나, 서로 포옹할 때도 결코 융합할 수 없고 서로의 정신적 존재는 영원히 고독한 것으로 느껴졌다.

그들은 이 작은 마을에서 사흘 동안 머물렀다. 푸른 항만 깊숙이 숨겨진 듯한 마을, 거기까지는 산들바람도 불어오지 못하게 산이 병풍처럼 늘어서 있다. 그들은 그 뒤쪽으로 가보기로 했다. 그래서 아무리 힘들어도 꽁무니를 빼지 않는 말을 빌리기로 했다. 그리고 말랐지만 지치지 않는 두 마리의 코르시카산 말을 타고 어느 날 아침 동이 틀 때 출발했다. 안내인 하나가 노새를 타고 식료품을 운반했다. 이 미지의 지방에는 여관이 없었기 때문이었다.

처음에는 항만을 따라갔으나, 큰 길 쪽으로 통하는 나지막한 골짜기로 들어섰다가 물이 거의 마른 골짜기를 지나갔다. 시냇물이 돌 사이에서 소리를 내며 흘렀다.

농사를 짓지 않는 땅은 벌거숭이 같고 산허리는 키 큰 풀로 덮여 있었는데, 불타듯 더운 계절이라 모두 누렇게 변해 있었다. 이따금 산에 사는 사람들을 만났는데, 그들은 한결같이 총을 등에 메고 있었고 구식 총이긴 하지만 언제 무서운 무기로 변할지 알 수 없었다.

섬 전체를 덮은 코를 찌르는 향기가 대기를 무겁게 누르고 있었다. 그들은 깊은 계곡 사이를 올라가고 있었다.

장밋빛과 푸른빛의 화강암 산마루가 이 광활한 풍경에 꿈같은 느낌을 더해주었으며, 낮은 비탈에 끝없이 펼쳐진 밤나무 숲이 녹색의 관목림을 이루고 있었다. 이 지방은 땅의 기복이 심했다.

안내인은 수시로 깎아지른 듯 높은 곳을 가리키며 그 이름을 알려주었다. 잔느와 줄리앙은 열심히 쳐다봤지만 아무것도 보이지 않았다. 그러다가 잿빛의 물체가 눈에 보였는데, 그것은 마을이었다. 화강암으로 이루어진 조그만 촌락이 높은 곳에 마치 새집처럼 매달려 있었다. 거대한 산 사이에 있어서 거의 눈에 띄지 않았다. 천천히 가야 하는 이 지루한 여행에 잔느는 짜증이 났다.

"좀 달려가요."

그녀는 말을 달렸다. 남편이 뒤쫓아 오는 소리가 들리지 않아 뒤돌아보니 그는 파랗게 질려서 말갈기에 매달린 채 이상하게 껑충거리며 이쪽으로 달려오고 있었다. 그러니 그 잘생긴 얼굴이 겁먹은 모양은 한층 더 우스꽝스럽게 보였다.

다시 천천히 달리기 시작했다. 길은 마치 망토자락처럼 산허리를 덮어 끝없는 잡목림 사이로 뻗어나갔다. 바로 밀림지대였다. 발 디딜 틈이 없는 밀림이었다. 떡갈나무·소나무·양매·유향수·알라테르느·히스·도금양·회양목 등이 숲을 이루고, 그 사이를 모란 덩굴, 거대한 양치류, 인동, 시스트, 로마랭, 라벤더, 산딸기들이 머리칼처럼 얽혀서 헝클어져 있었다.

그들은 시장기를 느꼈다. 안내인이 뒤따라오더니 멋들어진 샘 가로 데리고 갔는데 낭떠러지가 많은 고장에서 흔히 볼 수 있는 샘물이었다. 바위 사이의 구멍에서 솟아나는 얼음처럼 차고, 맑은 물줄기가 밤나무 끝에서 졸졸 흘러내리고 있었다. 지나가는 여행자들이 마실 수 있게 자연스럽게 만들어진 것이다. 잔느는 저절로 탄성이 나오는 것을 억누를 수 없었다.

그들은 다시 출발해서 내려가기 시작했고, 사곤느 항만

을 돌아갔다.

해질 무렵 카르제즈 마을을 지나갔다. 옛날 조국에서 쫓겨난 그리스의 망명자들이 만든 마을이었다. 키가 크고 어여쁜 처녀들, 매끈한 허리, 긴 손, 날씬한 몸매, 신기하리만치 매력 있는 처녀들이 샘가에 모여 있었다. 줄리앙이 "안녕하세요." 하고 큰 소리로 인사를 하자, 아가씨들은 부드러운 소리로 응답했는데, 노래를 하는 듯한 음성이었다.

피아나에 도착해서는 예전에 외딴곳에서 흔히들 하던 습관처럼 민가에서 하룻밤을 묵고 가기로 했다. 줄리앙이 두드린 민가의 문이 열렸을 때, 잔느는 기쁨으로 온몸을 떨었다. 아, 이것이 참된 여행이다! 사람이 다니지 않는 곳이다 보니 뜻하지 않은 일뿐이었다.

상대편은 다행스럽게도 젊은 부부였다. 부부는 장로들이 신이 보낸 손님을 맞이하듯 그들을 맞이했다. 그곳에서 그들은 옥수수 껍질로 만든 이부자리를 깔고 잤다. 벌레들이 여기저기 갉아먹은 낡은 집이었는데, 나무로 지은 집의 뼈대 전체가 좀이 슬어서 불안한 소리를 내고 있었다. 나무 뼈대 전체가 가쁜 숨을 쉬는 것 같았다.

그들은 동이 트자 출발했다. 얼마 가지 않아서 붉은 화강암의 숲이라고 하는 곳에 다다랐다. 그곳은 벼랑이자 원기둥이고, 작은 탑이었으며, 세월의 힘과 강한 바람, 그리고 바다에서 밀려드는 짙은 안개에 침식되어서 경탄할 만한 기암괴석(奇巖怪石)을 이루고 있었다.

높이는 3백 미터 정도로 가늘고 둥글고 굽은 것, 갈고리 모양 등등 상상하지도 못한 괴이하고 놀라운 암석들은 나무나 풀, 동물과도 같이 보였다. 기념비, 사람, 승려, 뿔이 난 악마, 혹은 거대한 새처럼 보이기도 했다. 어떤 괴물의 무리나 아니면 신의 뜻으로 본의 아니게 화석이 된 상상의 동물원이고 괴물의 집단이었다.

잔느는 말이 나오지 않았다. 그리고 줄리앙의 손을 꼭 쥐었다. 이 자연의 아름다움 앞에서 사랑하고 싶은 욕구가 그녀를 사로잡았다. 이 같은 혼돈에서 빠져나온 그들의 눈앞에 갑자기 새로운 항만이 나타났다. 주위에는 붉은 화강암의 핏빛 벽이 에워싸고 있었다. 그리고 짙푸른 바다에 그 진홍색 암석이 그림자를 던지고 있었다.

"오, 줄리앙!"

그 이외의 다른 말은 찾을 수가 없었다. 마음이 너무 벅차서 목이 멘 것이다. 눈에서는 눈물이 흘러내렸다. 줄리앙은 어리둥절해서 아내를 곰곰이 살피며 물었다.

"아니, 왜 그러오?"

그녀는 볼을 닦고 방긋 웃으며, 떨리는 소리로 말했다.

"별것 아녜요. 별것…. 그만 흥분했었나 봐요. 너무 행복해서 사소한 일에도 흥분되는군요."

그는 이와 같은 여자의 마음을 이해하지 못했다. 하찮은 것에 마음이 흔들려 흥분하고, 기쁘나 슬프나 곧 감정에 따라 휩쓸린다. 아무렇지 않은 일에 정신을 쏟는, 감동에 잘 휩쓸리는 여성이라는 종족을 이해할 수가 없었다.

이런 그녀의 눈물도 그에게는 우습게 보였다. 그보다는 험난한 길이 더 마음이 쓰여서 "그런 것보다 말에나 더 신경을 쓰는 편이 낫겠소." 하고 말했다 거의 길이 없는 곳을 지나서 그들은 항만으로 내려갔다. 그리고 오른편으로 꺾어 음침한 계곡으로 올라갔다. 길은 굉장히 험난할 것 같았다. 그러자 줄리앙이 제안했다.

"걸어서 올라가는 게 어떻소?"

그녀도 더 바랄 게 없었다. 방금 흥분한 뒤이기도 해서 남편과 단둘이 걷는 것은 더할 수 없는 즐거움이었다.

안내인은 노새와 말을 끌고 앞장섰고, 그들은 그 뒤를 따라 걸어갔다.

산은 꼭대기에서 기슭까지 좌우 양쪽으로 갈려 있었고, 오솔길은 그 갈라진 곳 깊숙이 들어가 있었는데 물이 불어난 급류가 갈라진 틈 사이를 흐르고 있었다. 공기는 얼음처럼 싸늘하고 화강암은 거무스레해 보였다. 아득히 높은 곳 푸른 하늘을 우러러보자 아찔하니 현기증을 느꼈다.

별안간 어떤 소리가 잔느를 기겁하게 했다. 눈을 들어 보니 큰 새가 굴에서 날아가려고 하고 있었다. 독수리였다. 크게 펼친 두 날개가 골짜기의 양쪽 벽에 닿을 것 같았다. 독수리는 푸른 하늘로 날아올라 사라지고 말았다.

더 나아가니 골짜기는 다시 두 개로 갈라졌다. 좁은 길은 가파른 곡선을 그리면서 두 개의 골짜기 사이에 나 있었다. 몸이 가볍고 잔뜩 들뜬 잔느는 앞장서 걸어가며 발치의 자갈을 굴리기도 하고, 깊은 골짜기를 내려다보기도 했다. 남편은 아내의 뒤를 따라가느라 숨을 헐떡이고 현기증이 날까봐 땅만 보고 걸어갔다.

갑자기 햇빛이 둘을 감싸주었다. 지옥에서 빠져나온 기분이었다. 그들은 목이 말랐다. 젖어 있는 길을 지나 돌길을 빠져나오자 조그만 샘물이 있었다. 샘물은 목동들이 홈을 파 놓은 나무를 타고 흘러내리고 있었다. 이끼가 양탄자처럼 사방에 깔려 있었다. 샘물을 마시려고 잔느는 무릎을 꿇었고 줄리앙도 따라했다.

그녀가 차가운 물을 맛보고 있을 때 남편이 그녀의 허리에 팔을 감더니 홈통 끄트머리에 가까운 아내의 자리를 빼앗으려 했다. 그녀는 마다했고, 입술과 입술이 서로 다투고 밀어내는 다툼이 벌어졌다. 밀고 밀리는 데 따라 그들은 이 가느다란 홈통 끄트머리를 빼앗고 뺏겼다. 그리고 빼앗은 사람은 빼앗기지 않으려고 매달렸다. 서늘한 물줄기가 사방으로 흩어져서 얼굴과 목과 옷에 물방울이 튀었다. 물방울이 진주알처럼 그들의 머리카락에서 반짝거렸다. 두 사람의 입맞춤이 물줄기를 따라 흘렀다.

갑자기 잔느는 사랑의 감정을 느꼈다. 그녀는 맑은 물을 입안 가득 머금어 그것을 상대에게 먹여서 갈증을 덜게 하는 기분을 알게 됐다.

줄리앙이 웃으면서 입을 내밀었다. 머리를 뒤로 젖히고 팔을 벌리고 있었다. 그리고 이 살아 있는 육체의 샘물을 한 모금 들이키자, 그것이 타오르는 욕망이 되어 그의 뱃속까지 스며들었다.

잔느는 전에는 느껴보지 못한 사랑으로 남편에게 기대었다. 심장은 고동치고, 양쪽 젖가슴이 부풀어 오르고, 눈은 젖어들어 육감을 표시했다. 그녀가 살그머니 속삭였다.

"줄리앙, 사랑해요!"

그리고 이번에는 자신이 남편을 끌어당기며 뒤로 누웠

다. 부끄러워서 얼굴을 붉히며 두 손으로 얼굴을 가렸다.

그는 그녀에게 덤벼들어 정신없이 포옹했다. 그녀는 기대감 속에서 숨을 헐떡거리고 있었다. 그리고 갑자기 소리쳤다. 그녀가 갈구하는 욕망이 폭발한 것이다.

꼭대기까지 가는 데는 꽤 시간이 걸렸다. 그녀는 가슴이 두근거리고 지쳐 있었다. 해가 진 뒤에 겨우 에비자에 도착해서 숙소를 찾았다. 안내인의 친척인 파올리 팔라브레티라는 사람의 집이었다.

그는 키가 크고 등이 굽어서 결핵 환자처럼 어두운 얼굴을 하고 있었다. 그는 두 사람을 방으로 안내했다. 거친 돌로 꾸민 초라한 방이었다. 우아함과는 거리가 멀었지만, 이 지방에서는 훌륭한 편이었다. 그는 자기들의 말, 즉 프랑스어와 이탈리아어를 섞은 코르시카 사투리로 환영하는 말을 했다. 이때 맑고 고운 목소리가 그의 말을 가로막더니, 밤색 머리칼의 자그마한 여자 — 눈이 크고 햇볕에 탄 가냘픈 몸매의 여자 — 가 이를 드러내고 웃으면서 뛰어나와 잔느에게 입맞춤 하고 줄리앙의 손을 잡으며 "어서 오세요, 마님. 안녕하세요, 나으리." 하고 되풀이해 말했다.

그녀는 모자와 머플러를 한쪽 손으로 전부 받았다. 한 쪽 팔은 붕대로 어깨에 매고 있었기 때문이다.

그리고는 남편을 향하여 "저녁식사 때까지 이 부근을 안내하세요." 하고 모두들 밖으로 내보냈다.

팔라브레티는 곧 그 말에 따라 젊은 부부 사이에 끼어 마을 여기저기를 안내했다. 그의 걸음걸이와 말씨는 모두 느린 편이었다. 끊임없이 기침을 하면서 그 때마다 같은 말을 되풀이했다.

"골짜기의 공기가 차가워서 가슴에 좋지 않아요."

그가 안내하는 대로 줄지어 선 큰 밤나무 아래 호젓한 길을 지나갔다. 그가 문득 걸음을 멈추더니 별 감정 없는 말투로 말했다.

"바로 여깁니다. 제 사촌형 장 리날디가 마티외 로리에게 죽음을 당한 곳이에요. 그때 나는 장 바로 곁에 있었는데 난데없이 마티외가 앞에 나타나더니, 큰 소리로 말했어요. '장, 알베르타스에게 가면 안 돼. 가지 말아, 장. 가면 죽여 버릴 거야. 알겠지?'라고. 나는 장의 팔을 잡고, '장, 가지마. 놈은 틀림없이 그렇게 할 거야.' 하고 말했어요. 모든 것이 여자 때문이었어요. 폴리나 시나쿠피라는 여자였는데, 두 사람이 서로 차지하려 했지요. 장이 '마티외, 나는 갈 거야. 너 따위에게 간섭받지 않아.' 했습니다. 그러자 마티외란 놈이 내가 미처 총을 겨눌 사이도 없이 방아쇠를 당겼어요. 장은 줄넘기를 하는 어린이처럼 껑충 뛰어올랐다가 내 몸 위로 그대로 떨어졌어요. 그 바람에 내 총은 땅바닥에 떨어져 저 밤나무 아래까지 굴러갔답니다. 장은 입을 벌리고 있었지만, 한 마디도 못했습니다. 숨이 끊어진 거지요."

젊은 부부는 어이가 없이 이 침착하다고 할 목격자를 빤히 바라보았다.

잔느가 물었다.

"그래서 죽인 남자는요?"

피올리 팔라브레디는 한참 동안 기침을 하나가 말을 이

었다.

"산으로 달아났어요. 그리고 그 다음 해 제 형이 그를 찾아서 죽였습니다. 형은 필립 팔라브레티라고 해요. 그 역시 산으로 쫓겨 간 사람이지요."

잔느는 몸서리를 쳤다.

"당신의 형은 범죄자였어요?"

코르시카인의 눈에는 자랑스런 빛이 스쳐갔다.

"그렇고 말고요. 부인. 저의 형은 유명했지요. 헌병을 여섯 명이나 쓰러뜨렸으니까요. 니콜라 모랄라와 함께 싸우다 죽었습니다. 두 사람은 니올로에서 포위당했는데, 6일 동안의 싸움 끝에 굶주림으로 죽었지요."

그리고 그는 체념한 듯한 말투로 "이런 고장에서는 흔한 일이지요." 하고 덧붙였다. 마치 '골짜기의 공기는 차요.' 하는 것 같은 말투였다.

일행은 저녁식사에 맞춰 돌아왔다. 자그마한 코르시카 여자는 20년쯤 가까이 지낸 친지를 대하듯 두 사람을 대접했다.

한 가닥 불안이 잔느의 머리에서 떠나지 않고 있었다. 낮에 그녀가 샘터에서 느꼈던 그 별나고 강렬한 감정이 줄리앙의 품에 안기면 다시 느낄 수 있을까? 방에 단둘이 남게 되면 남편의 애무에 역시 무감각해지는 것이 아닌가 하고 걱정스러워 견딜 수 없었다. 그러나 그 불안은 사라졌고, 그날 밤은 그녀에게 난생 처음 겪는 사랑의 밤이었다.

다음 날, 떠날 때가 되자, 그녀는 그 집을 떠나기가 아쉬웠다. 자신에게는 새로운 행복이 시작된 집인 것처럼 여겨졌기 때문이다.

그녀는 자그마한 안주인을 방으로 불렀다. 그리고 무슨 선물을 하려는 것은 아니라고 얘기하고, 돌아가면 파리에서 기념품을 보내고 싶다고 했다. 그리고 안주인이 사양하자 화를 내기까지 했다.

젊은 코르시카 여인은 남에게서 무엇을 얻는 것은 싫다고 한동안 고집했으나, 마침내 승낙을 하고 말했다.

"그렇다면 조그만 권총을 보내 주세요. 아주 조그마한 것이라도 좋아요."

잔느는 깜짝 놀랐다. 여인은 달콤한 비밀 이야기라도 하듯이 잔느의 귀에 입을 갖다대고 속삭였다.

"시동생을 죽이려구요."

그리고 방긋 웃더니 매고 있던 팔의 붕대를 재빨리 풀어서 탐스럽고 하얀 살을 보여주었다. 칼에 찔린 상처가 거의 아물어 가고 있었다.

"내 힘이 조금만 약했다면 죽었을 거예요. 남편은 질투를 하지 않아요. 저를 잘 이해하고 있죠. 아시다시피 그에겐 병이 있습니다. 그래서 필요 없는 생각은 하는 일이 없지요. 저는 생각이 올바른 여자랍니다. 이렇게 생겼어도 말예요, 부인. 그런데도 시동생이 남의 험담을 그대로 믿고 남편 대신 질투를 하는 거예요. 아마 또 하겠지요. 그래도 권총만 있으면 안심이 되니까요. 방어를 할 수 있죠."

잔느는 권총을 보내 주기로 약속하고, 이 새로운 친구에게 정다운 입맞춤을 해 주고 다음 여행을 계속했다.

그녀에게 그 후부터의 여행은 꿈과 같은 것이었다. 끝없는 포옹과 애무의 무아지경이었다. 그녀는 이미 아무것도 보지 않았다. 풍경도, 사람도, 멈추어 선 곳도 보이지 않았다. 오직 줄리앙만 보고 있었던 것이다.

그들 사이에 천진스럽고 즐거운 둘 만의 놀이가 시작되었다. 사랑의 희롱에 빠져서 달콤하고 익살맞은 말을 주고받으며 즐겼다. 두 사람의 입이 즐겨 찾는 자신들의 육체의 모든 곡선, 윤곽, 주름에 사랑스런 이름을 붙여서 즐겼다.

잔느는 항상 오른쪽으로 누워서 잤기 때문에 아침에 눈을 뜨면 왼쪽 젖가슴이 드러나 있을 때가 많았다. 줄리앙은 그것을 보고 '외박하는 신사' 라고 불렀으며, 또 한쪽은 '기둥서방'이라 불렀다. 왜냐면 그 장밋빛 젖꼭지가 입맞춤할 때 유난히 민감한 것 같았기 때문이다.

젖과 젖 사이의 깊숙한 길은 '어머니의 산책길'이 되었다. 그가 그곳을 쉬지 않고 산보하기 때문이었다. 그리고 비밀스런 또 하나의 길은 오타의 골짜기를 연상해서 '다마스커스의 길'이라 이름지었다.

바스티아에 도착하자 안내인에게 줄 돈을 계산해야 했다. 줄리앙은 호주머니를 뒤적거렸으나 필요한 만큼의 돈이 없자 잔느에게 말했다.

"어머니가 주신 2천 프랑은 당신에게는 필요 없으니 내게 줘요. 내 주머니에 간직해 두면 한층 더 안전하니까. 그리고 나도 큰 돈을 헐지 않아도 되고."

그녀는 그에게 지갑을 주었다.

그들은 리부른느로 가서 플로렌스와 제노바를 구경했고, 코르니슈를 골고루 돌아다녔다.

북동풍이 불어오는 어느 날 아침, 그들은 마르세이유로 돌아왔다.

그날은 레 페플의 집을 떠난 지 두 달 만인 10월 15일이었다. 아득한 곳 저편, 머나먼 노르망디로부터 불어오는 듯 차고 세찬 바람이 몸에 스며들자, 잔느는 왠지 쓸쓸한 생각이 들었다. 줄리앙은 얼마 전부터 다른 사람처럼 쉬 피로를 느끼고 매사에 무관심해진 것 같아 보였다. 그래서 그녀는 걱정스러웠다.

그녀는 집에 돌아갈 날짜를 벌써 나흘이나 미루고 있었다. 햇빛이 좋은 이 쾌적한 곳을 떠나가기가 아쉬웠기 때문이다. 그녀는 꿈꾸다 만 행복의 둘레를 한 바퀴 돈 듯한 생각이 들었다.

겨우 그들은 마르세이유를 떠났다. 그들은 레 페플에서 생활하는데 필요한 물건을 파리에서 살 예정이었다. 잔느는 어머니로부터 받은 돈으로 좋은 물건을 잔뜩 살 수 있다고 부풀어 있었다. 그녀가 맨 먼저 사려고 한 것은 에비자의 젊은 코르시카 여인에게 약속한 권총이었다.

파리에 도착한 다음 날, 그녀는 줄리앙에게 말했다.

"여보, 어머니가 주신 돈을 좀 줘야겠어요? 물건을 사야 하니까요."

그는 못마땅한 얼굴로 돌아보았다.

"얼마가 필요한데?"

그녀는 놀라서 멈칫했다.

"그야 얼마든지 좋지만."

그는 말을 이었다.

"백 프랑 주지. 낭비를 하면 안 돼요."

그녀는 말을 어떻게 해야 좋을지 몰랐다. 그냥 어처구니가 없어서 말이 나오지 않았다.

망설이다가 입을 열었다.

"하지만… 그 돈을 맡긴 것은…, 그건…."

그가 말을 끝맺지 못하게 했다.

"그건 그래요. 당신 주머니에 있든 내 주머니에 있든 같은 주머닌데 아무려면 어때요. 당신에게 돈을 주지 않겠다는 게 아니오. 그렇지, 이렇게 백 프랑을 주겠다는 것이지."

그녀는 금화 다섯 닢을 받고 더는 아무 말도 하지 못했다. 그래서 권총밖에는 아무것도 살 수 없었다.

그로부터 1주일 뒤에 두 사람은 레 페플의 집을 향해서 떠났다.

6

벽돌 문기둥이 서 있는 하얀 담장 앞에서 집안 식구들이 기다리고 있었다. 마차가 멎고, 그들은 오랫동안 포옹했다. 어머니는 울었고 잔느도 가슴이 뭉클해서 볼 위로 흘러내린 눈물을 닦았다. 아버지도 격앙돼서 이리저리 서성대고 있었다.

짐을 내리는 동안 거실 벽난로 앞에서 여행 이야기로 꽃을 피웠다. 많은 이야기들이 잔느의 입에서 흘러나왔다.

반시간 동안 모두 송두리째 이야기해버렸다. 너무 빨리 말했지만 그렇다고 해도 빠뜨린 것은 두세 가지 사소한 것뿐이었을 것이다.

그리고 나서 잔느는 짐을 정리하기 시작했고, 로잘리도 즐거이 일을 거들었다. 속옷·겉옷·화장 도구 등이 각기 제 자리를 찾자 그녀는 안주인 앞에서 물러갔다. 잔느는 약간 피곤함을 느끼며 앉아 있었다.

그녀는 자기가 무엇을 해야 하는지 생각해 보았다. 자신의 마음에 필요한 생각, 손을 써서 해야 할 일 등 이것저것 궁리했다. 다시 거실로 가서 졸고 있는 어머니에게 갈 마음은 들지 않았고, 산책이라도 할까 했으나, 들판은 너무 쓸쓸해서 창 밖으로 내다봐도 우울했다.

문득 그녀는 자기는 이제 아무것도 할 일이 없는 것 아닌가, 영원히 없는 것이 아닌가 생각했다. 수녀원에서 지나간 그녀의 청춘은 미래를 생각하고 꿈꾸기에 바빴다. 그리고 그 속에서 바깥으로 나오자마자 꿈꾸던 사랑의 기대가 현실이 되고 말았다. 마치 기다리고 있었듯이 한 남자를 만나 사랑하고 결혼했다. 그녀는 깊이 생각할 여유도 없이 겨우 몇 주일 만에 결혼하게 된 것이다.

그러나 결혼 초기의 달콤함이 단조로운 생활로 바뀌려 하고, 또 끝없이 이어지는 희망과 불안감이 미래의 꿈에 빗장을 질렀던 것이다.

그러고 보면 할 일은 아무것도 없었다. 오늘도 내일도 영원히 없는 것이다. 그녀는 이 모든 것에 막연하게 느껴지는 환멸로 인해 허물어져 가는 자신의 꿈을 느꼈다.

그녀는 일어나 창가로 가서 싸늘한 유리창에 이마를 댔다. 그리고 어두운 구름이 흘러가는 하늘을 잠시 바라보다가 밖으로 나갔다.

이것들이 지난 5월의 같은 들판, 같은 풀, 같은 나무들일까? 햇빛을 받아 반짝이던 그 나뭇잎의 밝은 즐거움은 어디로 갔는가? 초록빛 잔디밭의 서정은 어떻게 되었는가? 가녀린 민들레가 피고, 붉게 타오르던 양귀비와 빛을 받아 반짝이던 마거리트, 노랑나비들은 눈에 보이지 않는 실 끝에서처럼 춤추고 있지 않았던가. 생명의 향기로 넘치던 그 대기의 만족감 따위는 이미 없었다.

가로수 길이 가을비에 젖고, 두꺼운 낙엽의 양탄자로 덮여, 발가벗은 포플러의 야윈 가지가 떨고 있는 아래로 끝없이 뻗쳐 있었다. 가냘픈 가지는 바람에 떨며 금방이라도 하늘로 날아가 버릴 듯한 마른 잎을 흔들고 있었다. 남은 나뭇잎들은 금화처럼 노랗게 변하여 가지에서 떨어져 빙글빙글 돌면서 땅에 내려앉았다. 울면서 끝없이 내리는 슬픈 빗줄기 같았다.

그녀는 방풍림이 있는 곳까지 걸어갔다. 그 곳은 중병환자의 방처럼 애처로웠다. 굽어진 정다운 오솔길을 갈라서 비밀스런 장소로 만들어 주었던 그 초록의 벽은 이제 잎도 별로 남아 있지 않았다. 나무들이 레이스처럼 얽혀 있었다. 관목들은 마른 가지를 서로 맞부딪치고 있었다. 바람에 실려와 군데군데 수북하게 쌓여 있는 낙엽의 속삭임은 죽음의 한숨 같았다.

아주 작은 새들이 추운 듯 가냘픈 소리로 지저귀며 쉴 곳을 찾아 여기저기 날고 있었다. 그러나 해풍을 막는 느릅나무의 두꺼운 장막으로 보호되어 보리수와 플라타너스는 아직도 여름 그대로의 단장을 하고 있었다. 한쪽은 붉은 우단, 다른 한쪽은 오렌지색 비단옷을 입고 있는 것 같았는데, 첫서리가 내리면 그 수액(樹液)의 성질에 따라 이처럼 서로 다른 물이 드는 모양이었다.

잔느는 쿠이야르가의 농원을 따라 어머니의 산책길을 천천히 오갔다. 방금 시작한 이 단조로운 생활의 권태감이 앞으로도 오래 계속되는 것이 아닐까 하는 생각이 들자, 마음이 무거워지고 견딜 수 없이 괴로웠다.

줄리앙이 처음으로 사랑을 속삭여 주던 언덕에 앉았다. 그곳에 가만히 앉아서 무엇을 생각하는 것도 아니고, 그저 멍하니 망상에 잠겨 있었다. 마음속까지 맥이 풀리고 피로해져서 오늘의 이 괴로움에서 벗어나기 위해 깊이 잠들고 싶었다.

갑자기 한 마리의 갈매기가 바람을 타고 하늘을 가로지르고 있었다. 그러자 멀리 코르시카의 어두운 골짜기에서 보았던 독수리가 생각났다. 즐거웠던, 그러나 이미 지나간 추억으로 그녀는 가슴에 심한 동요를 느꼈다. 야생의 향기, 과일을 무르익게 하는 태양, 장밋빛 봉우리의 산, 감청색 항만, 갈라진 물줄기가 흐르는 계곡과 더불어 눈앞에 찬란한 섬의 모습도 보였다.

그러나 자신을 둘러싸고 있는 우울하고 메마른 풍경, 나뭇잎이 떨어지고 회색 구름이 바람에 날리는 지금의 풍경이 너무 짙은 슬픔으로 그녀를 삼켰다. 그녀는 울지 않으려고 급히 집으로 들어갔다.

스산한 날씨에 익숙해져 있는 어머니는 아무렇지 않게 벽난로 앞에서 졸고 있었다. 아버지와 줄리앙은 일상적인 의논을 하려고 나갔는지 없었다. 덩그러니 넓은 거실에 밤의 어두운 그늘이 던져지고 있었으나, 그래도 벽난로불의 반사로 가끔은 환해지기도 했다.

창 너머 밖을 보니 아직 저무는 빛이 남아 있어 지저분한 자연과 진흙을 발라 놓은 듯한 회색의 하늘과는 구별이 되었다. 얼마 후에 남작이 나타나고, 줄리앙이 뒤를 따라왔다. 어두운 방에 들어서자 이내 남작은 종을 울리며 큰 소리로 외쳤다.

"어서 불을 갖고 와! 너무 음침해."

그리고 벽난로 앞에 앉았다. 불을 쬐자 젖은 발에서 김이 나고 구두 밑바닥의 진흙이 말라 떨어지는 것을 보며, 남작은 기분이 좋은 듯 손을 비볐다.

"오늘밤엔 얼음이 얼겠는데, 북쪽 하늘이 밝아오고 있구나. 밤에는 몹시 춥겠어."

그리고 딸을 향해 "어떠냐, 아가. 기쁘냐? 자기 나라, 자기 집에 노인네들 곁에 오니 말이다."

이 간단한 질문에도 잔느는 마음이 흔들렸다. 그녀는 눈에 가득 눈물을 담고 아버지에게 몸을 던졌다. 그리고 용서를 구하듯 발작적으로 입맞춤을 했다.

아무리 명랑해지려고 해도 너무 슬퍼서 견딜 수 없었던 것이다. 그녀는 부모님을 다시 보면 얼마나 기쁠까 하고 기대했던 것을 생각해 보았다. 그리고 지금 자기의 사랑을 퇴색시키는 냉담함에 스스로 놀랐다. 그것은 사랑하는 사람을 자주 보지 못하고 멀리서 그리워만 하다가 만났을 때 일상이 그들을 다시 이어놓을 때까지 느끼는 일종의 사랑의 격조함 같은 것이었다.

저녁식사는 길었다. 모두 침묵했고, 줄리앙도 아내 같은 건 잊어버린 것 같았다.

식사 후, 거실의 벽난로 가에서 잔느는 나른해져 졸고 있었다. 맞은편에서 어머니는 깊이 잠들어 있었다. 잔느는 두 남자가 다투는 듯한 소리에 눈을 떴다. 그녀는 정신을 가다듬으면서 이런 생각을 해보았다. 자신 역시 습관적인 혼수상태에 빠져들어 있는 것은 아닌가 하고….

벽난로의 불길이 낮에는 은근하고 부드러웠으나, 지금은 힘차게 타오르며 탁탁 튀고 있었다. 그 불길은 안락의자 덮개의 퇴색한 천 위 여우와 새 무늬 위에, 침울한 벽에 그려진 매미와 개미 위에 밝은 빛을 던지고 있었다.

남작이 미소를 지으며 다가왔다. 그리고 손을 펴 빨갛게 타오르는 장작불을 쬐면서 말했다.

"불이 좋아. 오늘밤에는 얼음이 얼겠어."

그리고 잔느의 어깨를 짚고 불을 가리키면서 말했다.

"잔느야, 세상에 벽난로 가보다 더 좋은 건 없다. 온 가족이 모이지. 이보다 더 좋은 게 없어. 피곤할 텐데 너희들은 가서 자려므나."

자신의 방으로 돌아온 잔느는 새삼 의아스럽게 느끼지 않을 수 없었다. 사랑한다고 믿고 있는 바로 그 장소로 돌아왔는데, 어째서 이렇게도 나쁜 느낌인가? 왜 자신이 상처 입은 것처럼 느껴지는 것일까? 이 집, 이 그립던 고장, 지금까지 가슴을 설레게 했던 이 모든 것이 어쩌면 이렇게도 서글프게 느껴질까?

그러다가 그녀는 문득 시계 위에 시선이 멎었다. 조그만 꿀벌이 여전히 재빠르고 휴식 없는, 같은 동작으로 은도금한 꽃 위를 날고 있었다. 그러자 곧 잔느는 사랑의 격정이 가슴에 솟아나는 것을 느꼈다. 자신을 위하여 시간을 노래해주고 인간처럼 맥박치며 마치 살아 있는 것같이 보이는 이 조그만 기계 앞에서 눈물어릴 만큼의 감동을 느꼈다.

그녀는 아버지나 어머니를 얼싸안았을 때에도 이렇게 감동하지 않았다. 사람의 마음이란 어떤 추리로도 파고들지 못할 신비를 지니고 있는 것인가.

결혼한 후 처음으로 그녀는 침대에 혼자 누웠다. 줄리앙은 피로하다는 핑계로 다른 방에서 잤다. 각각 자기 방을 갖는다는 것은 좋은 일이었다.

그녀는 좀처럼 잠들지 못했다. 오랜만에 자기 몸 가까이 누워 있는 다른 몸을 느낄 수 없다는 것이 이상하게 느껴졌다. 거기다가 짓궂은 북풍이 지붕을 스쳐가면서 그녀를 괴롭혔다.

다음 날 아침 밝은 빛에 눈을 뜨자, 침대가 붉게 물들어 있었다. 유리창에는 온통 성에가 끼고, 지평선 쪽이 모두 불붙은 듯 붉게 물들어 있었다. 가운을 입고 그녀는 창가로 가서 창문을 열었다.

얼어붙을 듯 차고 세찬 바람이 안으로 흘러 들어와 날카로운 한기가 피부를 스치자 눈물이 날 것 같았다. 붉은 하늘에서 벌건 술꾼의 얼굴처럼 부풀어 오른 태양이 나무 숲 뒤쪽에 모습을 나타냈다. 대지는 하얀 서리로 덮여 있고, 낙엽들은 말라서 농부들이 밟으면 바삭바삭 소리를 냈다. 하룻밤 사이에 잎이 조금 남아 있던 포플러 가지도 완전히 벌거숭이가 되어 있었다. 거친 들 저편에 흰 물결이 드문드문 보이는 초록빛 바다의 긴 수평선이 나타났다.

플라타너스와 보리수는 돌풍이 불자 금세 잎이 떨어지기 시작했다. 갑자기 불어 닥친 얼음장 같은 서릿바람이 지나갈 때마다 떨어지는 나뭇잎들이 소용돌이를 이루어, 마치 새가 날아가듯 바람 속으로 흩어졌다. 잔느는 옷을 입고 밖으로 나갔다. 그리고 무어든 하고 싶은 생각에 소작인들에게로 갔다.

마르탱 일가는 손을 들어 환영했고, 여주인은 잔느의 볼에 입을 맞췄다. 그리고 과일의 씨로 빚은 술을 조그만 컵에 따라 억지로 권했다. 또 다른 농가 쿠이야르 일가도 환영을 해주었고, 여주인은 양쪽 귀에다 입맞춤했다. 거기서도 과일주를 조그만 잔으로 한 잔 마셨다.

그리고 그녀는 식사를 하러 돌아왔다.

그날도 전날과 별반 다르지 않았다. 다만 전날은 날씨가 우중충했는데, 그날은 춥다는 것이 다를 뿐이었다. 그리고 그 주의 다른 날들도 비슷했다.

먼 나라를 그리는 마음은 조금씩 수그러들었다. 습관이 그녀의 생활에 체념을 가르쳤던 것이다. 그것은 하나의 물건에 덮개를 씌우는 것과 같았다. 일상의 보잘것없는 일에 대한 흥미, 평범하고 단조로우며 습관적인 일에 대한 배려가 그녀의 마음속에 다시 싹텄다. 그녀의 마음에는 우수라고나 할까, 약하지만 삶에 대한 환멸 같은 것이 번졌다. 어떤 세속적인 욕망도 그녀의 마음을 달래지는 못했다. 쾌락에 대한 갈망도, 희열에 대한 충동도 그녀의 마음을 사로잡지 못했다. 그리고 희열이라고 한들 어떤 것이 있는가? 오랜 세월 동안 퇴색한 거실의 의자처럼 모든 것이 그녀의 눈에는 흐릿하게 보였다.

줄리앙과의 관계도 완전히 달라졌다. 신혼여행에서 돌아오자 그는 딴 사람이 되었다. 역할을 마친 배우가 자신의 배역을 마치고 본래의 얼굴로 돌아간 것 같았다. 그녀를 배려하는 일은 거의 없고, 말도 잘 걸지 않았다. 사랑의 흔적마저도 사라지고 말았다. 그리고 그가 그녀의 방으로 오는 일도 매우 드물어졌다.

그는 재산과 집안을 관리하고, 임대 계약서를 다시 조사해서, 소작인들을 닥달하고 지출을 줄였다. 그리고 스스로 시골사람 같은 옷차림을 했기 때문에 지난날의 멋스러움도 없어지고 말았다.

그는 우단으로 만든 낡은 사냥복을 벗으려 하지 않았다. 그것은 결혼 전 입던 것으로 범 가죽 같은 얼룩무늬에 구리 단추가 달려 있었다. 여자의 관심을 끌 필요를 느끼지 않는 탓인지 면도도 하지 않았다. 아무렇게나 다듬은 구레나룻이 놀라보게 얼굴을 추하게 만들었다. 손도 다듬지 않았고, 식후에는 작은 컵으로 대여섯 잔씩 꼬냑을 들이켰다.

잔느가 부드러운 말로 두세 마디 참견하자 "맘대로 하게 놔 둬." 하고 퉁명스럽게 쏘아붙였기 때문에 두 번 다시 말하고 싶지 않았다.

그녀는 이 같은 남편의 변모에 체념하고 있었는데, 그것은 스스로도 놀라울 정도였다. 그녀에게 있어서 그는 완전한 남이었다. 영혼도 마음도 단절되어 있는 남이었다. 정열적으로 사랑했고, 결혼을 해서 같이 밤을 보냈지만, 이렇게 남이 되다니, 대체 어떻게 된 일인가 하고 그녀는 곰곰이 생각했다.

이처럼 남편에게 버림받은 것이 어째서 고통스럽지 않은가? 이것이 인생인가? 두 사람은 서로를 오해하고 있었던 것일까?

자신에게 미래는 이제 정말로 없단 말인가? 줄리앙이 여전히 멋있고 우아하고 매혹적이었다면 더 괴로워했을까?

설이 지나자, 신혼부부만 남고 부모님은 루앙의 집으로 가서 몇 달을 머물게 되었다. 젊은 부부는 이번 겨울 동안 레 페플을 떠나지 않기로 했다. 평생을 보낼 이 고장에 빨리 익숙해지고 마음의 안정을 얻기 위해서였다. 줄리앙은 이웃에 사는 사람들에게 자신의 아내를 소개해야겠다고 했다. 이웃은 브리즈빌르, 쿠틀리에, 그리고 푸르빌르 가의 사람들이었다.

그러나 마차의 문장(紋章)을 다시 그릴 사람이 오지 않아서 신혼부부는 이웃을 방문할 수 없었다. 이 집안의 오래된 마차를 남작이 줄리앙에게 물려주었는데, 라마르 가문의 문장이 르 페르튀 데 보가의 문장과 나란히 붙지 않으면 무슨 일이 있어도 이웃을 방문하지 않겠다고 줄리앙이 말했던 것이디.

이 지방에서 문장을 그리는 기술을 가진 사람은 단 한 사람뿐이었다. 바타이유라고 하는 볼벡의 그림쟁이였다. 마차 문의 장식을 그리려는 노르망디의 모든 귀족 집에 차례로 불려 다니고 있었다.

3월의 어느 날 아침, 식사를 마치려 할 때, 한 사내가 대문을 열고 곧장 이쪽으로 오고 있는 것이 보였다. 등에 상자를 짊어지고 있었다. 그 사내가 바타이유였다.

그는 식당으로 안내되어 귀빈처럼 식사 대접을 받았다. 전부터 지방 귀족들과 끊임없이 접촉하고, 문장에 통달하고 있다는 것이 그를 귀족과 동등하게 대접받게 했다.

그가 식사를 하는 동안 남작과 줄리앙은 연필과 종이를 가져오게 하여 방패 모양 문장의 바탕그림을 그렸다. 남작부인은 이러한 일에는 금방 흥분하는 성질이어서 이것저것 자기 의견을 말했다. 잔느도 신기한 일인 듯 토론에 한몫 끼었다.

바타이유도 식사를 하면서 자기 의견을 말했고, 때로 연필로 바탕그림을 그리면서 이 지방 귀족들의 마차를 설명해 주었다. 그러한 바타이유의 생각, 말씨까지 일종의 귀족적 분위기를 지니고 있는 것 같았다.

그는 몸집이 작고 희끗희끗한 머리를 짧게 깎았으며, 손에는 물감이 묻어 있고, 몸에서는 기름 냄새가 풍겼다. 풍문에 품행이 좋지 않다는 소문이 있었는데, 높은 지위에 있는 가문들로부터 대접을 받고 있었으므로, 그러한 오점도 지워진 지 오래였다.

커피를 마시자, 그를 마차 차고로 안내하고, 마차에 씌

윘던 포장을 걷었다. 바타이유는 마차를 살펴보더니 자기의 구도에 필요하다고 생각되는 크기에 대해 우쭐대며 설명했다. 그리고 다시 의견을 주고받은 다음 일을 시작했다.

추웠지만, 남작 부인은 의자를 가져오라고 해서 그가 일하는 것을 구경하기로 했다. 그리고 발이 시리다고 화로도 가져오게 했다. 그런 다음 그와 천천히 이야기하기 시작했다. 자신이 모르고 있는 혼인과 죽은 사람들, 새로 태어난 사람들에 대해서 물었는데 이러한 것을 묻는 것은 자기 기억 속에 있는 귀족의 족보를 완전하게 하려 함이었다.

줄리앙도 장모 옆 의자에 앉아 파이프를 입에 물고, 침을 뱉으며 이야기에 귀를 기울였다. 그리고 자신의 신분이 문장으로 그려지는 것을 지켜보았다.

얼마 뒤에는 시몽 영감까지도 채소밭에 가다말고 구경했다. 바타이유가 왔다는 얘기가 두 농가에 전해지자, 소작인의 아내 두 사람이 구경을 하러 왔다. 그들은 남작 부인의 옆에서 황홀하게 바라보면서 되풀이해서 말했다.

"저렇게 꼼꼼하게 잘 그리는 것을 보니 역시 솜씨가 대단하네요!"

마차 양쪽 문에 문장을 그리는 일은 다음 날 열한 시경이 되어서 끝났는데 모두들 좀더 자세히 보고 싶다고 마차를 밖으로 끌어냈다.

훌륭한 솜씨였다. 모두 다시 상자를 메고 떠나는 바타이유를 칭찬했다. 그리고 남작도 남작 부인도, 잔느도 줄리앙도 그가 대단한 솜씨를 갖고 있다는 것, 형편이 좋았더라면 틀림없이 훌륭한 예술가가 되었을 것이리고 말헸다.

한편, 지출을 줄인다고 줄리앙은 이것저것 바꿔보기 시작했는데, 그러기 위해서는 새로운 변화가 필요했다.

늙은 마부는 정원사가 되었다. 이유는 자작 자신이 말을 돌보기로 하고 사료 값을 줄이기 위해서 마차를 끄는 말을 팔았기 때문이다. 그리고 주인들이 타지 않는 동안 말을 돌볼 사람이 필요하다고 마리우스라는 소치는 목동을 하인으로 삼았다. 끝으로 필요할 때 말을 쓰려고 그는 쿠이야르가와 마르탱 가의 계약서에 특별 조항 하나를 첨가했다. 두 소작인은 주인이 정하는 날짜에 각각 말 한 필씩을 제공하도록 했으며, 그 대신에 닭을 바치는 것은 면제해 주기로 했다.

그래서 쿠이야르 가에서는 털이 노랗고 몸집이 큰 말을, 마르탱 가에서는 털이 길고 조그만 백마를 끌고 와서 마차에 맸다. 마리우스가 시몽 영감의 낡고 헐렁한 마부 옷 속에 푹 파묻힌 차림으로 마차를 돌계단 앞까지 끌고 왔다.

줄리앙은 말쑥한 차림으로 반듯하게 앉아 있어 다소 지난날의 우아함을 되찾았다고는 하나, 자라는 대로 버려 둔 긴 구레나룻으로 인해 한 평민처럼 보였다.

그는 말과 마차, 어린 하인을 살펴보더니 그만하면 된 것 같았다. 그에게는 다시 그린 문장만 중요했던 것이다.

남작 부인은 남편의 부축을 받아 가까스로 마차에 올라타서 좌석에 기대어 앉았다. 이번에는 잔느 차례였다. 처음에 그녀는 말들을 보고 웃었다. 그녀는 흰 말이 노랑 말의 손자 같다고 했다. 다음에는 마리우스의 차림에 눈이 갔는데, 휘장이 달린 모자 속에 얼굴이 파묻혀서 그 모자가 코에 겨우 걸려 있었다. 두 손은 소매 자락 속으로 들어가 버리고 다리는 마치 스커트를 입고 있는 꼴이었다. 또 형편 없이 큰 구두를 신은 발이 바지 자락 밑으로 묘하게 튀어나 와 있었다. 무엇을 쳐다보려면 고개를 뒤로 젖혀야 하고, 걸으면 물을 건너듯 바지 자락을 치켜올려야 하며, 심부름 을 시키니 헐렁한 옷 속에 파묻혀 마치 장님처럼 버둥거렸 다. 이것을 본 잔느는 참을 수 없이 웃음이 터지더니 그치 지를 않았다. 남작도 고개를 돌려 어리둥절해 하는 꼬마를 보더니 이내 웃음을 터뜨렸다.

아내를 부르는데 말이 잘 나오지 않아 "마, 마리우스를 좀 보, 보구려! 아이구, 우스워."

그러자 남작 부인도 마차 문 밖으로 몸을 내밀고 소년을 쳐다보다가 역시 참을 수 없는 웃음이 터져서 마차가 마치 울퉁불퉁한 길에서 흔들리는 것처럼 되어버렸다.

줄리앙은 얼굴이 파랗게 질리며 물었다.

"뭐가 그렇게 우습습니까? 다 제정신이 아니군요!"

잔느는 웃다가 배가 아파서 현관 앞 돌계단에 주저앉고 말았다. 남작도 그녀와 같이 주저앉았다. 그리고 마차 속 에서는 발작이 일어난 듯 재채기 소리, 킥킥대는 암탉 울음 소리 같은 것이 쉬지 않고 들려왔는데, 그것은 물론 남작 부인이 우스워서 발버둥치는 소리였다. 마리우스의 프록 코트도 흔들리기 시작했다. 자신의 모습이 우스웠는지 모 자 속에서 낄낄대고 있는 것이었다.

그러자 화가 난 줄리앙이 뛰어가서 따귀를 때렸기 때문 에 소년의 머리에서 빗겨진 모사는 산니맡 위로 날아 가버렸다. 그리고 장인에게로 돌아서더니 흥분된 소리로 말했다.

"웃으실 것 없습니다. 재산을 물 쓰듯 하지 않았더라면 이렇게 되지 않았을 겁니다. 이대로 망해 버리면 누구를 원망합니까?"

웃음은 얼어붙고 말았다. 그리고 아무도 말하지 않았다. 잔느는 금방이라도 울 것 같은 표정으로 살며시 마차 위에 올라가 어머니 앞에 앉았다. 남작도 입을 다물고 모녀 앞에 앉았다. 줄리앙은 볼이 부어 눈물을 흘리고 있는 소년을 옆으로 끌어올려 마부 자리에 앉혔다.

길은 지루하고 길게만 느껴졌다. 마차 안에서는 다들 침묵하고 있었다. 세 사람 다 기분이 내려앉아 마음속에 있는 것을 이야기하고 싶지 않았다. 그렇다고 다른 이야기를 할 수 없다는 것도 잘 알고 있었다. 그만큼 마음 아픈 생각은 그들의 마음에서 떠나지 않았다. 그래서 마음 아픈 문제를 얘기하기보다는 침묵을 지키고 있는 편이 나았다.

두 마리 말이 어긋난 보조에 맞춰 마차는 농가 앞을 지나가고 있었다. 놀란 암탉들이 껑충거리며 달아나 울타리 사이로 몸을 감추었다. 때로는 큰 개가 짖으며 쫓아오다가 털을 세우고 다시 돌아갔다. 그러다가 뒤돌아보며 마차를 향해 짖어 댔다. 흙투성이 나막신을 신은 젊은이가 한가롭게 손을 호주머니 속에 넣고 바람을 받아 파란 작업복 등 뒤가 불룩해진 채 긴 다리를 끌며 걷고 있었다. 그가 마차가 지나가도록 길옆으로 비켜서며 어색하게 모자를 벗으니 달라붙은 머리털이 드러났다.

농가와 농가 사이에 다시 들판이 펼쳐지고, 그 곳에서 또 다른 농가가 멀리 흩어져 보였다.

마침내 키 큰 전나무로 이루어진 가로수 사이로 들어섰는데 그곳을 지나면 큰 길이 나왔다. 바퀴가 흙탕에 빠져 마차가 기우뚱거렸고, 그럴 때마다 남작 부인은 비명을 질렀다. 가로수 길이 끝나는 곳에 하얗게 색칠한 울타리가 있었다. 마리우스가 뛰어가서 울타리의 문을 열었다. 다시 둥글게 굽어진 길을 지나 넓은 잔디밭을 한 바퀴 돌아서 높은 건물 앞에 멈춰 섰는데 창의 덧문이 닫혀 있었다.

가운데 문이 갑자기 열리고 중풍을 앓는 늙은 하녀가 앞치마에 가려진 검은 그물 무늬가 있는 빨간 조끼를 입고 절름거리면서 현관 계단을 내려왔다. 방문객의 이름을 묻고는 넓은 거실로 안내한 다음 평소에는 달아 둔 덧문을 힘들여 열었다. 가구에는 덮개가 씌워져 있었다. 탁상시계와 가지 달린 촛대는 흰 천으로 싸여 있었다. 곰팡내 나는 공기, 차고 습한 묵은 냄새가 나는 공기가 허파와 심장과 피부에 스며드는 것 같았다.

모두 앉아서 기다리고 있었다. 2층 복도에서 발자국 소리가 들려왔다. 뜻하지 않은 일로 당황하는 듯한 소리였다. 이 집 주인들은 갑작스런 방문으로 황급히 옷을 갈아입고 있는 것이다. 꽤 시간이 걸렸다. 종이 몇 번이나 울렸고, 또 다른 발자국 소리가 계단을 내려갔다가 다시 올라갔다.

남작 부인은 몸에 한기가 스며서 잇따라 재채기를 했다. 잔느는 침울해져서 어머니 곁에 앉아 있었다. 그리고 남작도 벽난로의 대리석에 등을 대고 눈을 내리깔고 있었다.

한참 만에 문이 열리고 브리즈빌르 자작 부부가 나타났다. 키가 작고 마른 체격에 뛰는 것 같은 걸음걸이였다. 나이는 짐작이 가지 않았으며, 거북해 하는 빛이 보였다. 부인은 꽃가지 무늬 장식이 달린 모자를 쓰고 칼칼한 음성으로 빠르게 말했다.

남편은 화려한 프록코트차림으로 무릎을 굽혀 인사했다. 코도 눈도, 튀어나온 이빨도, 초를 먹인 듯한 머리도, 호화로운 옷도 모두가 번쩍거리고 있었다. 잘 손질한 물건이 번쩍거리는 것 같았다.

환영한다는 첫 인사말과 이웃 간의 의례적인 말을 주고받자 더 이상 아무런 할 말이 없었다. 교제가 오랫동안 변함없이 계속됐으면 좋겠다고 서로의 원하는 바를 말했다. 일 년 내내 시골에 사는 사람들끼리 만나는 것도 위안이 될 것이라는 얘기였다.

무엇보다 거실의 차가운 공기는 뼛속까지 스며들어 목을 잠기게 했다. 남작 부인은 재채기가 채 멎기 전에 이번에는 기침이 나오기 시작했다. 그래서 남작이 가자는 눈짓을 했다. 브리즈빌르 부부는 "왜 그러십니까? 이렇게 빨리? 좀 더 계셔도 되는데." 하고 말했다. 잔느가 일어섰다. 줄리앙이 너무 빠르다고 눈짓했지만, 그녀는 모르는 척했다.

하인을 불러서 마차를 끌어내게 하려 했으나, 종이 울려도 대답이 없자, 집 주인이 몸소 달려갔다. 돌아와서 하는 이야기가 말은 마구간에 있다고 했다.

그래서 기다리는 시간 동안에 서로가 무엇인가 할 말을 찾았다. 이번 겨울에는 비가 자주 온다는 따위의 말이었다.

잔느가 갑갑한지 자신도 모르게 몸을 흔들며, 둘이서 일 년 내내 무엇을 하며 지내느냐고 물었다. 그러나 브리즈빌르 부부는 그런 질문에 놀랄 뿐이었다. 왜냐면 그들은 일이 많았기 때문이다. 프랑스 전국에 살고 있는 친척들에게 편지를 쓰거나 일상적인 일로 하루를 보내고, 부부 간에 마주보면서도 남과 만나듯이 예의를 갖추고, 하찮은 일이라도 대단하게 이야기하거나 하면서 지루한 줄을 모르고 살고 있는 것이다.

모든 것이 천으로 덮여 있는 이 인기척 없고 덩그렇게 높은 천장 밑에 앉아 있는 이 부부가 이렇게 조그맣고 말쑥하게 단장하고 있는 차림이 흡사 귀족의 본보기 통조림 같다고 잔느는 느꼈다.

마차가 짝이 안 맞는 말에 끌려서 창문 앞을 지나갔다. 그러나 마리우스의 모습이 보이지 않았다. 저녁때까지 일이 없을 것이라 생각하고 들을 한 바퀴 돌아보려고 나갔을 것이다.

줄리앙은 화가 나서 혼자 걸어서 오라고 했다고 전해주라 했다. 그리고 서로 간의 긴 인사를 나눈 다음 레 페플을 향해 출발했다.

마차에 탄 잔느와 남작은 조금 전 줄리앙의 힐난하던 소리가 마음속에 맺혀 있었지만, 그래도 브리즈빌르 부부의 몸짓과 음성을 흉내내며 키득거렸다. 남작은 남편의 흉내를 내고 잔느는 아내의 흉내를 냈는데, 남작 부인은 그들을 존경하고 있었으므로 시무룩해서 말했다.

"그렇게 남을 흉보면 못써요. 훌륭한 기문의 나무랄 네

없는 사람들이니까요."

모친의 심기를 건드리지 않으려고 두 사람 모두 입을 다물었으나, 그래도 참지 못하고 남작과 잔느는 얼굴을 마주보며 다시 흉내내기 시작했다. 남작은 공손하게 절을 하고는 정중하게 말했다.

"부인, 레 페플의 저택은 몹시 추우시겠죠. 종일 바다에서 찬 바람이 불어올 테니 말입니다."

이번에는 잔느가 새침하게 멱 감는 오리처럼 머리를 흔들면서 억지웃음과 함께 말했다.

"무슨 말씀을, 여기도 일 년 내 바쁘답니다. 편지를 보내야 할 친척이 많아요. 게다가 주인 양반은 뭐든 저에게 떠맡기지요. 벨 신부님과 함께 학문 연구를 하고 있어요. 두 분은 노르망디의 종교사를 쓰고 있습니다."

이번에는 남작 부인도 웃었다. 언짢아하면서도 부드러운 낯으로 말했다.

"같은 계급의 사람들을 흉보는 게 아니에요."

그때 마차가 갑자기 멎었다. 줄리앙이 누군가 뒤에서 오는 사람을 부르면서 소리를 지르고 있었다. 무슨 일인가 하고 잔느와 남작이 창 밖으로 고개를 내밀어 보았더니, 괴상하게 생긴 것이 이쪽을 향해 달려오고 있었다. 헐렁한 바지자락이 발에 걸리고, 내려 덮이는 모자에 눈이 가려서 풍차 날개처럼 소매를 휘두르며, 물웅덩이를 허둥대고 건너려다가 흙탕물이 튀고 길가 돌멩이에 걸려 넘어지면서, 진흙투성이가 된 마리우스가 전속력으로 마차를 쫓아오고 있는 것이다.

마리우스가 가까스로 마차를 따라잡자, 줄리앙은 허리를 굽혀 아이의 멱살을 잡더니 옆자리로 끌어올렸다. 그리고 고삐를 늦추고 소년의 모자에 주먹질을 했다. 모자는 소년의 어깨까지 내려앉아 북처럼 소리를 냈다. 소년은 모자 속에서 비명을 지르며 달아나려고 했다. 마부 자리에서 뛰어 내리려고 하면 주인이 한 손으로 단단히 잡고 또 한 손으로 두들겨 팼다.

"아버지…, 저거 보세요. 아버지!"

남작 부인도 노여움을 참지 못하고 남편의 팔을 잡았다.

"말려요, 여보."

그러자 남작은 다급히 앞쪽 유리창을 내리고 사위의 소매를 잡으며 화난 소리로 말했다.

"그만두지 못하겠나?"

줄리앙은 놀라서 뒤돌아보았다.

"이 놈 옷 꼴이 어떻게 되었는지 보이지 않습니까?"

남작은 두 사람 사이로 얼굴을 내밀며 말했다.

"아무래도 좋아! 그렇게 사납게 굴면 안 돼."

줄리앙이 또다시 화를 냈다.

"참견하지 마세요. 장인어른과 상관없는 일이니까요!"

그러면서 또다시 손을 치켜들었다가 장인이 그 손을 잡아 힘껏 뿌리쳤기 때문에 줄리앙의 손이 마부석 판자에 부딪쳤다.

장인이 몹시 화가 나서 말했다.

"그만두지 않으면 내가 내리겠네. 그만두게 하는 일쯤은 나도 할 수 있어!"

그 말투가 너무 격렬했기 때문에 사위도 갑자기 수그러져서 대답도 않고 말에 채찍질을 하며 거칠게 마차를 몰기 시작했다.

두 여인은 얼굴이 파리해진 채 꼼짝도 하지 않았다. 남작 부인의 심장에서 무거운 고동 소리가 들려왔다.

저녁식사를 하면서 줄리앙은 여느 때보다도 상냥했다. 마치 아무 일도 없던 것 같았다. 본시 잔느와 남작과 아델라이드 부인은 맺힌 데가 없는 성격이어서 무엇이나 쉽게 잊어버렸기 때문에, 줄리앙의 상냥함을 보자 회복기의 환자가 느끼는 듯한 행복감에 싸여서 명랑하게 떠들어댔다. 잔느가 브리즈빌르 부부 이야기를 꺼내자, 이번에는 줄리앙도 농담을 했다. 그러나 이내 덧붙여 말했다.

"하지만 그분들은 점잖은 사람들이에요."

그 후로는 다른 집을 방문하지 않았다. 모두가 마리우스 사건이 되풀이될까 걱정됐던 것이다. 새해에는 이웃사람들에게 명함만 전하고 방문은 날씨가 풀리는 봄까지 기다리기로 했다.

크리스마스가 왔다. 신부와 촌장 부부를 만찬에 초대했다. 이러한 초대가 매일의 단조로움을 깨는 유일한 즐거움이었다.

남작 부부는 1월 9일에 레 페플을 떠나기로 했다. 잔느는 부모님을 더 붙잡으려고 했지만, 줄리앙은 관심이 없었다. 남작은 사위가 갈수록 냉정해지는 것을 보자 루앙에서 역마차를 불렀다.

출발하기 전 날, 짐도 다 챙겨놓았으므로, 잔느와 남작은 이포르까지 가보기로 했다. 춥기는 했지만 하늘은 맑았다. 코르시카에 갔다 온 후 한 번도 간 적이 없었다.

그들은 숲을 지나갔다. 결혼하던 날 잔느가 평생의 반려가 될 사람과 몸과 마음이 하나가 되는 기분으로 산책한 숲이었다. 그녀가 난생 처음으로 애무를 받아 전율하던 숲, 그리고 오따의 황량한 골짜기 샘가에서 맑은 물에 두 사람의 입맞춤을 섞어 마시며 그녀가 처음으로 그 관능적 사랑을 느낀 숲이었다.

지금은 나뭇잎도, 덩굴도 없었다. 가지와 가지가 마주치는 소리, 겨울에 벌거숭이가 된 잡목 숲에서 들리는 건조한 소리뿐이었다.

예전의 그 조그만 마을로 들어갔다. 인기척이 없는 거리에는 바다와 해초와 생선 냄새가 배어 있었다. 우중충한 그물이 평소나 다름없이 문간에 걸려 있고 자갈 위에 펼쳐져 있었다. 차가운 잿빛의 바다는 영원히 그치지 않는 파도 소리를 내면서 물이 빠져나가고, 멀리 페캉 쪽의 벼랑 옆에 누운 큰 보트는 마치 죽어 있는 큰 물고기 같았다. 저녁이 되자, 어부들이 무리를 지어 모래톱으로 모여들었다. 모두가 큰 장화를 무겁게 끌고, 목에는 털목도리를 두르고 한 손에는 1리터짜리 브랜디 병을, 또 한 손에는 배에서 쓰는 등잔을 들고 있었다. 그들은 한참 동안 기울어진 배 주위를 돌아다니며 짐을 실었다.

노르망디인 특유의 느릿한 동작으로 배에 싣는 것은 그물·낚시찌·큰 병·버터 담는 항아리·컵·술 등이었다. 그런 뒤 배를 반듯이 세워서 비디 쪽으로 밀고 갔다. 배는 요란한 소리를 내며 자갈 위를 미끄러지더니, 물거품을 내며 파도에 잠시 흔들렸다. 그리고 갈색 돛을 달고 돛대 위에 조그만 등불을 켠 채 어둠 속으로 사라졌다.

몸집이 큰 아낙네들이 큰 체격을 얇은 옷으로 내비치면서 마지막 사람이 떠날 때까지 바닷가에 남아 있더니, 떠들썩하게 소리를 내면서 어두운 길을 따라 마을로 돌아갔다.

남작과 잔느는 어부들이 어둠 속으로 사라져 가는 것을 감회에 젖어 바라보았다. 그들은 먹고 살기 위하여 이렇게 밤마다 목숨을 걸고 바다로 나가는 것이다. 그나마 가난하여 고기 따위는 먹어 보지도 못했으리라.

"무섭지만 아름답기도 하다. 밤의 어두운 장막이 내리는 바다, 수많은 사람들이 위험과 마주치는 바다, 정말 멋지지 않니! 자네트?"

그녀는 얼어붙을 듯한 미소를 지으며 말했다.

"지중해에는 비교할 수 없어요."

그러자 아버지는 분명히 말했다.

"지중해! 그건 기름이고, 사탕물이고, 세숫대야 속의 파란 물이야. 저것 봐라, 저 바다로 나가서 보이지 않는 사람들을 말이다."

잔느도 고개를 끄덕이며 말했다.

"그래요."

그녀의 입에서 나온 '지중해'라는 말이 다시금 그녀의 마음을 설레게 하며 그녀의 꿈이 잠들어 있는 먼 나라로 그녀의 생각을 이끌어 갔다.

아버지와 딸은 숲을 지나지 않고 큰길을 따라 지친 걸음으로 산허리를 올라갔다. 두 사람은 별로 말을 하지 않았다. 이별이 다가오자 슬펐기 때문이다.

농가를 둘러싼 도랑을 따라가자 신선한 사과술 냄새가 났다. 이 때쯤 노르망디의 시골에서 맡을 수 있는 사과술의 향기였다. 그리고 가축우리에서 나는 냄새, 소들이 깔고 자는 짚이 내뿜는 냄새가 코끝에 스며들었다. 불 켜진 조그만 들창이 뜰 안에 집이 있다는 것을 알려주고 있었다.

잔느는 자신의 영혼이 눈에 보이지도 않는 것까지 알 수 있게 된 것이 아닌가 생각됐다.

들판에 점처럼 흩어져 있는 작은 불빛은 그녀에게 짙은 외로움을 주었다. 모든 것으로부터 떨어지듯 사랑하는 것들로부터 멀리 떠나가게 된 사람이 느끼는 극심한 외로움이었다.

잔느는 체념적으로 말했다.

"항상 즐거움만 있는 건 아니에요, 인생은."

남작이 한숨지었다.

"할 수 없는 일 아니냐, 잔느. 우리로서는 어떻게 할 수 없으니까."

다음날 남작 부부는 떠났고, 둘만이 남게 되었다.

7

젊은 부부는 카드놀이를 시작했다 매일 점심을 먹고 나

면 줄리앙은 아내를 상대로 몇 번씩이나 게임을 했다. 그러는 동안에 파이프 담배를 피우고 꼬냑을 몇 잔 마시는 것을 빠뜨리지 않았다. 게임이 끝나면 잔느는 거실로 갔다. 비가 유리창을 때리고, 바람이 유리창을 흔들 때면 창가에 앉아서 쉬지 않고 속옷에 수를 놓았다. 피곤해지면 눈을 들어 멀리 흰 파도가 이는 바다를 바라보곤 했다. 몇 분 동안 그렇게 멍하니 바라보다가 다시 일을 시작했다.

잔느는 달리 할 일이 없었다. 줄리앙은 집안일을 손안에 쥐고 자신의 힘을 과시하려 들었다.

그는 잔인할 만큼 인색한 본성을 드러내서 팁을 주는 일 따위는 절대로 하지 않았고, 식사도 최소한 제한했다. 잔느는 레 페플에 와서 아침마다 노르망디식 케잌을 제과점에서 만들게 했는데, 줄리앙은 이 비용을 없애고 보통 빵을 굽도록 했다.

그녀는 변명이나 언쟁이나 싸움을 하기 싫어서 한 마디도 하지 않았다. 남편이 그렇게 탐욕을 드러낼 때면 바늘로 찌르는 것 같은 고통을 느끼지 않을 수 없었다. 그녀에게는 그런 것들이 천하고 야비하게 느껴졌다. 돈은 문제 삼지 않는 가정에서 자랐기 때문이었다. 그때까지 그녀는 어머니가 "돈이란 쓰기 위한 거야." 하는 말을 들으며 살아왔던 것이다. 그러나 지금은 줄리앙이 "당신은 돈을 낭비하는 습관을 도저히 버릴 수가 없단 말이오?" 하고 말하는 것이다. 그리고 고용인들의 급료라든가, 물품 계산서에서 몇 푼이라도 깎을 수 있으면, 잔돈을 호주머니 속에 집어넣고 웃으며 "티끌 모아 태산이야." 하고 말했다.

날이 갈수록 잔느는 또다시 공상에 잠겼다. 일을 잠깐 멈추면 손에 힘이 없어지고 눈앞이 아련해져서 즐거운 모험에 나서는 주인공 소녀가 된 자신을 상상하는 것이었다. 그러다가 시몽 영감에게 무엇을 지시하는 줄리앙의 소리가 들려오면 아득한 몽상에서 현실로 돌아왔다. 그리고 다시 지겨운 일감을 들고 "이젠 모두 지나간 일이야, 이런 것은." 하고 자신에게 말하면 눈물이 한 방울 바느질하는 손등에 떨어졌다.

로잘리도 전에는 명랑하고 노래만 불렀었는데, 너무나 달라졌다. 살이 쪘던 볼도 꺼져서 색깔이 변해버렸다.

가끔 잔느는 그녀에게 물었다.

"어디 아프니?"

그 때마다 하녀는 대답했다.

"아녜요, 마님."

그렇게 말하는 그녀의 볼에 희미하게 미소가 떠올랐다. 그리고는 도망치듯 가버렸다. 옛날처럼 뛰어다니는 일도 없었고, 다리를 끌며 억지로 걸었다. 화장도 하지 않는 것 같았다. 아무것도 사려고 하지 않았으며, 비단 리본이나 코르셋, 여러 가지 향수를 보여주어도 필요 없었다.

큰 집은 텅 비어 쓸쓸함만이 맴도는 것같이 음침했다. 외벽은 비를 맞아 잿빛의 얼룩으로 더럽혀져 있었다.

1월 말이 되자 눈이 왔다. 구름들이 어두운 북쪽 바다에서부터 흘러오는 것이 보였고, 곧 이어 흰 솜 같은 눈이 내리기 시작했다. 하룻밤 사이에 온 들판이 눈으로 덮여서, 나무들은 얼음의 거품에 싸여 그 모습을 나타냈다.

줄리앙은 장화를 신고 막노동꾼 같은 차림으로 방풍림 속 들로 향한 여울에 몸을 숨기고 철새를 기다렸다. 이따금 총소리가 들의 얼어붙은 침묵을 깨뜨렸다. 놀란 검은 새의 무리가 나무 위를 선회하며 날아올랐다.

잔느는 권태감을 이기지 못해 가끔 현관 계단까지 내려왔다. 생명의 술렁거림이 아득히 먼 곳에서 들려왔다. 그것은 춥고 우울한 들판의 잠들어 있는 침묵 속에 퍼져나갔다. 그러는 동안에는 아무것도 들리지 않았다. 가느다랗게 코고는 소리 같은 먼 파도 소리와, 끊임없이 서걱거리는 눈 소리뿐이었다.

크고 작은 눈송이들이 끊임없이 내려서 점점 높이 쌓여 갔다.

그렇게 눈이 펑펑 쏟아지는 어느 날 아침, 잔느는 거실 벽난로에서 발을 녹이고 있었다. 무심코 쳐다보니 날이 갈수록 행동이 달라지는 로잘리가 힘들게 잠자리를 정리하고 있었다. 잔느의 등 뒤에서 괴로운 한숨 소리가 들려왔다. 돌아보지도 않고 그녀는 물었다.

"왜 그러니?"

하녀는 여느 때처럼 대답했다.

"아무것도 아녜요, 마님."

그 목소리는 떨려서 땅으로 꺼져버릴 것 같았다.

잔느는 다른 생각을 하고 있다가, 잠시 후에도 하녀의 움직임이 없어 "로잘리!" 하고 불러 보았으나 아무런 응답이 없었다. 그래서 소리 없이 밖에 나간 것이라 생각하고 좀더 큰 소리로 "로잘리!" 하고 불렀다. 그리고 종을 당기려고 손을 뻗는 순간, 바로 옆에서 신음 소리가 들려 불안감에 몸을 떨며 일어섰다.

하녀는 파랗게 질려 핏발이 선 눈으로 방바닥에 두 다리를 뻗고 주저앉아 있었다.

잔느가 다가갔다.

"왜 그러는 거야, 응. 왜 그래?"

하녀는 한 마디 하지 않고 꼼짝도 않은 채 광기어린 눈으로 안주인을 보고 있었다. 무서운 고통으로 몸이 찢어지는 듯 헐떡였다. 다시 온몸이 굳어지더니 비명을 참고 이를 악물면서 뒤로 넘어졌다.

그때, 벌어진 가랑이 사이에 덮여 있는 옷 속에서 무엇인가 움직였다. 그리고 이상한 소리가 들려왔다. 물소리도 같고, 목이 졸려 괴로워하는 소리도 같았다. 그러더니 그것은 고양이의 우는 소리로 변했다. 가냘프지만 괴로움을 호소하는 소리였다. 세상에 갓 태어난 아이가 지르는 고통의 소리, 최초의 울음소리였다.

잔느는 금방 상황 판단이 되었다. 그리고 머리가 혼란해져서 "줄리앙, 줄리앙!" 하고 부르며 계단으로 달려갔다.

그가 아래쪽에서 대답했다.

"왜 그러오?"

그녀는 "오… 로, 로잘리가…" 하고 말한 것이 전부였다.

줄리앙이 놀라서 계단을 한꺼번에 두 개씩 뛰어올라왔다. 그는 방 안에 들어서자 대뜸 하녀의 옷자락을 걷어 올렸다. 거기에 놀랍도록 흉한 조그만 살덩이가 보였다. 주름투성이로 가냘프게 우는 살덩이, 끈적거리는 살덩이가 사타구니 사이에서 움직이고 있었다. 줄리앙이 험상궂은 얼굴로 일어나서 돌아섰다. 그리고 어리둥절해 하는 아내를 밖으로 밀어내면서 "당신은 알 것 없소. 루디빈느와 시몽 영감을 불러줘요."

잔느는 떨면서 부엌으로 내려왔다. 그리고는 두 번 다시 올라갈 마음이 나지 않아 거실로 들어갔다. 부모님이 떠나간 뒤로는 불을 피우지 않은 그곳에서 불안에 떨며 상황을 기다렸다.

곧 하인이 달려 나가는 것이 보였다. 5분쯤 지나서 과부 당튀를 데리고 돌아왔다. 이 지방의 산파였다.

그러자 이번에는 계단에서 부상자라도 운반하는 듯한 소동이 벌어졌다. 줄리앙이 내려와서 잔느에게 이제 그녀의 방으로 올라가도 좋다고 했다.

그녀는 무슨 불길한 일이라도 일어난 것처럼 몸서리치며 물어보았다.

"그 애는 어때요?"

줄리앙은 마음에 걸리는 일이 있는 듯 신경질적으로 방 안을 서성거렸다. 분명 노여움으로 흥분하고 있는 것 같았다. 그는 처음에는 아내의 말에 대답하지 않다가 잠시 후에 동작을 멈추고 "당신은 저 애를 어떻게 할 작정이오?" 하고 물었다.

그녀는 그 말뜻을 이해할 수 없었다. 그래서 남편의 얼굴을 빤히 쳐다보면서 물었다.

"어떻게 하다니요. 그게 무슨 말이에요? 나는 모르는 일이에요."

그는 갑자기 소리쳤다. 무엇인가 분노할 일이 있는 것 같았다.

"사생아를 집에 둘 수는 없잖아."

그 말을 들으니 잔느도 어떻게 해야 할지 알 수 없었다. 그래서 한참을 침묵하다가 "그러면 남에게 주어서 기를 수도 있잖아요." 하고 대답했다.

그는 그녀의 말을 막았다.

"그러면 누가 그 비용을 낼 거요? 틀림없이 당신이겠지."

그녀는 다시 한참을 생각에 잠겨 어떤 해결 방법이 없을까 궁리하다가 가까스로 말했다.

"그것은 아버지가 내겠지요. 그 애의 아버지 말예요. 그리고 그 애 아버지가 로잘리와 결혼하면 귀찮은 일도 없어질 텐데요."

줄리앙은 참을 수 없다는 듯 벌떡 일어나서 말했다.

"아버지라고! 아버지! 당신 알고 있소…, 그 애 아버지를? 그러면 어떻게 하나?"

잔느도 흥분해서 언성을 높였다.

"그렇지만 애비가 애를 그냥 내버려두는 게 말이 돼요. 그런 사람은 비겁한 인간이에요! 이름을 물어서 만나 봅시다. 그에게서 설명을 들어야 해요."

줄리앙은 마음을 가다듬고 다시 방 안을 서성거리기 시작했다.

"여보, 로잘리는 말을 하려 하지 않아요. 그 남자 이름 말이오. 나에게도 말하지 않는데 당신에게 말할 리 없지. 그리고 그가 결혼하지 않겠다면 어떻게 할 거요? 애비 없는 자식을 낳은 하녀와 그 젖먹이를 우리 집에 있게 할 수는 없지 않소. 안 그렇소?"

잔느는 집요하게 되풀이해서 말했다.

"그렇다면 나쁜 인간이지요. 아무튼 무슨 수를 써서라도 그 남자가 누군지 알아야 해요. 그리고 우리들이 상대를 해줍시다."

이 말에 줄리앙은 얼굴이 붉어지면서 다시 신경질을 부리기 시작했다.

"그러면 그 때까지는 어떻게 할 거요."

그러더니 곧 거칠게 자기 의견을 말했다.

"난 말이오, 간단하지. 돈 좀 주어서 갓난애와 함께 내쫓아버리는 거요."

그러자 잔느는 펄쩍뛰며 반대했다.

"그것만은 절대 안 돼요! 저 애와 나는 한 젖을 먹고 같이 자랐어요. 그 애가 저지른 일은 정말 잘못한 일이에요. 그렇다고 그 애를 쫓아낼 수는 없어요. 달리 방법이 없다면 내가 그 애를 기르겠어요."

그러자 줄리앙이 폭발했다.

"그런 짓을 했다가 무슨 얘기를 들으려고, 가문과 인척 관계 혈통을 가진 우리가 말이오. 다들 우리가 행실 나쁜 계집을 집에 두어 감싸준다고 말할 거요. 그리고 점잖은 사람들은 우리 집에 발걸음도 하지 않을 거요. 당신은 무슨 생각을 하는 거요? 정말 미친 것 아니오!"

그녀는 침착했다.

"절대 로잘리를 쫓아낼 수는 없어요. 만일에 당신이 집에 두기 싫어하면 어머니가 데려가실 거예요. 어떻게 하든 우리는 아기 아버지 이름을 알아내고 말 거예요."

그러자 줄리앙은 불같이 화를 내고 나가면서 문을 쾅하고 닫았다. 그리고 소리쳤다.

"여자들은 모두 바보야. 쓸데없는 생각만 하고 있어."

오후가 되자, 잔느는 산모의 방으로 올라가 보았다. 로잘리는 과부 당튀의 간호를 받으며 눈을 뜨고 침대에 누워 있었다. 산파는 갓난아이를 안고 흔들어 주고 있었다.

안주인 얼굴을 보자 로잘리는 담요로 얼굴을 가리고 몸부림치면서 흐느끼기 시작했다. 잔느가 입맞춤하려고 하자 로잘리는 얼굴을 가리며 거절했다. 잔느는 로잘리가 하는 대로 버려두었다. 아직 울고는 있었지만 조용하게 소리를 죽인 울음이었다.

벽난로에서는 불이 가늘게 타오르고 있었으나 추웠다. 아기가 울고 있었다. 잔느는 아기에 대한 말을 꺼내지 못했다. 그녀가 또 울며 발작을 할까 두려웠기 때문이다. 그래서 그녀는 하녀의 손을 잡고 "괜찮아, 괜찮아." 하고 기계적으로 되풀이했다. 가엾은 하녀는 산파를 곁눈질하더니 아기의 울음소리에 몸서리를 쳤다. 슬픔이 남아 목이 메이고, 가끔 경련하듯 흐느낌이 솟았다. 삼킨 눈물이 목구멍에서 소리를 내고 있었다.

잔느는 한 번 더 로잘리에게 입맞춤을 했다. 그리고 귓전에다 대고 "아기는 우리가 잘 돌봐 줄 거야, 알았지?" 하고 나직하게 속삭였다.

그리고 또다시 그녀가 울 것 같아 잔느는 급히 그 자리를 피했다. 잔느는 매일처럼 그녀를 보았는데, 하녀는 안주인을 보면 폭포 같은 눈물을 터뜨리는 것이었다.

갓난아기는 근처에 사는 여자에게 맡겨 기르기로 했다.

그 동안 줄리앙은 아내와 거의 말을 하지 않았다. 하녀를 내보내려다 거절당한 뒤 그녀에게 몹시 화가 나 있는 것 같았다. 어느 날 줄리앙이 그 문제를 다시 꺼냈다. 잔느는 호주머니에서 남작 부인의 편지를 꺼냈다. 그것은 로잘리를 레 폐플에 데리고 싶지 않으면 곧 자기에게 보내달라는 편지였다.

줄리앙은 버럭 화를 내며 소리쳤다.

"당신 어머니도 똑같은 바보야."

그도 더 이상 우기지는 않았다.

보름이 지나자, 산모는 일어나서 다시 일을 하게 되었다.

어느 날 아침, 잔느는 로잘리를 앞에 불러 앉히고 두 손을 잡으며 그녀를 보며 말했다.

"자, 죄다 털어놓고 이야기해 봐."

로잘리는 떨기 시작했다. 그리고 중얼거렸다.

"마님, 무슨 말씀이에요?"

"누구 자식이니, 그 애는?"

하녀는 다시 무서운 절망감에 사로잡혔다. 그리고 얼굴을 가리려고 급하게 손을 빼내려고 했다. 잔느는 상관하지 않고 로잘리를 위로했다.

"운이 나빴어. 할 수 없지 않니. 네가 연약해서 그래, 누구에게나 있을 수 있는 일이지. 허나 아기 아버지와 네가 결혼한다면 아무도 그런 걸 나무라지 않는다. 또 그 사람을 너랑 우리 집에서 일하게 해도 좋아."

로잘리는 고문이라도 당하는 듯 신음 소리를 내었다. 그리고 몸을 뿌리치며 달아나려고 했다.

잔느가 말을 이었다.

"네가 부끄러워하는 것은 잘 알겠다. 그러나 이해하지? 난 조금도 화나지 않아. 이렇게 조용히 의논하지 않니. 그 남자를 묻는 것도 너를 위해서야. 네가 그렇게 슬퍼하는 것을 보니 아마 그가 너를 버리려 하는 모양이구나. 내가 그렇게 하지 못하게 하겠다는 거야. 그리고 무슨 방법으로든 너와 결혼하도록 하겠어. 두 사람 다 고용하는 거니까, 우리는 그가 너를 행복하게 하게끔 힘써 줄 거야."

그러나 로잘리는 몸을 뒤틀어서 안주인이 잡고 있는 자기 손을 빼고는 미친 듯 달아나버렸다.

그날 저녁, 식사를 하면서 잔느는 줄리앙에게 말했다.

"로잘리에게 그를 유혹한 남자 이름을 물었지만 소용이 없었어요. 그러니 당신도 무슨 수를 써서든 그 애가 비겁한 사내와 결혼하도록 힘써 주세요."

줄리앙은 또 화를 냈다.

"그런 얘기 듣고 싶지 않소. 당신이 그 애를 데리고 있고 싶거든 마음대로 해요. 그러나 그 문제로 나를 귀찮게 하지 말아요."

로잘리가 아이를 낳은 뒤로 줄리앙은 그 전보다도 더 짜증을 냈다. 그리고 항상 화를 내고, 잔느와 이야기할 때면 고함을 지르는 것이 습관이 되었다. 그래도 잔느는 소란을 피하기 위해서 말소리를 낮추고 정답게 굴며 타협적으로 애기했다. 그리고 밤에 잠자리에 들어가서는 울며 괴로워했다.

남편은 그렇게 짜증을 내면서도 여행에서 돌아온 이래 잊고 있던 욕망의 행위를 다시 시작했다. 아내의 방을 사흘이 멀다고 넘나들었다.

그 후 얼마 되지 않아 로잘리는 완전히 회복되었다. 여전히 무엇인가 정체모를 두려움에 쫓기고, 겁을 먹고 있는 것 같았으나 전에 비하면 명랑했다.

로잘리는 두 번이나 달아나려고 했다. 잔느가 또다시 애 아버지에 대해 물었기 때문이다.

줄리앙도 전보다 기분이 나아졌다. 그래서 잔느도 막연한 희망에 의지하게 되었으며, 명랑함을 되찾았다. 그렇다고는 해도, 그녀가 실제로 입 밖에 내서 말은 않았지만, 때때로 뜻 모를 불쾌감으로 괴로워하는 것은 어쩌지 못했다. 봄은 아직 멀었다. 거의 5일 동안이나 낮에는 푸른 수정처럼 맑은 하늘, 밤이면 별이 새겨진 빙하 같은 하늘 아래 단단하고 평평한 눈의 들판이 펼쳐져 있었다.

여기저기 흩어져 있는 농가는 눈과 얼음으로 새하얗게 단장한 나무 그늘에 숨어 있는 모습이 마치 하얀 속옷을 입고 잠자고 있는 것 같았다. 사람도 동물도 밖으로 돌아다니지 않았다. 지붕 위의 굴뚝만 그 가느다란 연기를 얼어붙은 대기 속에 피어오르게 해서, 침묵의 생활이 계속되고 있음을 보여주고 있었다. 들도 울타리도 느릅나무도 모두 주변 환경으로 인하여 죽어버린 것 같았다.

때때로 나무가 삐걱대는 소리가 들렸다. 나무로 만든 손과 발이 껍질 속에서 부러지기라도 하는 듯한 소리였다. 또 큰 가지가 가끔 뚝 하고 부러져서 떨어지기도 했다. 저항할 수 없는 추위가 수액을 얼게 해서 섬유질을 파괴해버리는 것이다.

잔느는 훈풍이 돌아와 불어주기를 불안한 마음으로 기다리고 있었다. 그녀는 자신의 마음에 도사리고 있는 온갖 번민이 모질게 추운 계절 탓이라고 생각하고 있었던 것이다.

아무 것도 먹고 싶지 않을 때가 있었다. 맥박이 고동치는 때도 있었다. 그리고 조금만 먹어도 소화시키지 못하고 토해 버리기도 했다. 신경이 날카로워지고, 도저히 참을 수 없는 흥분 상태로 생활하는 때도 있었다. 어떤 밤이면 더욱 더 기승을 부렸다. 그럴 때면 줄리앙은 덜덜 떨며 식탁에서 일어나(왜냐하면 식당이 따뜻한 적이 없었다. 그만큼 장작을 아끼고 있었던 것이다.) 두 손을 비벼대며 말했다.

"오늘밤엔 함께 자는 게 어떻겠소, 당신?"

그는 예전 그대로의 천진스런 미소를 띠고 있었다. 그래서 잔느는 그의 목에 매달리기는 했지만, 그날 밤은 몹시 기분이 좋지 않았다. 너무 괴롭고 신경이 예민해져 있었기 때문에 남편의 입술에 입을 맞추면서 오늘밤에는 혼자 자고 싶다고 낮은 소리로 말했다. 몇 마디 얘기로 불편하다고 말한 것이다.

"부탁이에요. 오늘은 너무 기분이 좋지 않아요. 내일은 좋아질 거예요."

줄리앙은 더 우기지 않았다.

"좋을 대로 해요. 아프다면 조심해야지."

그리고 다른 화제로 돌렸다.

잔느는 일찍 잠자리에 들었다. 줄리앙은 드문 일이지만 방 벽난로에 불을 피우게 했다.

"잘 타고 있습니다."

하인이 알려주자, 그는 아내의 이마에 입맞춤을 하고 물러갔다.

온 집안이 추위에 시달리는 것 같았다. 혹독한 추위에 벽이 떠는 것처럼 가느다란 신음소리를 냈다. 잔느도 잠자리에서 떨고 있었다.

그녀는 두 번이나 일어나서 벽난로에 장작을 넣고 옷가지와 치마, 헌옷 따위를 이불 위에 겹쳐 덮었다. 발만 시려울 뿐 아니라 종아리와 넓적다리까지도 추워서, 끊임없이 몸을 뒤척이고 안정을 취하지 못했다.

조금 있으니 이가 맞부딪치고 손이 떨리며 가슴이 죄어들었다. 심장은 늦고 둔하게 움직였고 금방이라도 멎을 것같았다. 숨이 차서 더 이상 숨쉬지 못할 것같이 느껴졌다.

모진 추위가 뼛속까지 스며들어 불안감이 그녀의 정신을 차리지 못하게 했다. 일찍이 경험하지 못한 일이었다. 이렇게 금방 숨이 넘어갈 것 같은 기분은 처음이었다.

그녀는 마음속으로 "나는 죽어…, 이렇게 죽는 거야…." 하고 생각하자 자신도 모르게 두려워져서 침대에서 뛰어내려 로잘리를 부르려고 종을 당겼다. 잠시 기다렸다가 다시 당겼으나 하녀는 좀처럼 오지 않았다. 몸은 얼음처럼 싸늘해지고 떨렸다.

방금 잠이 들어 깨어나지 못하는 것이라 생각돼서 잔느

는 더 참지 못하고 맨발로 계단으로 갔다.

잔느는 소리 없이 계단을 올라가서 손으로 더듬어 하녀의 방 문을 찾아내 열면서 "로잘리." 하고 불렀다. 곧장 들어가 침대에 부딪치자 두 손으로 더듬어 보니 침대가 비어 있었다. 싸늘한 것이 아무도 잔 흔적이 없었다.

깜짝 놀라서 그녀는 마음속으로 생각했다.

"웬일이지, 이렇게 추운데 아직 바깥에 있다니!"

그녀는 가슴이 설레고 심장이 두근거리고 숨이 찼기 때문에 줄리앙을 깨우려고 다시 계단을 내려갔다.

그녀가 남편의 방으로 들어가는 것도 죽을지 모른다, 의식을 잃기 전에 남편을 봐야겠다는 생각이 들었기 때문이었다.

꺼져가는 벽난로의 불빛 속에서 그녀가 본 것은 남편의 머리와 나란히 베개를 베고 누워 있는 로잘리의 머리였다.

그녀가 지른 비명 소리에 둘 다 벌떡 일어났다. 그녀는 이런 엄청난 일에 놀란 나머지 한 순간 우두커니 서 있다가 자기 방으로 도망쳐 왔다. 줄리앙이 당황해서 다급하게 "잔느!" 하고 부르는 소리를 들었으나 무서웠다. 그를 보는 것이, 그의 목소리를 듣는 것이, 그가 변명을 하고 거짓말하는 것을 들으며 시선을 마주친다는 것이 그저 무섭기만 했다. 그래서 계단으로 뛰쳐나와 아래로 뛰어 내려갔다.

그녀는 어둠 속을 뛰었다. 계단에서 떨어지든, 돌에 부딪쳐 손발이 부러지든 말든 상관없었다. 그냥 달아나고 싶다, 아무것도 알고 싶지 않다, 아무도 만나고 싶지 않다는 절박한 심정으로 앞만 보며 뛰고 있었다.

아래로 내려오자, 그대로 층계 위에 주저앉아 버렸다. 여전히 속옷 차림에 맨발인 채로 멍하니 앉아 있었다.

줄리앙은 침대에서 뛰어나와 황급히 옷을 입고 있었다. 그녀는 남편의 움직임을 알 수 있었다. 남편에게서 도망쳐 야겠다는 생각으로 그녀는 다시 일어섰다. 남편도 벌써 계단을 내려오고 있었다. "잔느, 내 말좀 들어요." 하고 소리치고 있었다.

싫어! 손끝 하나 닿는 것도 싫어. 그녀는 살인자에게 쫓기기라도 하듯이 식당으로 뛰어들었다. 나가는 문이 없나, 숨을 곳은 없을까, 어두운 구석이라도 없는가, 남편을 피할 수 없을까 하고 그녀는 두리번거렸다. 그러다가 식탁 밑에 웅크리고 앉았다. 그러나 이미 남편이 문을 열고 있었다. 손에 등잔을 들고 "잔느." 하고 불러댔다. 그녀는 다시 토끼처럼 뛰쳐나와 마치 궁지에 몰린 짐승처럼 맴을 돌았다. 그러나 남편이 자꾸만 따라왔기 때문에 마당으로 난 문을 열고 들판으로 달려 나갔다.

맨살이 드러난 두 다리가 무릎까지 눈에 묻혔지만, 그 차가운 감촉으로 그녀에게 힘이 되살아났다. 알몸이나 다름없었지만, 춥지 않았다. 아무것도 느껴지지 않았다. 그만큼 정신적 충격이 육체를 마비시켰던 것이다. 그녀는 대지와 같이 새하얀 모습으로 마구 달렸다.

가로수 길을 따라 달렸다. 방풍림을 가로질러 개천을 넘어 황량한 들판으로 달려갔다.

달은 뜨지 않았다. 캄캄한 하늘에 별빛이 불똥을 뿌린 것처럼 반짝였다. 그런데도 들판은 밝았다. 그것은 희미한

빛이었고 얼어붙은 모습이었으며, 한없는 침묵이었다.

잔느는 숨 돌릴 새 없이, 아무것도 생각하고 싶지 않은 듯 그냥 달리기만 했다. 그렇게 절벽까지 왔다. 그녀는 본능적으로 멈춰서며 그 곳에 웅크리고 앉았다. 온갖 생각과 의지가 사라져 가고 있었다.

눈앞에 있는 컴컴하고 눈에 보이지 않는 침묵의 바다가, 물이 빠진 바닷가에 뒹구는 해초 냄새를 풍기고 있었다.

그녀는 몸과 마음이 너무 지쳐서 한참을 그 자리에서 가만히 앉아 있었다. 그러다가 갑자기 몸을 떨기 시작했다. 마치 바람에 흔들리는 돛처럼 무섭게 떨었다. 팔·손·다리가 저항할 수 없는 강한 힘에 의해 조종되듯이 진동했다. 그리고는 분명하게 의식이 되살아났다.

지난날의 영상이 차례지어 눈앞을 스치고 지나갔다. 라스티크 영감의 배를 타고 즐긴 뱃놀이, 둘이서 주고받은 얘기들, 싹트던 사랑, 배의 명명식, 훨씬 거슬러 올라가 레페플에 도착했을 때 갖가지 아름다운 꿈에 도취되어 있던 밤, 그러나 지금은! 지금은 어떤가!

아! 자신의 삶은 조각나 버렸다. 모든 즐거움은 끝나고, 기대는 허망하게 사라졌다. 고뇌와 배신과 절망에 가득 찬 미래가 나타난 것이다. 차라리 죽는 편이 낫다. 그러면 모든 것은 한순간에 끝나버릴 것이다.

그때 멀리서 부르는 소리가 들려왔다.

"여기야, 여기 발자국이 있어. 빨리빨리, 이쪽이야."

줄리앙이 그녀를 찾고 있는 것이다.

아! 싫어. 두 번 다시 보기 싫었다. 눈앞의 바다에서 가느다란 소리가 들려오고 있었다.

　이미 뛰어들 결심이 선 그녀는 몸을 일으켰다. 그녀는 죽어가는 사람의 말을 뱉어놓았다. 싸움터에서 죽어가는 젊은 병사가 남기는 '어머니'란 유언이었다.

　갑자기 어머니 생각이 머리를 스쳤다. 흐느껴 우는 어머니의 모습이었다. 처참한 시체 앞에 앉아 있는 아버지의 모습도 아른거렸다. 한 순간 그녀는 부모님의 절망적인 고통을 몸으로 느꼈다.

　그녀는 다시 힘없이 눈 위에 쓰러졌다.

　줄리앙과 시몽 영감이 등불을 든 마리우스를 데리고 다가왔을 때 그녀는 더 이상 도망칠 수 없었다. 그들은 그녀의 팔을 잡아끌었다. 그만큼 그녀는 절벽 끝에 바싹 다가가 있었다.

　그들은 그녀의 몸을 마음대로 할 수 있었다. 그녀는 이제 꼼짝도 할 수 없었기 때문이었다. 그녀는 자신의 몸이 침대에 눕혀지는 것을 느꼈다. 이어서 뜨거운 천으로 문지르는 것도 느꼈으나 그 다음에 의식을 잃고 말았다.

　그리고 악몽이 ― 정말로 악몽이었을까? ― 그녀를 괴롭혔다. 그녀는 자신의 방에서 자고 있었다. 날이 밝았으나 일어날 수가 없었다. 왜 그럴까? 알 수가 없었다. 그때 마룻바닥에서 작은 소리가 났다. 할퀴고 스치는 것 같은 소리였다. 갑자기 쥐 한 마리가 나타나고 조그만 회색 쥐가 따라왔다. 그리고 세번째 쥐가 날쌘 걸음으로 가슴 쪽으로 달려왔다. 그녀는 무섭지 않았다. 그래서 그 쥐를 손으로 잡으려고 했으나 마음대로 되지 않았다.

그러자 또 다른 쥐들 열 마리, 스무 마리, 수백 마리, 수천 마리가 여기저기서 쏟아져 나왔다. 쥐들은 기둥을 기어 오르고, 벽걸이 위를 쫓아다니더니 온 침대를 덮어버렸다. 그러더니 이불 속으로도 기어 들어왔다. 쥐들이 몸 위로 미끄러지고 다리를 간지럽게 하며, 몸 위에 오르내리는 것을 그녀는 느꼈다. 침대 다리로부터 기어 올라와서는 잠자리 속에 들어와 목에까지 다가오는 것이 보였다. 그녀는 몸부림을 치며 손을 뻗어 그 중 한 마리를 잡으려고 했으나, 몇 번이고 헛손질만 했다.

그녀는 도망치려고 무턱대고 소리를 질렀다. 누군가가 자신을 잡고 움직이지 못하게 하는 것 같았다. 힘센 팔이 자신을 껴안고 몸을 움직이지 못하게 하고 있는 것이다. 그런데도 사람은 보이지 않았다.

시간이 얼마나 흘렀는지 전혀 알 수 없었다. 긴 시간임에는 틀림없었다.

잠에서 깨었다. 너무 지쳐서 온몸이 아팠으나, 마음은 편했다. 몸이 몹시 쇠약해진 것 같았다.

어머니가 방에 있는 것을 보고도 그녀는 놀랍지 않았다. 낯이 선 뚱뚱한 남자와 같이 있었다.

대체 자신의 나이는 몇 살일까? 그녀는 전혀 생각나지 않았다. 자신을 아직 어린 소녀로 생각하고 있었다. 게다가 기억은 하나도 나지 않았다.

뚱뚱한 남자가 말했다.

"이제 의식을 회복했습니다."

그 말을 듣자 어머니가 울음을 티뜨렸다. 뚱뚱한 남자가 말을 계속했다.

"자, 진정하세요. 남작 부인. 이제 염려 없습니다. 하지만 절대로 말을 하면 안 됩니다. 충분히 자야 하니까요."

잔느는 무슨 생각을 하려 했지만 다시 잠에 빠지곤 해서 자신이 이렇게 무의식 상태에서 상당히 긴 시간 지낸 것 같은 생각이 들었다. 그리고 아무 것도 생각하려 하지 않았다. 현실로 돌아오는 것을 막연하게나마 겁을 내고 있는 것 같았다.

다시 잠이 깬 그녀는 줄리앙이 홀로 자기 곁에 서 있는 것을 보았다. 그러자 지나간 시간을 가리고 있던 장막이 걷힌 것처럼 모든 기억이 되살아났다.

그녀는 가슴에 심한 통증을 느끼며 또다시 도망치려고 했다. 이불을 젖히고 바닥에 뛰어내렸으나, 다리에 힘이 없어서 그대로 쓰러져 버렸다.

줄리앙이 다급히 다가왔다. 그녀가 비명을 질러 남편의 손길을 피하려고 몸부림을 치자, 문이 열렸다. 리종 이모가 당튀 과부와 함께 달려왔다. 이어서 남작이 들어오고 마지막으로 어머니가 숨을 몰아쉬며 정신없이 들어왔다.

여럿이서 그녀를 다시 자리에 눕혔다. 그녀는 의식적으로 눈을 감았다. 그러면 말하지 않아도 되고, 마음대로 무슨 생각이든 할 수 있기 때문이었다.

어머니와 이모가 간호를 하면서 집요하게 물었다.

"잔느, 우리를 알아보겠니. 잔느?"

그녀는 못 들은 체하고 대답하지 않았다. 날이 저물었다는 것이 느껴졌다. 밤이 되었다. 당튀가 곁에서 이따금 약을 먹여 주었다.

그녀는 말없이 약을 받아먹었지만 잠이 오지 않았다. 괴롭지만 생각을 정리하려고 해봤다. 기억에서 멀어진 일들을 이것저것 생각해냈다. 기억 속에 여기저기 구멍이 나 있는 것 같았다. 하얀 백지처럼 군데군데 비어 있어서 거기에만 전혀 기억이 기록되어 있지 않았다. 한참 동안 애를 써서 그녀는 모든 것을 기억할 수 있었다.

그리고 그 일을 집요하게 생각하고 있었다. 어머니와 리종 이모와 아버지가 온 것을 보면 자신이 매우 위독했던 모양이었다. 그러면 줄리앙은? 그는 뭐라고 했을까? 부모님은 아실까? 로잘리는 어디에 있을까? 그건 그렇다 치고 어떻게 해야 하나? 어떻게 해야 한단 말인가. 불현듯 적절한 생각이 떠오르자 속이 트이는 것 같았다 — 그래 예전처럼 부모님과 함께 루앙으로 돌아가는 거다. 그리고 자신은 과부로 살면 그만인 것이다.

그녀는 기다리기로 했다. 주위에서 얘기하는 소리를 다 들으면서도 그런 낌새는 보여주지 않고, 정신이 돌아온 것을 사람들이 눈치 채지 않을까 참고 있었다.

저녁이 되어서야 겨우 어머니와 단둘이 있게 되자, 그녀는 가만히 "어머니!" 하고 불렀다. 자신의 목소리가 마치 딴 사람 것 같아서 그녀도 놀랐다. 남작 부인은 딸의 손을 꼭 잡았다.

"오, 귀여운 잔느! 나를 알아보겠니?"

"얘, 어머니. 하지만 울면 싫어요. 차분하게 말씀드릴 게 있어요, 왜 내가 눈 속으로 달아났는지 줄리잉이 얘기하던

가요?"

"그래, 들었다. 잔느, 너는 심한 열병에 걸렸다는구나."

"그렇지 않아요. 어머니, 열이 난 건 그 뒤 일이에요. 그이가 얘기하던가요? 왜 열이 났고, 달아났는지 말예요?"

"아니다, 잔느."

"그것은, 내가 그이의 침대에서 로잘리를 보았기 때문이에요."

남작 부인은 그녀가 아직도 열로 인해 정신이 없는 줄 알고 부드럽게 머리를 쓰다듬었다.

"어서 자거라, 잔느. 진정하고 어서 자도록 해라."

그러나 잔느는 "정신이 말짱해요, 어머니. 며칠 동안 헛소리를 했을지 모르지만 지금은 괜찮아요. 그날 밤에 몸이 몹시 불편해서, 줄리앙에게 갔더니 로잘리가 그이와 같이 자고 있었어요. 나는 절망감으로 정신이 없었어요. 눈 속을 달려가서 절벽에서 뛰어내리려 했던 거예요."

그러나 남작 부인은 같은 말만 했다.

"그래, 잔느. 병이 났던 거야. 아주 심하게 앓았어."

"그게 아니라니까요, 어머니. 줄리앙의 침대에서 로잘리를 봤단 말예요. 이제 줄리앙과 같이 살기 싫어요. 옛날처럼 루앙으로 데려다 줘요."

남작 부인은 잔느를 안정시키라는 의사의 부탁이 있었기에 "알았다, 잔느." 하고 대답했다.

그러나 아픈 사람은 마음이 초조했다.

"잘 알아요. 어머니는 내 말을 믿지 않는 거예요. 아버지를 불러 주세요. 아버지는 내 말을 믿을 거예요."

어머니는 할 수 없이 힘들게 일어나 두 손에 지팡이를 짚고 다리를 끌면서 나갔다가 잠시 후에 남작의 부축을 받으며 돌아왔다. 두 사람이 침대 맡에 앉자, 잔느는 얘기를 시작했다. 그녀는 사건의 전말을 차분한 목소리로 조리 있게 얘기했다. 줄리앙의 괴팍한 성격과 냉정하고 인색함, 또 그의 배신에 대해 얘기했다.

그녀가 이야기를 끝내자, 남작은 딸이 헛소리하고 있지 않다는 것을 알았다. 그러나 남작은 이 일에 대해 어떻게 대답해야 할지, 어떻게 해결해야 좋을지 난감했다. 남작은 잔느의 어린시절 옛날이야기를 해주면서 재우던 때처럼 그녀의 손을 다정하게 잡았다.

"애야, 신중하게 행동해야 한다. 경솔한 짓은 말아라. 우리의 마음이 결정될 때까지 남편의 일은 참고 있어야 한다. 약속하겠니?"

"네 알았어요. 그러나 몸이 나으면 여기 있지 않을 작정이에요."

그녀는 중얼거렸다. 그리고는 목소리를 낮추어 덧붙여 물었다.

"로잘리는 지금 어디 있어요?"

남작이 말했다.

"넌 그 애를 다시 못 볼 거다."

그녀는 아버지를 졸랐다.

"어디 있어요? 알고 싶어요."

하는 수 없이 남작은 로잘리가 아직 집에 있다고 말하고 곧 나갈 것이라고 단정했다.

딸의 방에서 나온 남작은 어버이의 마음에 상처를 입고 분노에 떨며 줄리앙에게 갔다. 그리고 대뜸 말했다.

"여보게, 자네의 변명을 들으러 왔네. 자네는 하녀와 함께 내 딸을 속였어. 이것은 너무 파렴치한 짓이야."

줄리앙은 결백한 척하며 사실을 부정했다. 하느님을 두고 맹세한다고 말했다. 무슨 증거가 있는가? 잔느가 정신이 이상해진 것이 아닌가? 뇌가 이상해지는 열병에 걸린 것이 아닌가? 발병 초기에 정신 착란증을 일으켜 그날 밤 눈 속으로 달려 나간 것이 아닌가? 벌거숭이나 다름없는 꼴로 온 집안을 뛰어다니고 남편 침대에서 하녀를 보았다고 하는 것은 발작이 심하게 일어났을 때가 아닌가?

그는 몹시 분노하며 죄가 없다고 시치미를 뗐다. 남작은 당황해서 달래고 사과를 했다. 그리고는 사위의 손을 잡으려고 했지만, 줄리앙은 거절했다.

잔느는 남편의 말을 듣고서 별로 분노하는 빛도 없이 대답했다.

"거짓말이에요, 아버지. 꼭 자백을 받아내고 말겠어요."

그로부터 이틀 간 잔느는 말없이 무언가 골똘히 생각하고 있었다.

사흘째 되는 날 아침, 잔느는 로잘리를 만나고 싶다고 했다. 남작은 거절하고 그녀는 이미 집에 없다고 잘라 말했다. 그러나 잔느는 굽히지 않았다.

"그럼, 누구를 시켜 그 애를 데려오세요."

이렇게 잔느의 신경이 날카로울 때, 의사가 들어왔다. 남작은 의사의 판단을 기대하며 자초지종을 얘기했다.

그때 갑자기 잔느가 울음을 터뜨리며 몹시 흥분한 목소리로 소리를 지르면서 되풀이했다.

"로잘리, 로잘리를 만나게 해줘요!"

의사는 그녀의 손을 잡고 가라앉은 목소리로 말했다.

"부인 진정하세요. 흥분하면 안 됩니다. 임신하셨어요."

그녀는 별안간 한 대 얻어맞은 것처럼 놀랐다. 그러자 곧 무언가 몸속에서 움직이는 것 같았다. 입을 다물고 남의 말에는 귀도 기울이지 않고 깊은 생각에 빠졌다. 그녀는 밤새껏 잠을 이루지 못했다. 자신의 뱃속에 아이가 들어있다고 생각하니 새삼스럽고 이상한 마음이 들어 잠들 수가 없었다. 아이가 줄리앙의 자식이라는 것이 슬프고 마음 아팠다. 아이가 아버지를 닮지나 않을까 불안하고 걱정스러웠다. 날이 밝자, 아버지와 얘기했다.

"아버지, 결심했어요. 꼭 알아야겠어요. 이렇게 된 바에야 사실을 모두 알아야지요. 아시죠. 이러한 상황에 놓인 내 말을 듣지 않으면 내게 해롭다는 것을 아버지는 잘 아시죠? 신부님을 불러다 주세요. 로잘리가 거짓말을 못하게 하려면 신부님이 있어야 할 것 같아요. 그리고 신부님이 오시면 곧 로잘리를 불러주시고 아버지도 어머니와 같이 그 자리에 계세요. 무엇보다 줄리앙이 눈치 채지 못하게 조심하세요."

한 시간쯤 후에 신부가 들어왔다.

전보다 더 살이 찌고 어머니와 마찬가지로 숨을 몰아쉬고 있었는데, 어머니 옆 의자에 앉자 벌어진 두 다리 사이로 아랫배가 흘러내릴 지경이었다. 언제나 그렇듯 걱사무늬 손수건으로 자주 이마를 닦으면서 농담부터 입에서 튀어나왔다.

"남작 부인, 어떠십니까? 아무래도 우리는 좀처럼 살이 빠질 것 같지 않습니다. 내 생각인데 우리는 잘 어울리는 한 쌍이라 할 수 있겠는데요."

그리고는 잔느가 누워 있는 침대 쪽을 향하여 "소문을 들으니 얼마 후에 또 새로운 명명식이 있다던데? 하하하… 이번엔 배가 아니지요?"

그리고는 진지하게 덧붙여 말했다.

"아마 조국을 지키는 군인이겠죠."

그러고는 조금 생각하고 나서 "아니면 현모양처일까요." 하더니 남작 부인을 보면서 "바로 부인 닮은." 하고 말했다.

그때 문이 열렸다. 로잘리가 미친 꼴을 하고 눈물을 흘리며 들어오지 않겠다고 문에 달라붙어 있었다. 성이 난 남작에게 등을 떠밀린 그녀는 두 손으로 얼굴을 가리고 흐느껴 울면 서 있었다.

잔느는 그녀를 보자 급히 일어나서 침대 위에 앉았다. 낯빛이 창백했다. 그리고 피부에 착 달라붙은 속옷은 심장이 미친 듯이 고동칠 때마다 흔들리고 있었다. 목이 막혀서 숨 쉬기도 힘들었고, 말도 잘 나오지 않았다. 겨우 말문을 열자, 가슴이 벅차올라서 더듬거렸다.

"난…, 난… 새삼스레… 네게 물어볼… 필요는 없다… 너를 보는 것만으로… 충분해."

그녀는 숨이 차서 잠깐 쉬었다가 다시 말을 이었다.

"하지만 나는 모든 사실을 알고 싶어! 모두… 다. 내가 신부님을 오시게 한 것도 네게 참회할 자리를 마련해 주려고 해서야. 알겠지?"

로잘리는 꼼짝도 않고 얼굴을 가린 채 떨고 있는 두 손 사이로 신음하고 있었다. 남작이 분노하며 그녀의 두 손을 잡아 거칠게 얼굴에서 떼어놓으며 침대 곁에 꿇어앉혔다.

"자아, 말해 봐. 대답해 보란 말이다."

로잘리는 그림에 그려진 마늘레느와 같은 자세로 마룻바닥에 엎드려 있었다. 모자는 반쯤 벗겨지고 앞치마는 마룻바닥으로 흘러내렸다. 또다시 두 손으로 얼굴을 가리고 있었다.

신부가 그녀에게 말했다.

"자, 잘 듣고 묻는 말에 대답해라. 우리는 너를 괴롭히려는 게 아니다. 다만 무슨 일이 일어났는가를 알고 싶을 뿐이다."

잔느는 침대 가장자리에서 몸을 숙이고 그녀를 가만히 바라보다가 말을 했다.

"내가 들어갔을 때, 줄리앙의 침대 속에 있었던 것은 사실이지?"

로잘리는 두 손 사이로 신음하듯 말했다.

"네, 마님."

그러자 갑자기 남작 부인이 목에 가래가 끓는 소리를 내며 울기 시작했다. 그 떨리는 흐느낌은 로잘리가 우는 소리의 반주 같았다.

잔느는 하녀를 똑바로 쏘아보며 물었다.

"그게 언제부터니?"

로잘리가 머뭇거리며 말했다.

"저… 오신 뒤부터."

잔느는 그 말뜻을 몰랐다

"오고 나서부터라면… 그해 봄부터란 말이니?"

"네, 마님."

"이 집에 처음 와서부터?"

"네, 마님."

잔느는 모든 의혹이 한꺼번에 가슴을 조이는 듯 다급하게 물었다.

"그래, 어쩌다 그렇게 됐어? 어떻게 요구했어? 어떻게 너를 유혹했고? 무슨 말을 했니? 어떻게 해서, 언제 말을 들었니? 어떻게 너는 몸을 허락했냐 말이야."

로잘리는 얼굴에서 손을 뗐다. 그녀도 이야기를 하고 싶었고, 묻는 말에 대답을 하기 위해서였다.

"기억이 희미하지만, 처음으로 여기서 저녁을 잡수시던 날, 제방으로 오셨어요. 헛간에 숨어 계셨던 것입니다. 소문이 나면 큰일이다 싶어서 저는 소리를 낼 수 없었어요. 같이 잤습니다만, 무엇을 하는지 저도 몰랐어요. 그분은 하고 싶은 대로 하셨어요. 저는 아무 말도 하지 않았어요. 무척 다정한 분이라고 생각했기 때문이에요."

그러자 잔느가 소리를 지르며 "그럼… 네 아들은, 그이 아이냐?."

로잘리가 흐느껴 울었다.

"네, 마님."

모두 입을 다물었다.

로잘리와 남작 부인의 울음소리밖에 들리지 않았다.

너무 큰 충격을 받은 잔느의 눈에서 눈물이 양쪽 뺨을 타고 흘러내렸다.

하녀의 자식이 자신의 아이와 같은 아버지에서 태어났단 말인가!

그녀의 분노는 이미 가라앉아 있었다. 어두운 절망감만이 가슴에 스며드는 것을 느끼고 있을 따름이었다. 깊고 끝없는 절망감이었다.

그녀는 딴 사람처럼 젖은 목소리로 겨우 입을 열었다. 흐느끼는 여인의 목소리였다.

"우리들이… 여행에서… 돌아왔을 때…, 언제부터 다시 시작했니?"

하녀는 온전히 마룻바닥에 쓰러진 채 더듬거렸다.

"돌아오신 날 밤부터…."

로잘리가 하는 말 한 마디, 한 마디가 잔느의 가슴을 쥐어뜯었다. 그렇다면 그 첫날밤, 레 페플에 돌아와서 첫날밤, 자기와 자지 않은 것은 이 애한테 가느라고 그랬구나, 그래서 혼자 자라고 했구나!

이제 모든 사실이 밝혀졌다. 더는 아무것도 알고 싶지 않았다. 그녀가 소리쳤다.

"돌아가거라."

로잘리가 넋 나간 사람처럼 꼼짝도 않았기에 잔느는 남작을 불렀다.

"저리 데려가세요."

그때까지 아무 말 않던 신부가 한바탕 설교를 할 기회가

왔다고 생각했는지 입을 열었다.

"네가 한 짓은 참으로 옳지 않은 짓이다. 정말 좋지 않은 짓이야. 자애로우신 하느님도 당장은 너를 용서하지 않을 거야. 앞으로 행동을 올바르게 하지 않으면 지옥이 너를 기다리고 있을 거다. 그 점을 명심해라. 이제는 애가 있는 몸이니 처신을 잘 해야 된다. 남작 부인께서 무슨 대책을 세워주시겠지만, 우리도 힘을 합쳐 네 신랑감을 찾아보겠다."

신부의 설교는 좀더 오래 끌었겠지만, 그때 남작이 로잘리의 어깨를 움켜쥐고 일으키더니 문으로 끌고 가서 마치 짐짝을 부리듯이 복도로 내동댕이쳤다.

남작이 딸보다 더 창백한 얼굴로 돌아오자, 얼른 신부가 말을 계속했다.

"어쩔 수 없는 일입니다. 이 곳에서는 처녀애들이 모두 저러니 한탄스런 일이지요. 그러나 어떻게 할 수가 없습니다. 인간의 약점이니 조금 너그럽게 봐 줘야 하지 않겠습니까. 이 부근의 처녀들은 임신을 하지 않고 시집가는 일이 좀처럼 없으니 말입니다."

그리고 미소를 띠며 덧붙였다.

"이 지방의 풍습이라고나 할까요."

그리고는 분노하는 말투로 얘기했다.

"아이들까지 그렇단 말입니다. 작년인가 묘지에서 봤는데, 글쎄 어린 것들이었어요. 사내아이와 계집아이였습니다. 그 애들의 부모한테 일렀지요. 그랬더니 부모들이 뭐라고 한 줄 아십니까? '어쩔 수 없습니다. 신부님. 그런 짓을 저희가 가르친 것도 아니고, 저희 힘으로는 어떻게 해볼

도리가 없어요.' 하는 것입니다. 남작님, 댁의 하녀도 다른 애들과 같은 짓을 한 것뿐이지요."

남작은 화를 내며 그 말을 막았다.

"하녀요? 그 애는 아무래도 좋아요! 미운 것은 줄리앙이오. 그 놈이 한 짓은 파렴치하기 짝이 없어요! 딸을 데리고 돌아가겠소."

그렇게 말하면서 남작은 흥분이 가라앉지 않는다는 듯이 방 안을 돌아다녔다.

"이렇게 내 딸을 배신하다니 너무했어, 정말 너무했어! 파렴치한 놈이고 불량배고 악당이야. 바로 눈앞에서 그렇게 말해 줄 거야. 뺨을 갈겨 줄 테다. 이 지팡이로 때려죽일 거야!"

눈물에 젖어 있는 남작 부인 옆에서 천천히 코담배를 빨면서 어떻게 중재를 잘 해 볼까 하고 생각에 잠겨 있던 신부가 입을 열었다.

"그만 하십시오. 남작님. 우리끼리의 얘기지만, 그 사람도 세상 남자들이 하는 짓을 한 것뿐이지 않습니까. 아내에게 충실한 남편을 남작님께선 얼마나 알고 계십니까?"

그리고는 장난기어린 말투로 덧붙였다.

"어떻습니까, 내기해도 좋습니다만, 남작님 자신도 그런 경험이 있으시죠? 자, 가슴에 손을 얹고 생각해 보세요. 제 말이 맞지요?"

남작은 급소를 찔린 듯 신부 앞에 멈춰 섰으나, 신부는 개의치 않았다.

"그렇습니다. 남작님께서도 다른 남자들이 하는 짓을 하셨습니다. 저렇게 귀여운 하녀가 있었다면 손을 대지 않았다고 장담할 수 없을 테니까요. 다시 말씀드려서 세상 남자들은 모두 똑같은 짓을 합니다. 그렇다고 부인의 행복이 줄어들거나, 사랑을 덜 받게 됩니까? 그렇지는 않죠?"

남작은 꼼짝 못하고 당하고 있었다.

그렇다. 기막히지만 그 말을 들으니 자신도 그와 같은 짓을 했다. 그것도 기회만 있으면 했다. 장소가 집이라고 사양한 적도 없었다. 아내의 하녀도 얼굴만 예쁘면 망설이지 않았다! 그렇다고 해서 자신이 나쁜 사람이었을까? 자신의 행위는 벌을 받아야 한다고 생각지 않고, 왜 줄리앙의 행위만을 그처럼 엄하게 다스리려는 것인가?

남작 부인은 울음 뒤에 아직도 숨을 헐떡이면서도 남편의 젊은 혈기가 빚은 일들을 생각하고 입술에 미소를 띠고 있었다. 왜냐하면 그녀는 연애 사건이 생활의 일부라고 생각하는 감상적인 성격에 속하는 여자였기 때문이다.

잔느는 지쳐서 드러누워 두 손을 힘없이 늘어뜨리고 참담한 생각에 잠겨 있었다. 로잘리의 말 한 마디 한 마디가 되살아나서 그녀의 마음에 송곳처럼 파고들었다. '저는 아무 말도 못했어요. 무척 다정한 분이라고 생각했기 때문이에요.'

자신도 그를 다정한 사람이라고 생각했다. 오직 그 때문에 몸을 맡기고, 평생을 함께 살기로 약속했고, 다른 모든 희망을 버리고, 꿈꾸던 모든 것을 단념하지 않았는가!

그래서 그녀는 결혼을 한 것이다. 기어오를 수 없는 함정 속에, 이 비참하고 슬픈 절망 속에 빠져 버린 것이다. 그게 모두 그를 다정한 사람이라고 생각했기 때문에!

문이 요란하게 열리고 줄리앙이 들어섰다. 그는 계단에서 울고 있는 로잘리를 보고 모두 알아버렸고, 그녀가 틀림없이 모든 것을 자백해서 어떻게 상황이 돌아가는지 보려고 왔던 것이다. 그는 신부를 보자, 그 자리에 못 박힌 듯이 서버렸다.

그는 떨렸지만 침착한 목소리로 물었다.

"어쩐 일입니까? 무슨 일이 있었습니까?"

아까는 그렇게도 분노하던 남작이 아무 소리도 하지 않았다. 신부에 대한 체면도 있고, 또 자기 자신의 허물이 사위에게 드러나는 것도 두려웠다. 어머니는 더 심하게 흐느끼고 있었다. 그러나 잔느는 두 손으로 몸을 버티고 일어나 자신을 이렇게 참혹하게 만들고 있는 남자를 가쁜 숨을 쉬며 노려보았다.

그녀는 더듬거리며 말했다.

"어쩐 일이냐고요? 이제 우리도 다 알아요. 당신의 그 파렴치한 행동을 모두 안단 말예요…, 당신이 이 집에 왔을 때부터…. 저 애의 아이는 당신 아이고… 내 아이와 마찬가지로…, 둘은 한 핏줄이 되는 것을…."

말을 마친 그녀는 감당할 수 없는 슬픔으로 이불에 쓰러져서 미친 듯이 울었다.

줄리앙은 무슨 말을 할지, 어떻게 해야 할지 몰라서 그저 멍하니 서 있었다. 신부가 다시 두 사람을 중재하려고 말을 꺼냈다.

"자, 이제 그만 진정하세요, 부인."

이렇게 말하고 신부는 일어서서 침대에 다가가더니 손으로 절망감에 빠진 잔느의 이마를 짚었다. 이 단순한 동작이 신기하게 그녀의 기분을 가다듬어 긴장이 풀리게 했다.

죄를 용서하고 사람의 마음을 위로하는데 익숙한 이 시골 신부의 손길이 신기한 진정제라도 되는 것처럼 안정을 찾기 시작했다. 이 선량한 신부는 그대로 말을 이었다.

"항상 용서한다는 것이 중요합니다. 지금 부인에게는 커다란 불행이 닥쳤습니다. 하지만 자비로운 하느님은 하나의 큰 행복으로 그 보상을 해주셨습니다. 부인께서는 곧 어머니가 되고, 그 애는 부인의 위안이 될 것입니다. 저는 그 애의 이름을 걸고 부인께 간청하는 겁니다. 줄리앙의 과오를 용서해 주십시오. 아이는 두 분 사이를 더 가깝게 해 줄 것입니다. 또 남편이 앞으로 부인에게 잘 하겠다고 맹세하는 보증도 될 것입니다. 자신의 뱃속에 그 사람의 아이를 가지고 있으면서 헤어질 수 있겠습니까?"

그녀는 대답하지 않았다. 슬픔에 몸과 마음이 짓눌려서 화낼 힘도 원망할 기력도 없었던 것이다. 온 신경이 느슨해서 슬그머니 끊어질 것 같았다. 그녀는 겨우 숨만 쉬고 있을 따름이었다.

남작 부인은 근본적으로 원망을 모르는 사람이었고, 또 길게 참지 못하는 성격이었기에 딸에게 가만히 속삭였다.

"잔느."

그 틈에 신부는 재빨리 줄리앙의 손을 잡아 끌어당겨서 아내의 손을 잡게 하고는 어쩌지 못하게 묶어버리듯이 가볍게 손등을 쳤다. 그리고는 만족한 듯이 말했다.

"자, 됐습니다. 보십시오. 비 온 뒤에 땅이 굳어진다는 말은 이런 경우에 하는 말입니다."

두 개의 손이 포개진 것도 잠시 다시 떨어졌다. 줄리앙은 차마 잔느에게는 못하고 장모의 이마에만 입맞춤하고는 돌아서서 장인의 팔을 잡았는데, 남작은 사위가 하는 대로 맡기고 있었다. 일이 그렇게 해결된 것이 다행스러웠던지 두 사람은 담배를 피우려고 함께 밖으로 나갔다.

지칠 대로 지친 잔느는 잠이 들었고, 신부와 어머니는 낮은 목소리로 이야기를 하고 있었다. 신부는 계속 얘기하며 자신의 생각을 설명하고 전개시키고 있었으며, 남작 부인은 그때마다 고개를 끄덕였다. 결국 신부는 이렇게 결론짓기로 했다.

"잘 알겠습니다. 부인께서는 로잘리에게 바르비일의 농장을 주시고, 저는 신랑감을 구한다는 얘기죠. 정직하고 성실한 청년으로 말입니다. 대단하군요! 2만 프랑의 재산이면 희망자는 많을 겁니다. 오히려 신랑감을 골라내야겠습니다."

그래서야 남작 부인도 기쁜 듯 웃음 짓고 있었다. 볼 위의 눈물 자국도 이미 말라 있었다.

부인은 몇 번이나 신부에게 당부했다.

"알았습니다. 바르비일 농장은 아무리 적어도 2만 프랑의 값어치는 될 것입니다. 그렇지만 그 재산은 아이 이름으로 해 두겠습니다. 부모는 살아 있는 동안 거기서 나는 수익금으로 자유롭게 살 수 있도록 하구요."

신부는 일어나서 어머니의 손을 잡더니 "그냥 앉아 계세요, 남작 부인. 그대로 앉아 계십시오, 한 걸음 걷는 것이 얼마나 힘든가 저도 잘 알고 있습니다." 하고 말했다.

신부가 방을 나가려다가 문병 온 리종 이모와 정면으로 마주쳤는데, 그녀는 이런 상황을 모르는 것 같았다.

그녀는 여전히 아무것도 모르는, 감정 없는 인형 같았다.

8

로잘리를 내보내고 잔느는 괴롭게 임신 기간을 보내고 있었다. 어머니가 된다는 생각을 해도 그녀는 조금도 기쁘지 않았다. 기쁨을 느끼기에는 너무 깊은 슬픔에 빠져 있던 것이다. 불행이 계속되지 않을까 하는 마음이 아직도 남아서 아무런 기대감도 없이 출산을 기다리고 있었다.

봄이 소리도 없이 찾아왔다. 벌거숭이 나무들이 아직도 찬 바람에 떨고 있었으나, 지난 가을의 낙엽이 쌓여 있는 개천의 축축한 풀숲에는 노란 앵초가 피기 시작했다. 넓은 들판과, 농가의 뜰과, 젖은 논밭에서 퀴퀴한 냄새를 풍기고 있었다. 초록의 조그만 새싹들이 갈색 땅에서 수없이 돋아 나와 햇빛에 반짝이고 있었다.

성처럼 튼튼하고 몸집이 큰 여자가 로잘리 대신 고용되어 남작 부인을 부축해서 가로수 길을 따라 산책했다. 점점 무거워지는 부인의 발걸음은 흙투성이 발자국을 산책길에 남기고 있었다.

잔느는 아버지의 부축을 받았지만, 이제는 몸이 무거워져서 숨을 헐떡이고 있었다. 리종 이모는 다가온 경사에 바쁘기도 하고 걱정도 돼서 잔느의 한쪽 팔을 잡고는 있었지만, 자신은 영원히 알 수가 없는 이 신비로운 일에 온통 마음을 뺏기고 있는 것 같았다.

그들은 이렇게 말없이 몇 시간씩을 오가고 있었다. 줄리앙은 말을 타고 부근을 이리저리 뛰어다니고 있었다. 이러한 취미가 별안간 그를 새롭게 사로잡은 것이다.

그들의 침잠된 생활을 방해할 만한 일은 이제 없었다. 남작 부부와 자작이 푸르빌르가를 방문한 일이 있었다. 어떻게 알았는지 확실히는 모르겠으나 줄리앙은 이 집안에 대해 훤히 알고 있는 듯했다. 또 항상 잠자는 듯한 저택에 숨어 살고 있는 브리즈빌르가와 의례적인 방문을 교환한 적이 있었다.

어느 날 오후 네 시쯤 말을 탄 두 남녀가 빠르게 앞마당으로 들어왔다. 줄리앙이 상기되어서 잔느의 방으로 들어왔다.

"빨리, 가봐요. 푸르빌르 부부가 왔소. 당신이 임신한 걸 알고 그냥 이웃 간의 인사로 들른 거요. 나는 나갔는데 곧 돌아온다고 그래줘요. 차림새를 고쳐야 하니까."

잔느는 깜짝 놀라서 아래층으로 내려갔다.

살결이 희고 아름답고, 햇볕을 받지 않은 것 같은 금발머리의 요염한 표정에 정열적인 눈매의, 젊은 부인이 정중한 태도로 남편을 소개했다. 그런데 남편이 되는 자작은 큰 몸집에 붉고 털이 많은 도깨비 같았다. 남편이 소개기 끝나자 그녀가 덧붙였다.

"드 라마르 씨와는 여러 번 만난 적이 있어서 부인이 몸이 불편하시다는 말을 들었습니다. 부인을 뵙는 것이 더 늦어지기 전에 격식 없이 그냥 이웃 간의 인사로 찾아뵈었습니다. 보세요. 말을 타고 왔습니다. 저번에는 어머님과 남작께서 방문해주셔서 정말 고맙게 생각하고 있습니다."

그녀는 매우 즐거운 듯 친절하고 고상하게 이야기했다.

잔느는 그녀의 매력에 사로잡혀 금방 그녀가 좋아졌다. 좋은 친구가 생겼구나 하고 생각했다. 반면에 푸르빌르 백작의 태도는 거실에 뛰어든 곰 같았다. 자리에 앉자 곁에 있는 의자에 모자를 놓더니 자신의 손을 어쩌지 못해 쩔쩔매고 있었다.

그때 줄리앙이 불쑥 나타났다. 잔느는 너무나 놀라서 남편을 금방 알아보지 못했다. 수염을 깎은 것이다. 약혼 시절처럼 아름답고 우아하고 매력적이었다. 줄리앙은 자기가 들어옴으로 눈을 뜬 듯한 백작의 털투성이 손과 악수하더니, 다음에는 백작 부인의 손에 입을 맞추었다. 부인의 상아빛 볼이 붉어지고 눈꺼풀이 가볍게 떨렸다.

줄리앙은 말을 많이 했다. 예전처럼 상냥하게 행동했고, 사랑의 거울이라고 표현할 수 있는 그의 커다란 눈이 빛나고 있었다. 조금 전까지도 부수수하던 머리털이 금방 부드럽고 윤기 나는 머리로 바뀌어 있었다.

푸르빌르 백작 부인이 줄리앙에게 말했다.

"자작님, 괜찮다면 목요일에 말을 타고 산책하시지 않겠어요?"

줄리앙이 "네, 좋습니다, 부인." 하고 말하며 고개를 숙이고 있는 사이에, 백작 부인은 잔느의 손을 잡고 다정한 미소를 지으며 상냥하게 말했다.

"부인도 건강해지면 셋이서 이 근방을 말을 타고 달리기로 해요. 정말 즐거울 거예요, 그렇죠?"

그녀는 가볍게 승마복 자락을 걷어 올리고 새처럼 가뿐하게 말안장에 올라탔다. 그녀의 남편은 굳어진 태도로 인사를 하더니 큰 노르망디 말에 올라탔다. 몸을 젖히고 배를 내민 모습이 마치 사티로스(그리스 신화의 半人半馬) 같았다.

그들의 모습이 담 모퉁이로 사라지자, 줄리앙은 기분이 좋았던지 크게 말했다.

"기분 좋은 사람들이야. 사귀어 두면 좋을 거야!"

잔느도 왠지 기분이 좋아져서 맞장구를 쳤다.

"그 백작 부인은 정말 멋있어요. 나도 좋아질 것 같아요. 그런데 백작은 좀 야만스럽게 생겼어요. 당신은 어디서 알게 되었어요?"

그는 들뜬 것처럼 손을 비벼대며 말했다.

"브리즈빌르 가에서 우연히 만났소. 남편은 성질이 좀 거친 편이지. 사냥을 지독하게도 좋아하는데 정말로 귀족이야, 그 사람은."

그날 저녁식사는 정말 즐거웠다. 어디 숨어 있던 행복이 집으로 들어온 것 같았다.

그 후 7월 말까지는 별다른 일이 없었다. 어느 화요일 저녁때, 플라타너스 그늘에서 조그만 술잔과 브랜디가 놓인 나무 테이블에 식구들이 둘러앉아 있는데, 갑자기 산느가 비명 소리를 질렀다. 그리고는 파랗게 질려 두 손으로 옆구리를 눌렀다. 날카롭고 빠른 통증이 전신을 돌더니 곧 사라졌다.

십 분쯤 지나자 또 다른 통증이 왔다. 앞서처럼 심하지는 않았으나, 좀더 오래 갔다. 그녀는 부친과 남편에게 안기다시피 겨우 집안으로 들어갔다. 플라타너스 그늘에서 방까지의 짧은 거리가 한없이 긴 것 같았다. 잔느는 자기도 모르게 소리를 지르며 앉혀주라, 세워주라고 사정했다. 배에 견디기 힘든 압박감을 느껴 아무래도 참을 수가 없었기 때문이었다.

아직 출산 달은 아니었고, 9월로 예정되어 있었지만 뜻밖의 일이 염려스러워 시몽 영감이 마차를 타고 의사를 부르러 갔다.

의사는 자정이 다 돼서야 도착했다. 그리고 첫눈에 조산기가 있다고 진단했다.

자리에 누우니 고통은 어느 정도 사라졌으나, 무서운 생각이 잔느를 짓눌렀다. 전신을 휩쓰는 절망적인 생각이었다. 죽음의 예감 같은 것, 죽음의 알 수 없는 촉감 같은 것이었다. 죽음이 아주 가까이 스쳐갈 때 그 입김이 우리들의 심장을 얼어붙게 하는 그런 순간이었다.

방 안은 사람들로 가득했다. 어머니는 의자에 힘없이 앉아 있었다. 남작은 두 손을 떨면서 허둥대다가 무슨 물건을 가져오기도 하고, 의사에게 말을 거는 등 정신이 없었다. 줄리앙은 초조한 기색으로 서성거리고 있었으나 마음속은 냉정했다. 당튀 과부는 담담하게 침대 맡에 서 있었다. 어떤 경우에도 마음이 흔들리지 않는, 경험이 많은 여인의 얼굴이었다. 간호사에 산파이고, 상갓집에서 밤샘도 하는 이여인은 세상에 태어나는 아기를 받아 첫 울음소리를 듣고, 그들의 새 살을 맨 처음 씻겨주고, 옷을 입혀준다. 그리고 그와 같은 모습으로 저 세상으로 떠나는 사람들의 마지막 말, 마지막 숨결, 마지막 행동에 주의를 기울이고, 또한 그들의 쇠락한 육신을 알코올로 씻어내 수의에 싸서 마지막 화장을 해 주는 것이었다. 그런 까닭으로 출생과 죽음의 모든 사태에 대해서 조금도 동요되지 않는 냉정함이 몸에 배어 있었다.

가정부 루디빈느와 리종 이모는 조심스러워 복도의 문 뒤에 숨어 있었다.

산모는 가냘픈 신음 소리를 내고 있었다. 아기를 낳는 데는 아직도 시간이 더 걸릴 것 같았다. 그런데 날이 샐 무렵 갑자기 진통이 심해지더니 이윽고 격렬해졌다.

잔느는 악문 입으로 저도 모르게 비명을 지르면서 끊임없이 로잘리를 생각하고 있었다. 로잘리는 조금도 괴로워하지 않았다. 신음소리 한 번 내지 않았다. 그 아이 즉 사생아는 그렇게 고통 없이 태어났던 것이다.

만감이 교차하는 비참한 심정으로 잔느는 두 사람의 일과 자신을 비교하고 있었다. 그리고 하늘을 원망했다. 운명의 신이 편애하는 것이 분했고, 선과 악을 설교하는 사람들의 거짓말에 속이 상했다.

진통이 심해져서 머릿속에 든 생각이 전부 사라져 버릴 것 같았다. 이미 힘도 생명도 판단도 약해지고 단지 고동만 남아 있었다. 진통이 가라앉자, 그녀는 줄리앙에게서 눈을 뗄 수가 없었다. 그 날의 일을 생각하면 이것과는 또다른 고통이, 정신적인 고통이 그녀의 마음을 짓눌렀다. 하녀가 여기 같은 침대에 쓰러져서 낳은 그 아이는 지금 자기의 뱃속에 고통을 주고 있는 아이의 형제인 것이다. 그리고 그녀의 기억 속에 뚜렷이 떠오르는 것은 쓰러진 하녀를 앞에 두고 보여주던 남편의 행동과 시선, 말이었다. 그리고 지금 남편의 생각이 그 행동에 적혀 있기라도 하듯이 눈으로 읽을 수 있었다. 로잘리한테 가졌던 것과 마찬가지인 귀찮다는 것과 무관심, 아버지가 된다는 것으로 잘못을 덮어버리는 이기적인 남성의 냉정함을 읽을 수가 있었다. 그때 무서운 산통이 그녀를 덮쳤다.

"죽어요! 죽을 것 같아요!"

그런 말이 자신도 모르게 입에서 터져 나올 만큼 극심한 경련이 일었다. 그러자 억누를 수 없는 반항심이, 저주스런 욕구가 그녀의 혼을 빼앗았다. 자기를 망쳐 놓은 남편, 자기를 죽일 것 같은 아이에 대한 증오심이 분별없이 치밀어 오르기 시작했다.

무거운 짐을 떨쳐 버리려고 마지막 힘을 다해서 그녀는 버텼다. 그러다가 갑자기 뱃속이 텅 빈 것 같은 생각이 들었다. 그러자 이미 들은 적이 있는 짓눌린 듯한 소리가 그녀를 전율케 했다. 고통스러운 작은 소리, 갓난아기의 고양이 같은 가냘픈 울음소리가 그녀의 영혼에, 마음에, 탈진해버린 육신에 파고들었다. 그녀는 무의식적으로 두 팔을 뻗으려 했다.

그녀의 몸에 희열이 지나간 것이다. 지금 막 피어난 새로운 행복의 시작이었다. 잠깐 사이에 그녀는 해방되고, 진정되고, 행복해졌다. 일찍이 맛보지 못한 행복이었다. 마음과 몸이 다시 기운을 차렸다. 어머니로서의 자신을 느낀 것이다. 아이가 어떤 얼굴을 하고 있는지 보고 싶었다. 아이는 너무 일찍 태어났기 때문에 머리카락도 없고, 손도 보이지 않았다. 그녀는 유충 같은 갓 난 아이가 움직이는 것을 보자, 아니 입을 열고 우는 것을 보자, 쭈그러지고 찌부러진 얼굴을 한, 달이 덜 차 태어난 아이를 만져보자, 거역할 수 없는 희열에 젖고 말았다. 자신은 구원을 받은 것이다. 모든 절망으로부터 보호받은 것이다. 달리 어떻게 표현할 수 없을 만큼 사랑하는 대상이 생겼다는 사실을 이해한 것이었다. 그 때부터 그녀의 머릿속에는 오직 한 가지, 아기하고 같이 있다는 생각밖에 없었다.

그녀는 갑자기 열정적인 어머니가 되어 버렸다. 사랑에 배신당하고 미래의 희망에 속았던 만큼 그녀의 모정은 한층 더 광적인 것이었다. 늘 자신의 침대 맡에 아기의 요람이 있어야 했다. 그리고 몸이 회복되자 창가에 앉아서 아기의 가벼운 요람을 흔들면서 하루를 보내곤 했다.

그녀는 유모에게 질투심을 느꼈다. 젖에 굶주린 조그만 존재가 파란 혈관이 비치는 커다란 젖가슴에 팔을 내밀고 주름진 다갈색의 젖꼭지를 탐욕스런 입으로 무는 것을 보면, 얼굴이 질리고 부들부들 떨려 와서 태연하게 젖을 먹이고 있는 시골 여인을 노려보곤 했다. 아기가 맛있게 먹고 있는 젖가슴을 때려주고 손톱으로 할퀴고 싶은 충동을 갖지 않을 수 없었다.

그녀는 아기를 예쁘게 해주려고 좋은 천에 세심하고 고상한 무늬를 손수 수놓으리라 생각했다. 아기는 레이스로 장식한 멋들어진 모자를 쓰고 있었다. 그녀는 이제 아기에 관한 것밖에 얘기하지 않았다. 말을 도중에 못하게까지 하면서 아기 옷과 턱받이와 잘 만든 리본을 꺼내서는 상대방을 놀라게 했다. 남들이 하는 이야기는 들으려고도 하지 않고 린넬 천 조각을 넋을 잃고 한참이나 만지작거리다가 손을 들어 뒤집기도 하고 천천히 바라보기도 하다가는 상대에게 갑자기 묻는 것이었다.

"이거 어때요? 그 애한테 어울릴까요?"

남작과 어머니는 이런 광적인 모성애를 보고 웃음을 지었다. 줄리앙은 울기만 하는 어린 폭군의 출생으로 일상이 흐트러지고 자신의 지배감이 감소된 탓인지 자기 위치를 훔친 이 인간에 대해 무의식적으로 질투하고, 화내고 짜증을 내면서 늘 이 말을 반복했다.

"저 애가 생기고부터는 모두 저 애에게만 열중하니 참을 수 없어!"

잔느는 아이에 대한 애정의 포로가 되어 밤에도 요람 곁에 앉아서 아이가 잠드는 것을 보지 않고는 못 배겼다. 아이를 보면서 시간 보내는 것이 너무나 광적이고, 병적이어서 온 정력이 다 없어져도 쉬지 않았다. 그래서 쇠약해지고, 마르고, 기침까지 하게 되자, 의사는 그녀를 아이에게서 떨어져 있도록 했다.

잔느는 짜증을 내며 울고 애원했다. 그러나 그런 무리한

청은 아무도 들어 주지 않았다. 아이는 밤마다 유모 곁에서 잤다. 그리고 밤마다 그녀는 맨발인 채로 열쇠 구멍에 귀를 대고 아이가 잘 자는지 살폈다.

한 번은 줄리앙이 푸르빌르가의 만찬에 초대되었다가 늦게 돌아온 날 그러는 장면을 줄리앙에게 들켰다. 그 후로 그녀는 억지로 자리에 눕혀지고 그녀의 방에는 자물쇠가 채워졌다.

세례식은 8월 말에 있었다. 남작이 대부고 리종 이모는 대모가 되었다. 아이는 피에르 시몽 폴이라 이름 지었고 보통 폴이라 불리었다.

그리고 9월 초에 리종 이모는 소리 없이 떠나가 버렸다. 그녀가 없어진 사실은 있을 때와 마찬가지로 아무의 관심도 끌지 못했다.

어느 날, 저녁식사 후에 신부가 나타났다. 왠지 모르게 굳어 있고 무슨 비밀이라도 있는 것처럼 행동했다. 두서너 마디 남작 부부에게 할 얘기가 있으니 잠시 시간을 내주셨으면 하고 부탁했다. 세 사람은 집에서 나와 무엇인가 분주하게 얘기를 주고받으며 느린 걸음으로 가로수 길 끝까지 걸어갔다.

줄리앙은 잔느와 둘만 남자 멍청해져서 의심도 나고 어떤 비밀 얘기가 있지나 않나 해서 불안했다. 신부가 작별 인사를 하자, 줄리앙은 자신이 배웅하겠다면서 신부와 함께 저녁 종이 울려 퍼지는 교회 쪽으로 걸어가다가 안 보이게 멀어졌다.

날씨는 제법 쌀쌀한 마림을 일으키며 세법 기세를 부리

고 있었다. 식구들은 거실로 들어왔다. 그리고 모두 잠깐 졸고 있는데 줄리앙이 급히 돌아왔다. 붉어진 얼굴이 몹시 성이 난 것 같았다.

잔느가 있는 것도 생각지 않고 그는 문에서 장인, 장모를 향해 소리쳤다.

"두 분 다 정신이 나갔군요. 왜 그러십니까, 그 따위 계집애에게 2만프랑을 주다니요."

아무도 대답하지 않았다. 그만큼 모두가 깜짝 놀란 것이다. 그는 분에 못 이겨 큰 소리로 떠들며 말을 계속했다.

"그런 바보짓이 어디 있습니까? 두 분은 저희에게는 한 푼도 주지 않겠단 말입니까?"

겨우 안정을 찾은 남작이 사위를 말리려고 했다.

"조용히 하게! 자네 아내 앞이야."

그러나 줄리앙은 분한 듯 발을 동동 굴렀다.

"상관없습니다. 이 사람도 무슨 일인지 알겠지요. 결국은 이 사람한테 손해가 가는 일이니까요."

잔느는 놀라서 뭔지도 모르고 눈을 크게 했다. 그리고 더 듬거리며 말했다.

"무슨 일이에요?"

줄리앙은 그녀를 봤다. 기대하던 이익금을 빼앗긴 동지로서 아내를 증인으로 세우려고 했다.

그가 그녀에게 얘기한 것은 로잘리를 결혼시키는 것에 대해서였다. 적어도 2만 프랑이나 나가는 바르비일 땅을 그녀에게 준 사실이었다. 그리고 되풀이해 말했다.

"당신의 부모님은 정신이 나가신 거야! 2만 프랑! 2만 프랑이야! 정말 머리가 어떻게 되신 거야! 사생아에게 2만 프랑을 주다니!"

잔느는 듣고 있었지만 아무 감동도 일지 않았고, 속도 상하지 않았다. 자신이 그렇게 냉정한 것이 이상할 정도였다. 그녀는 이제 자신의 아이와 상관없는 일에는 전연 관심이 없었다.

남작은 목이 메어서 대답할 말을 찾지 못하다가 마침내 분노하며 발을 구르고 고함쳤다.

"자네가 한 일을 생각해! 너무 심하지 않아. 아이가 딸린 계집애에게 지참금을 주게 된 것이 대체 누구 탓이야? 아이가 누구 자식인가? 이제 버릴 작정인가?"

줄리앙은 남작의 과격한 태도에 놀라 물끄러미 바라보다가 이번에는 다소 진정하고 말을 했다.

"그래도 1천5백 프랑쯤이면 충분하지 않습니까? 어떤 여자도 결혼하기 전에 아이는 있을 수 있어요. 누구의 자식이든 상관없습니다. 2만 프랑이나 하는 농장을 주다니요. 우리에게 손해를 줄 뿐만 아니라 그 일을 세상에 널리 알리는 것과 같습니다. 조금은 우리의 이름이나 위치를 고려해 주셨으면 합니다."

줄리앙은 그렇게 점잖게 말했다. 자신의 권리를 주장하며 사고의 정당성을 믿는, 자신 있는 사나이의 태도였다. 남작은 뜻하지 않은 논리에 당황하여 사위 앞에서 입만 벌리고 있을 따름이었다. 줄리앙은 상황이 자기에게 유리하다고 느끼고 결론을 지었다.

"아직 실제로 주지 않은 것은 나행입니다. 저는 그 애와 결혼하려는 젊은이를 압니다. 제법 착한 사람입니다. 그라면 다 잘 될 것입니다. 제게 맡겨 주십시오."

말을 마치고 그는 곧 밖으로 나가버렸다. 아마 더 이상 시비가 계속되는 것이 겁났던 모양이다. 모두 침묵하는 것을 동의하는 걸로 알고 뜻밖의 횡재라고 생각한 것이다.

그가 나가자 남작은 몸을 떨며 소리쳤다. 너무 기막혀 참을 수 없었던 것이었다.

"정말 지독한 사람이야. 정말 지독해!"

잔느는 아버지의 놀란 얼굴을 쳐다보면서 별안간 웃음을 터뜨렸다.

그녀가 웃음이 터질 때 보여 주던 예전 그대로의 밝은 표정이었다. 그녀는 되풀이해서 말했다.

"아버지, 들으셨어요? 그이가 2만 프랑이란 말을 몇 번이나 했는지 말예요."

어머니는 기분이 좋아지는 것도 눈물 흘리는 것만큼 빨라서, 사위의 성난 얼굴과 목소리, 자신이 유혹한 여자에게 자기 것도 아닌 돈을 준다고 펄쩍 뛰며 말리던 사위를 생각하다가, 잔느의 장난기어린 표정을 보자 언제나 그랬던 것처럼 숨 가쁜 웃음이 치밀어서 눈에 눈물이 가득 고였다. 이번에는 남작까지 덩달아 웃음을 터뜨렸다. 이렇게 세 사람은 지난날의 즐거웠던 때처럼 배가 아플 정도로 웃어댔다.

웃음이 어느 정도 가라앉자, 잔느가 놀란 표정을 지었다.

"이상해요. 이제 아무렇지 않아요, 그이를 봐도 마치 남 같은 걸요. 그의 아내라는 것이 정말로 믿어지지 않아요.

그이의… 그이의 무식한 행동이 우스워 죽겠는 걸요."

그리고 그들은 감정이 가라앉기 전에 웃으면서 입맞춤을 주고받았다.

그로부터 이틀 후, 점심식사 후에 줄리앙이 말을 타고 나간 뒤, 키 큰 젊은이가 소매에 단추가 달린 푸른색의 작업복을 입고 마치 이른 아침부터 숨어 있었던 것처럼 몰래 울타리를 넘어 쿠이야르 농가의 개천을 따라 집을 한 바퀴 돌아보더니, 늘 하는 습관대로 플라타너스 아래 앉아 있는 남작과 두 여인을 향해서 발소리를 죽이며 다가왔다.

세 사람을 보자 그는 모자를 벗었다. 그리고 겸연쩍은 얼굴로 머리를 굽실거리며 다가왔다.

말소리가 들릴만한 거리까지 오자 그는 주저하면서 입을 열었다.

"안녕하십니까, 남작님. 마님, 아씨."

그들이 잠자코 있자, 그는 스스로 신분을 밝혔다.

"데지레 르콕이 바로 접니다."

이름을 들어도 짐작이 가지 않자 남작은 "무슨 일인가?" 하고 물었다.

그러자 젊은이는 몹시 주저했다. 자기의 용건을 자세히 설명하지 않으면 안 되었기 때문이다.

"신부님이 이 일에 대해 몇 가지 말씀했습니다만…"

그리고 나서 젊은이는 입을 다물었다. 잘못 말하다가 일이 허사가 될까 걱정이 되어서였다.

남작은 도무지 알 수가 없어 다시 물었다.

"이 일이라니? 나는 전연 모르겠는네."

그러자 젊은이는 목소리를 낮추면서 결심한 듯 말했다.

"저, 댁의 하녀 일로…, 로잘리라는…."

잔느는 금방 눈치를 채고 일어나서 아이를 안고 자리를 떴다. 남작은 "아, 이리 오게." 하며 딸이 일어선 의자를 가리켰다.

젊은이는 "고맙습니다." 하면서 얼른 앉았다. 그리고는 이제는 아무런 할 말도 없다는 듯이 있었다. 꽤 오랫동안 잠자코 있다가 겨우 결심이 선 듯 푸른 하늘을 쳐다보며 "정말 좋은 날씹니다. 이젠 씨앗도 뿌렸으니 농사도 한시름 놓았습니다." 하고는 다시 입을 다물어 버렸다.

남작은 짜증이 나서 단도직입적으로 말을 꺼냈다.

"그럼 자네로군, 로잘리와 결혼하겠다는 사람이."

사나이는 걱정이 되었다. 노르망디 사람의 약삭빠르게 생각한 방식이 틀려져 버렸기 때문이었다. 그는 주의하면서 앞서보다 강한 음성으로 대답했다.

"그게, 사정에 따라서 될지, 안 될지 모르겠고, 그게 사정에 따라…."

이렇게 말이 복잡하게 나오자, 남작은 화가 났다.

"그만 해 두게! 솔직하게 대답해. 그 때문에 온 건가, 그렇지 않은 건가. 장가를 갈 건가, 안갈 건가?"

사나이는 난감해서 발등만 내려다보고 있었다.

"신부님 말씀대로라면 들겠지만, 줄리앙 님의 말씀대로라면 좀 곤란하단 말씀입니다."

"줄리앙이 뭐라고 하던가?"

"줄리앙 님은 1천5백 프랑을 준다고 했지만, 신부님은 2

만 프랑을 얘기했어요. 2만 프랑이면 승낙하지만 1천5백 프랑이면 싫습니다."

남작 부인은 그때 의자에 파묻혀 앉아 있었는데 이 시골 뜨기의 하는 모양이 우스워서 킥킥대고 웃기 시작했다. 농사꾼은 무엇이 우스운지 까닭을 몰라 못마땅하게 곁눈질로 부인을 보며 대답을 기다리고 있었다.

남작은 이런 흥정이 귀찮아서 잘라 말했다.

"신부님에게 얘기했듯이 바르비일의 농장을 주겠네. 자네가 살아 있는 동안 말일세. 그 후에는 아이 것이네. 농장은 2만 프랑의 값어치는 있어. 나는 거짓말을 않네. 자 어느 쪽인가? 결정하게."

젊은이는 비굴하고 만족스런 얼굴로 씩 웃었다. 그리고 갑자기 말이 많아졌다.

"네! 그렇다면 거절하지 않겠습니다. 제 마음이 내키지 않는 것은 그것뿐이거든요. 신부님한테 이야기를 들었을 때 당장 승낙하려고 했습니다. 남작님이 좋으시다면 저도 좋습니다. 남작님도 제 신세를 졌다고 생각하시겠지요. 사람들은 서로 신세를 졌을 때는 나중에 만나서 은혜를 갚는 것 아니겠습니까. 그런데 줄리앙 님이 1천 5백 프랑밖에는 못 주겠다고 해서, 남작님을 직접 만나야겠다고 생각한 겁니다. 그래서 이렇게 온 것입니다. 사실을 확인하고 싶어서요. 계산이 분명하면 거래도 깨끗하다고 그러는데, 정말 그렇겠지요, 남작님…."

적당한 선에서 말을 끝내게 해야 했다. 그래서 남작이 물었다.

"결혼식은 언제 할 예정인가?"

그는 갑자기 걱정이 되는지 당황하는 것 같았다. 망설이면서 겨우 말을 했다.

"먼저 그러니까, 증명서를 하나 만들어 주실 수는 없으신지요.?"

남작은 이번에는 화가 폭발했다.

"뭐라고, 고약한 놈 같으니! 결혼서약서를 만들 게 아닌가. 그게 무엇보다도 확실한 증서야."

그러나 젊은이는 완강했다.

"그때까지라도 뭐든지 써 주십시오. 별로 어려울 것도 없지 않습니까."

남작은 결론을 내려는 생각으로 일어섰다.

"자, 승낙인가 아닌가 당장에 대답하게. 싫으면 싫다고 하게. 결혼 신청자는 또 있으니까."

경쟁자가 있으면 큰일이라는 듯 약삭빠른 노르망디인은 당황한 표정이었다. 그는 마음을 굳혀 암소를 사고 난 사람처럼 한 손을 내밀었다.

"그렇게 하겠습니다, 남작님. 한 번 약속했으니 꼭 지키겠습니다."

남작은 약속의 표시로 그의 손을 쳤다. 그리고 큰 소리로 "루디빈느." 하고 불렀다. 그녀가 창으로 고개를 내밀었다.

"포도주 한 병 가지고 오게."

계약을 끝낸 두 사람은 건배했다. 젊은이는 올 때보다 가벼운 걸음으로 돌아갔다.

그 젊은이가 왔었다는 것은 줄리앙에게 말하지 않았다.

결혼은 비밀리에 준비되었다. 그리고 결혼이 결정되자 곧 이어서 어느 일요일 아침에 결혼식이 거행되었다.

신혼부부의 뒤를 마치 행복의 담보물인 듯 이웃집 여인이 아이를 안고 따라갔다. 마을 사람들은 아무도 놀라지 않았다. 다만 신랑을 부러워할 따름이었다. 그 친구 부자 될 팔자를 타고 났나 보다고 뜻있는 웃음을 띠면서 수군거릴 뿐 분개하는 사람은 아무도 없었다.

줄리앙은 아무에게나 화풀이를 했다. 그래서 부모님은 레 페플을 서둘러 떠났다.

잔느는 그다지 슬퍼하지도 않고 부모님을 배웅했다. 그녀에게는 영원한 행복은 아이뿐이었기 때문이다.

9

잔느는 출산 후 조리를 잘 하여 몸이 완전히 회복되었으므로 푸르빌르 가에 답례를 가고, 쿠틀리에 후작에게도 인사를 가기로 했다.

줄리앙은 요즘 새로운 마차를 한 대 샀다. 덮개가 없는 사륜마차로 말은 한 필이면 되었고, 한 달에 두 번은 외출할 수 있다는 것이었다.

맑게 갠 섣달 어느 날 마차가 준비되었다. 노르망디 들판을 두 시간이나 달려 작은 골짜기로 들어섰는데, 중턱은 숲이고 아래는 경자지였디.

밭이 계속되다가 곧 목장으로 바뀌고, 또 늪지대로 바뀌었다. 철이 늦어 늪은 말라 있었으나, 키 큰 갈대가 온 늪을 덮고 있었고 긴 잎이 마치 노란 리본처럼 일렁거리고 있었다.

골짜기를 빠르게 돌아가자 그곳에 브리에트의 대저택이 갑자기 나타났다. 한쪽은 수목이 울창한 비탈에 걸쳐 있고 다른 한쪽은 돌담 전체가 연못 속에 잠겨 있었다. 그 연못은 아주 넓어서 앞 골짜기 건너편을 덮은 커다란 전나무 숲까지 이어져 있었다.

마차가 고풍스런 다리를 건너 루이 13세 식의 넓은 현관을 지나가니 우아한 저택이 나왔다. 이 저택도 같은 시대의 건물로써 벽돌로 가장자리를 두른 모양의 슬레이트 지붕을 인 여러 개의 조그만 탑이 측면을 장식하고 있었다.

줄리앙은 건물 하나하나를 잔느에게 설명했는데 늘 다녀서 저택의 구석구석까지 다 알고 있는 사람 같았다. 그 아름다움에 감탄하며 줄곧 칭찬해 마지않았다.

"저기 정면 현관을 봐요! 얼마나 훌륭한지, 어떻소? 뒤쪽 출입구가 모두 연못 쪽으로 나 있고, 멋들어진 돌계단은 호숫가까지 이어져 있어요. 그 돌계단 아래는 늘 네 척의 보트가 매어 있소. 두 척은 백작, 두 척은 부인 것이오. 저기, 한참 가서 오른편에 포플러 가로수가 보이지. 저기가 호수의 끝이오. 그리고 그곳에서 페캉까지 흘러가는 냇물이 시작되고 있소. 이 근처에는 물새가 많아서 백작은 사냥을 하기를 즐기지. 이곳이야말로 저택다운 저택인 거요."

문은 열려 있었다. 상아빛 얼굴의 백작 부인이 미소를 지으면서 방문객을 맞으러 나왔다. 옛 성주의 부인처럼 옷자락을 길게 끌고 있었다. 그야말로 이 귀족적인 저택을 위해 태어난 호수의 미인인가 싶었다.

거실에는 창이 여덟 개 있었는데, 그 중 네 개의 창이 호수 쪽으로 있어 바로 정면으로 언덕을 덮고 있는 울창한 송림이 보였다. 검은 빛을 띤 나무의 푸른빛으로 인해 호수는 깊고 삼엄하고 침울하게 보였다. 그리고 바람이 스쳐지나가자 나무들의 흔들림이 늪에서 나는 소리처럼 느껴졌다.

백작 부인은 잔느의 손을 잡았다. 어린시절 친구의 손이라도 잡는 것 같았다. 그리고 그녀를 의자에 앉히고 자기도 옆의 나직한 의자에 앉았다.

오랫동안 잊고 있었던 우아한 모습의 줄리앙은 격의 없이 잘 웃고 이야기도 능숙하게 했다.

백작 부인과 줄리앙은 승마 이야기를 주고받았다. 그녀는 그의 말 타는 모양이 좀 이상하다며 '비틀거리는 기사'라고 웃으며 놀렸다. 줄리앙도 지지 않고 '승마복을 입은 여왕님' 하고 재빠르게 응수하며 웃었다. 창 밑에서 한 발의 총소리가 울려서 잔느는 자신도 모르게 소리를 질렀다. 백작이 오리를 쏜 것이다. 부인은 백작을 불렀다. 배가 돌계단에 부딪치는 소리가 나더니 백작이 나타났다. 장화를 신은 커다란 몸집을 한 백작이 붉은 빛을 띤 물에 흠뻑 젖은 개를 두 마리 데리고 있었다. 개들은 문 앞의 융단 위에 배를 깔고 엎드려 있었다.

백작은 자신의 집이라 그런지 지난번보다는 훨씬 편해 보였고, 손님을 보자 꽤 기쁜 표정을 지었다. 벽난로에 상작을 지피고 마데르 섬(대서양에 위치한 포르투갈의 섬)에서 생산한 포도주와 비스켓을 가져오게 했다. 그리고 큰 소리로 말했다.

"저녁식사도 함께 해주시겠지요?"

잔느는 아이 일이 걱정이 돼서 사양했다. 백작이 자꾸 권했으나, 잔느가 계속해서 사양하니 줄리앙이 불쾌한 표정을 했다. 그녀는 아이를 못 보는 것이 죽기보다 괴로웠으나 줄리앙이 급하고 못된 성미를 부릴까 걱정스러워 하는 수 없이 승낙했다.

오후는 즐거웠다. 먼저 수원지를 보러 갔다. 샘물은 이끼 긴 바위 밑에서 세차게 솟아나오고, 그 맑은 샘물은 마치 끓어오르듯 쉬지 않고 움직이고 있었다. 그리고 마른 갈대숲 속으로 뚫린 수로를 따라 배를 타고 한 바퀴 돌았다. 백작은 쉴 새 없이 코를 내밀며 냄새를 맡고 있는 두 마리의 개 사이에 앉아 노를 저었다. 노를 한 번 저을 때마다 커다란 보트가 들리듯 그대로 전진했다. 잔느는 가끔 차가운 물에 손을 적시며 손끝에서 심장까지 전해지는 얼음 같은 한기를 즐겼다. 배의 뒤쪽에서는 줄리앙과 백작 부인이 서로 보면서 웃고 있었다. 너무 행복해서 말이 필요 없는 사람들의 미소였다.

날이 저물자, 얼음 같이 차가운 북풍이 시든 골풀 사이를 지나갔다. 태양은 전나무 숲 너머로 져버렸다. 붉은 하늘에는 기이한 모양의 진홍색 조각구름이 점점이 떠 있어, 몸이 오싹해질 만큼 싸늘한 풍경을 만들었다.

일행은 불길이 타오르고 있는 응접실로 돌아왔다. 따스

한 기운이 들어서자마자 여러 사람을 즐겁게 했다. 백작이 기분이 좋아서 그 황소 같은 팔에 아내를 껴안더니 가볍게 안아서 사람 좋은 모습으로 그녀의 양 볼에 두 번이나 크게 입맞춤을 해주었다.

잔느는 웃으며 수염만 쳐다봐도 야만인 같은 이 선량한 거인을 바라보고 있었다. 그녀는 생각했다. '우린 항상 사람들을 잘못 판단하고 있구나.' 하고. 그때 거의 무의식적으로 문 옆에 서 있는 줄리앙이 보였다. 그는 질린 듯 창백한 얼굴로 백작을 쏘아보고 있었다. 그녀는 남편 곁으로 다가가서 낮은 목소리 물었다.

"어디 안 좋아요? 왜 그래요?"

그는 퉁명스럽게 대답했다.

"별것 아니야. 추워서 그래."

식당으로 갈 때 백작은 개들을 데리고 들어가겠다고 양해를 구했다. 개들은 이내 따라 들어와서 주인의 좌우에 앞발을 세우고 앉았다. 백작은 줄곧 먹을 것을 주고는 비단결처럼 매끈한 긴 털을 쓰다듬어주고 있었다. 개들은 목을 빼고 꼬리를 흔들며 만족한 듯이 몸을 흔들었다.

식사 후 잔느와 줄리앙이 작별을 고하려고 하자, 백작은 횃불을 켜들더니 물고기를 잡는 것을 구경하라고 하며 다시 붙들었다.

백작은 두 사람과 백작 부인을 호수로 내려가는 돌계단 위에 세워 놓고 자신은 투망과 횃불을 든 하인과 같이 배를 탔다. 금모래를 뿌려놓은 것 같은 밤하늘은 맑고 살을 에는 것처럼 차가웠다. 횃불은 흐늘거리며 움직이는 신기한 불꽃의 꼬리를 물에 띄우며, 갈대 사이로 춤추는 그림자를 던지고 전나무숲의 커다란 장막을 비췄다. 별안간 배가 회전하는 것 같더니 괴상하고 큰 그림자가, 사람의 그림자였지만, 불이 비치는 숲의 끝에 떠올랐다. 그림자의 머리는 수목들 위로 뻗어 하늘로 사라지고 발만 못 속에 잠겼다. 그리고 그 엄청나게 큰 그림자는 팔을 쭉 뻗쳐 별을 움켜잡는 것처럼 보였다. 그 커다란 양팔은 갑자기 위로 올라갔다가 다시 아래로 내려왔다. 그러자 이내 수면을 채찍으로 때리는 것 같은 작은 소리가 들렸다.

이때, 배가 다시 천천히 회전했기 때문에 그림자는 불어오는 바람과 횃불에 비쳐진 숲을 따라 미끄러지듯이 달려가는 것같이 보였다. 그것은 보이지 않는 지평선으로 숨어 버렸으나, 이윽고 다시 나타났다. 이번에는 앞서보다 크지 않았으나 좀더 뚜렷했고, 저택의 정면 현관 쪽을 향한 독특한 동작도 똑똑하게 보였다.

백작의 굵고 탁한 목소리가 들려왔다.

"질베르트, 여덟 마리 잡았소!"

노가 물결을 때렸다. 커다란 그림자는 우뚝 선 채로 움직이지 않더니, 그 길이가 점점 작아져 갔다. 그리고 백작이 횃불을 든 하인을 데리고 돌계단을 올라오자 그 그림자는 백작의 몸 크기로 줄어들어 몸짓을 그대로 따라서 흉내내고 있었다.

그가 가지고 있는 그물 속에는 여덟 마리의 큰 물고기가 살아서 뛰고 있었다.

두 사람이 빌린 망토와 담요로 몸을 감싸고 돌아오는 도

중에 잔느는 무심히 "저 거인, 정말 좋은 사람이네요." 하고
말했다.

그러자 줄리앙도 마차를 몰면서 맞장구를 쳤다.

"그렇소, 그런데 남들 앞에서 너무 예의를 차리지 않는
것이 흠이오."

일주일이 지나 그들은 쿠틀리에 가를 방문했다. 이 지방
에서는 제일 높은 신분의 귀족 집안이었다. 레미닐 저택은
카니의 촌락과 접해 있었다. 루이 14세 시대에 세워진 저
택은 토담으로 둘러싸인 광활한 정원 안에 숨어 있었다. 언
덕 위에는 옛날에 있던 집의 폐허가 보였다. 제복을 입은
하인들이 두 사람의 방문객을 고급스럽고 넓은 홀로 안내
했다.

홀 중앙에는 둥근 기둥이 받쳐주는 탁자가 있고 세부르
제(베르사이유의 이름난 도자기 공장)의 커다란 술잔이 놓여 있
었다. 그리고 받침대에는 국왕의 손수 써서 보낸 편지가 수
정 밑에 끼워져 있었다. 이 편지는 레오폴 에르베 조세프
게르메 르 드 바르느빌르 드 롤르 보스크 드 쿠틀리에 후작
에게 내린 것으로 되어 있었다.

잔느와 줄리앙이 그것을 보고 있는데 후작 부부가 들어
왔다. 분화장을 한 부인은 의례적으로 두 사람에게 친절하
고 공손하게 주인의 도리만 하듯이 행동했는데 거만하고
과장된 태도가 보기에 어색했다. 후작은 백발을 가운데 가
르마를 타서 붙인 뚱뚱한 체격으로 몸짓이나 목소리, 전체
적인 분위기가 자신을 과시하는 듯 거만한 태도였다.

이들은 모든 면에서 인세나 필요 이상으로 거드름을 피

우며 격식만 차리는 사람들이었다.

그들은 상대방의 말은 들으려고 하지 않고 자신들의 말만 하며 형식적인 웃음만 짓고 있었다. 자신들의 신분에 부여된 임무, 부근에 사는 신분이 낮은 시골 귀족들을 예의바르게 만나주어야 한다는 임무를 하고 있는 것 같았다.

잔느와 줄리앙은 되도록 기분 좋게 대하려고 했으나 온몸이 경직돼서 더 이상 머물러 있기가 거북하고 그렇다고 가겠다는 적당한 구실도 찾지 못하고 있었다. 그런데 후작 부인이 이 거북한 방문을 일찍 끝내주었다. 적당히 알현을 끝내는 예의 바른 여왕처럼 알맞은 대목에서 말을 끝맺었으므로 아주 자연스럽고 간단하게 방문을 끝낸 것이었다.

돌아오는 길에 줄리앙이 말했다.

"괜찮다면 우리의 방문도 이쯤에서 그만둡시다. 내게는 푸르빌르 가 하나의 방문으로 충분하오."

잔느도 동감이었다.

12월도 천천히 지나갔다. 섣달은 음울한, 일 년이란 세월의 바닥에 뚫린 컴컴한 굴 같은 달이었다. 작년과 마찬가지로 또 동면의 생활이 시작되었다. 그러나 잔느는 항상 폴에게 정신을 빼앗기고 있었기 때문에 조금도 지루하지 않았다. 그러나 줄리앙은 폴을 짜증스럽고 불만스러운 눈으로 보고 있었다.

아이를 안고 세상의 어머니들이 자식에게 쏟는 열성적인 사랑을 주면서 잔느는 아이를 아버지에게 보이며 "자, 뽀뽀 좀 해봐요. 당신은 아기가 별로 귀엽지 않은 것 같아요." 하고 투덜댔다. 그러면 줄리앙은 마지못해 아기의 매끈한

뺨에 입술을 살짝 갖다댔다. 그러면서 의도적으로 자신의 몸을 귀엽게 움직이는 고사리 손에 닿지 않으려고 하는 것 같았다. 그리고는 아기에게 관심 없다는 듯 횡 하니 나가 버리는 것이었다.

촌장과 의사와 신부가 때때로 저녁 식사를 하러 왔다. 그리고 가끔 푸르빌르 부부도 찾아와서 집안끼리 점점 더 친밀해졌다.

백작은 폴이 아주 귀여운 듯했다. 머무는 동안 쭉 무릎에 안고 있었고, 어떤 때는 오후 내내 줄곧 안고 있을 때도 있었다. 큼직한 손으로 익숙하게 아이를 돌보며 긴 수염으로 아이의 잔등을 간질이기도 하고, 그러다가 귀여운 죽겠다는 듯이 입맞춤을 하기도 했다. 그리고 그는 자기네 부부에게 아이가 없는 것을 한탄했다.

3월은 하늘이 밝아 공기가 건조하며 날씨가 따뜻했다. 질베르트 백작 부인이 넷이서 말을 타고 나들이나 가자고 말했다. 잔느는 기나긴 저녁, 기나긴 밤, 단조로운 일상에 어지간히 싫증나 있던 참이었기에 그 말을 듣고 몹시 기뻐하며 당장 승낙했다. 일주일을 기다리며 승마복을 손질하는 것조차 즐거웠다.

넷이서 말을 타고 멀리 까지 달렸다. 늘 두 사람씩 나란히 달려갔다. 백작 부인과 줄리앙이 앞서고, 백작과 잔느가 조금 처져서 따라갔다. 뒤에 가는 두 사람은 친구 사이처럼 조용히 이야기를 주고받았다. 두 사람은 올바른 정신과 소박한 마음이 서로 잘 어울려서 사이좋은 친구가 되어 있있던 것이나. 앞서가는 두 사람은 낮은 목소리로 이야기를 하면서 때로는 웃음을 터뜨리기도 했다. 또 얼굴과 얼굴을 마주 쳐다보곤 했는데 입으로 말할 수 없는 것들을 눈으로 말하려는 것 같았다. 두 사람은 빠르게 달려가기도 했는데, 달아나고 싶은 욕망 때문에 되도록 멀리 가려는 충동을 받는 것 같았다.

그러다가 질베르트는 무언가 초조해지는 표정이었다. 때때로 그녀의 날카로운 목소리가 바람을 타고 뒤따르는 두 사람의 귀에 들렸다. 그럴 때면 백작은 웃으며 말했다.

"내 아내는 요즈음 항상 기분이 안 좋답니다."

어느 날 저녁 말을 몰고 나갔다가 돌아오는 길에 백작 부인이 말의 옆구리에 박차를 가하고 고삐를 꼭 죄며 압박하는 것이 보였고, 줄리앙이 여러 번 그녀에게 주의를 주는 소리가 들렸다.

"조심하세요. 그렇게 하면 말이 달아납니다."

그러자 그녀가 대답했다.

"당신이 참견할 일이 아니에요."

너무도 또렷하고 경직된 말투라서 그 말소리는 마치 허공에 뜬 것처럼 들판 가득히 울려 퍼졌다.

말은 뒷발로 일어서서 땅을 걷어차며 입에서 거품을 뿜었다. 그것을 보고 백작은 불안해져서 큰 소리로 외쳤다.

"위험해, 질베르트!"

그 말에 반박하듯이 그 무엇도 겁낼 것 없다는 여성 특유의 신경질적인 반응으로 질베르트는 말의 두 귀 사이를 난폭하게 후려쳤다. 말이 미친 듯이 일어서더니 앞다리로 허공을 차다가 다리를 다시 땅에 내리고 맹렬한 기세로 날뛰더니 있는 힘을 다해서 그대로 들판을 달려갔다.

　말은 먼저 목장을 지나서, 경작지를 질주하면서 젖은 흙을 모래처럼 뿌려댔는데 그 빠르기가 엄청나서 말도 기수도 눈에 보이지 않는 것 같았다. 줄리앙은 그 자리에 선 채로 그냥 "부인, 부인!" 하고 부르고 있을 따름이었다. 백작이 쥐어짜는 듯한 신음 소리를 내더니 육중한 말갈기에 몸을 숙이고 전력을 다해 밀어내듯이 말을 앞으로 몰았다. 목소리와 몸짓과 박차로 말을 압박하여 흥분시키며 미친 듯 앞으로 내몰았다. 그 모습은 마치 거대한 새가 다리 사이에 무거운 동물을 낚아채서 나는 것처럼 보였고, 그대로 하늘로 날아오르는 것 같아 보였다. 두 마리의 말은 믿을 수 없을 만큼 빠른 속도로 질주했다. 그 광경을 보고 있는 잔느는 백작 부부의 그림자가 아득히 먼 저쪽으로 점점 멀어지고 작아지고 흐려지다 끝내는 사라져 버리는 것이 아닌가 생각했다. 두 마리의 작은 새가 쫓고 쫓기면서 지평선 저 너머로 모습을 감추는 것 같았다.

　줄리앙은 여전한 속도로 다가오더니 성난 말투로 중얼거렸다.

　"저 여자가 오늘은 미친 것 같군."

　두 사람은 들판의 비탈 사이로 사라진 친구들의 뒤를 쫓아 달렸다.

　15분쯤 지나서 백작 부부가 돌아오는 것이 보였다. 줄리앙 부부도 곧 그들과 합류했다.

　얼굴이 빨개져서 땀을 비 오듯 흘리고 얼굴에 다행스런 미소를 띠며 몸을 벌고 있는 아내의 말을 꽉 잡고 있는 백작의 모습은 의기양양해 보였다. 부인은 창백하고 질린 듯한 괴로운 표정을 하고 있었다. 남편의 어깨를 잡고 겨우 몸을 지탱하고 있는 모습은 금방이라도 쓰러질 것 같아 보였다.

이날 잔느는 백작이 얼마만큼 아내를 깊이 사랑하고 있는지를 알았다.

그 뒤로 백작 부인을 한 달 동안이나 보지 못했는데 다시 만났을 때는 명랑해 보였다. 그녀는 더 자주 레 페플에 왔는데 잘 웃고, 충동적인 감정의 표현으로 잔느를 포옹하는 일도 있었다.

무언가 정신적인 희열이 그녀의 생활 속에 파고든 것 같았다. 남편인 백작은 아주 행복해 보였고, 아내에게서 한시도 눈을 떼지 않았다. 더 짙어가는 애정으로 아내의 손이나 옷을 어루만지려고 했다.

어느 날 밤, 백작이 잔느에게 말했다.

"우리는 지금 너무 행복합니다. 질베르트가 이렇게 상냥스러운 적은 없었습니다. 신경질을 부린다든가, 성을 내는 일도 없어졌어요. 그녀가 나를 사랑하고 있다는 것을 압니다. 지금까지는 자신이 없었거든요."

줄리앙도 사람이 달라진 것 같았다. 한층 더 명랑해지고 짜증도 내지 않았다. 두 집 간의 친목이 서로의 가정에 평화와 즐거움을 가져다 준 것 같았다.

봄이 너무 빨리 찾아와 날씨는 따뜻했고 고요한 아침부터 온화한 저녁때까지 태양은 대지를 싹틔우고 있었다. 그것은 온갖 새싹이 함께 하는 급격하고 힘찬 솟구침이었다.

또한 그것은 수액의 거부할 수 없는 분출이었다. 세상을 젊어지게 하는 은혜로운 태양에게 자연이 보여주는 재생의 열기였다.

잔느는 이러한 생명의 탄생에 말로 표현되지 않는 막연한 고뇌를 느끼고 있었다. 풀숲에서 작은 꽃 한 송이를 보아도 멍청해져서 감미로운 우수에 잠기거나 한참씩이나 울적한 몽상에 젖기도 했다.

그리고 사랑을 알기 시작한 무렵의 추억에 젖기도 했다. 그렇다고 줄리앙에 대한 애정이 되살아 난 것이 아니라 자신의 몸이 산들바람의 애무를 받아 봄의 향기를 빨아들이기라도 하는 것처럼 흐트러지고 몸서리쳐졌다. 눈에 보이지는 않았지만 달콤한 유혹을 받은 것처럼 현기증이 나고 떨리는 것이었다.

그녀는 혼자 있는 것이 좋았다. 생각 없이 양지쪽에서 햇볕을 쬐는 것이 좋았다. 잡념을 일으키지 않는 조용한 즐거움과 감정에 젖어 있고 싶었다.

어느 날 아침 그녀가 깊은 생각에 빠져 있을 때, 하나의 영상이 그녀의 뇌리를 스쳐갔다. 그것은 에트르타 근처의 작은 숲 속 어둡고 무성한 나무 한가운데 해가 비치던 빈터의 순간적인 환영이었다. 그래, 그곳이었어. 처음으로 자신의 육체가 떨리고 있음을 느낀 것은. 그 무렵 자기를 사랑하던 그 사람 곁에서…, 처음으로 그가 자신의 마음속의 수줍은 감정을 더듬거리며 이야기한 것도 그곳에서였다. 그리고 자신의 찬란한 미래가 갑자기 다가온 것처럼 생각한 것도 그곳에서였다.

그녀는 그 숲이 다시 한 번 보고 싶었다. 감상적이고 미신적이기도 한 순례자 같은 마음이었다. 그 장소에 가 보는 것이 자기 생활에 어떤 변화를 갖다 주기라도 하는 것 같은 생각이 들어서였다.

줄리앙은 새벽부터 나가고 없었다. 어디에 갔는지 알 수 없었다. 그녀는 요즈음 잘 타는 흰 말에 안장을 얹어 타고 떠났다. 풀 한 포기, 나무 한 잎도 흔들리지 않는 조용한 날이 더러 있는데 그날도 그런 날이었다. 바람은 마치 죽어 버린 듯, 만물은 영원히 움직이지 않을 것 같이 생각되었다. 곤충조차 자취를 감추어 버린 것 같았다.

정적이 금빛 안개가 되어서 태양에서 숨을 죽이며 떨어지고 있었다. 잔느는 흔들거리면서 보통 뛰는 속도로 말을 몰았다. 가끔 그녀는 눈을 들고 한 줌 솜처럼 작고 작은 흰 구름을 한 조각이라도 놓칠세라 쳐다보았다. 솜 같은 하얀 수증기 한 조각이 푸른 하늘 한가운데 잊혀진 듯이 남아 있었다.

그녀는 골짜기를 내려갔다. 그곳은 에트르타의 문이라 하는 여러 개의 큰 바위로 이루어진 아치 사이로 바다까지 뻗어 있는 골짜기였다. 그녀는 조용히 숲 속으로 들어갔다. 아직 덜 자란 푸른 잎들 사이로 햇빛이 찬란하게 비 오듯 내리쏟으며 자기 자리를 찾지 못하고 좁은 길을 이리저리 헤매는 듯했다.

길게 뻗은 좁은 길을 건너는 순간, 그 길 끝에 두 마리의 말이 있는 것이 눈에 띄었다. 말들은 안장이 풀린 채 한 그루의 나무에 매어 있었는데 그것이 누구의 말인지 그녀는 금방 알아봤다. 질베르트와 줄리앙의 말이었다. 외로움에 마음이 무겁던 참이라 그녀는 이 뜻밖의 만남이 너무 반가워서 말을 몰아 달려갔다.

이렇게 오랫동안 매어 있어서 지루할 것 같은 두 필의 말 가까이에 가자 그녀는 소리를 내서 그들을 불러보았다. 그러나 응답이 없었다.

여자용 장갑 한 짝과, 두 개의 채찍이 밟힌 잔디 위에 놓여 있었다. 그렇다면 두 사람은 이곳에서 말을 매어 둔 채로 어디 더 멀리로 간 것이리라.

그녀는 15분 내지 20분쯤 기다렸다. 대체 무슨 일이 있는지 알 수 없어 그냥 의아하게 생각하고 있을 따름이었다. 말에서 내려 선 채로 나무에 기대어 서서 꼼짝 하지 않았기 때문에 두 마리의 새가 인기척을 모르고 바로 옆 풀 위에 내려왔다. 그리고는 그 중의 한 마리가 날개를 펴고 흔들며 고개를 숙여 지저귀고 부산을 떨면서 상대방 주위를 뛰어다니더니, 갑자기 두 마리가 사랑을 나눴다.

잔느는 지금까지 이런 것을 전연 몰랐던 것처럼 깜짝 놀랐다. 그리고 마음속으로 중얼거렸다.

"그래, 봄이구나."

그러자 이번에는 다른 생각이 머리에 떠올랐다. 어떤 의혹이었다. 그녀는 새삼스럽게 장갑을 바라보았다. 채찍도 보았다. 버려 둔 두 필의 말도 바라보았다. 그러다가 말에 뛰어올랐다. 도망치고 싶다는 생각이 걷잡을 수 없이 일어났기 때문이었다.

당장은 다만 레 페플에 돌아가겠디는 일념으로 말을

마구 몰았다. 그녀의 머리는 빠르게 움직이며 추리하고 사실을 결부시켜 상황을 판단하느라 여념이 없었다. 왜 좀더 일찍 알지 못했을까? 어째서 하나도 알아차리지 못했을까? 줄리앙이 집을 자주 비우게 된 것과 옛날처럼 멋을 부리기 시작한 것, 그리고 쾌활해진 것 등, 어째서 그 까닭을 짐작하지 못했는가? 그녀에게는 그 외에도 짐작 가는 데가 있었다.

질베르트의 신경질적인 발작, 그 극단적인 교태, 행복한 듯한 모습, 그리고 그것으로 인해서 백작은 더없는 행복을 느끼고 있는 것 등이었다.

그녀는 속도를 늦추었다. 신중하게 생각하지 않으면 안 되었기 때문이다. 말의 빠른 걸음걸이가 그녀의 생각을 어지럽혔다.

흥분이 가라앉자, 그녀의 마음은 다시 평온해졌다. 질투심도 일지 않고 증오심도 없어졌다. 멸시감으로 가슴이 울렁일 따름이었다. 지금은 줄리앙의 일 따위는 염두에도 없었다. 그것으로 인해 그녀가 놀랄 일은 아무 것도 없었다. 다만 친구로 지낸 백작 부인의 이율배반이 그녀를 화나게 했다. 세상 사람들은 모조리 불성실하고 거짓말쟁이고 위선적인 인간인 것이다. 생각이 그런 쪽에 미치자 눈에 눈물이 고였다. 사람들은 때로 죽은 사람을 생각해서 우는 슬픔만큼 환멸감에 눈물을 흘리는 것이다.

그녀는 아무것도 모르는 체하기로 결심했다. 세상 사람들의 흔한 애정 따위에는 자신의 감정을 낭비하지 말고 폴과 부모님만을 사랑하자, 그래서 다른 사람들의 일은 태연하게 참아가기로 결심했다.

집에 돌아오자, 그녀는 아들을 안고 자신의 방으로 가서 한참 동안을 미친 사람처럼 입맞춤을 퍼부었다.

줄리앙은 저녁식사 때쯤 돌아와서 상냥한 미소로 이것저 것 참견했다. 그는 이런 말까지 물었다.

"아버님과 어머님은 올해는 오시지 않는 거요?"

그러는 친절이 너무 고마워서 그녀는 숲에서 보았던 사실을 거의 덮어두고 싶었다. 그러다 보니 폴 다음으로 좋아하는 두 사람을 만나고 싶은 강렬한 욕망에 못 이겨, 그들이 오기를 바라는 편지를 밤을 새워 썼다.

부모님은 5월 20일에 온다는 기별을 보내왔다. 오늘은 5월 7일이었다.

그녀는 갈수록 더해가는 조바심으로 양친이 오는 날만을 고대하고 있었다. 딸로서의 사랑만이 아니라 자신의 마음을 진솔한 마음으로 의논해보고 싶은 새로운 욕구가 치밀었기 때문이었다. 생활이나 행동, 생각이나 욕망 등이 모두 올바른 사람, 남에게 손가락질을 받는 짓은 절대로 하지 않는, 순박한 사람들과 마음을 털어놓고 이야기하고 싶은 욕구가 강하게 일었다.

그녀가 지금 느끼는 것은 주위 사람들의 퇴폐한 양심의 한가운데에 외롭게 자리하고 있는 자신의 양심에 대한 고독감이었다. 그리고 그녀는 자신의 감정을 다스릴 줄 알게 되었다고는 하지만, 여전히 손을 내밀고 미소를 지으면서 백작 부인을 맞을 때의 허탈감과 그녀를 향한 멸시의 감정은 점점 커져서 자신을 조여 오는 것을 느꼈다. 그리고 매일같이 들리는 이 고장의 하찮은 여러 가지 소문은 그녀의 영혼에 더욱 혐오스럽고 격한 감정을 불어 넣어주는 것이었다.

쿠이야르 가의 딸이 아이를 낳고 머지않아 결혼식을 올리려 한다든가, 마르탱 가의 하녀는 고아였는데 임신을 했다든가, 열다섯 살 먹은 이웃의 소녀가 또 아이를 가졌다든가, 절름발이에 추잡하고 가난한, '말똥'이란 별명이 붙은 과부 여편네까지도 아이를 가졌다는 그런 소문이었다.

끊임없이 누가 애를 가졌다는 소문이 들려왔다. 그런가 하면 어느 집의 처녀가 어떻다는 둥, 존경받는 지주의 바람 피우는 소문 같은 것도 들려왔다.

이번 봄은 초목의 수액처럼 인간의 체액도 흔들어 놓는 것 같았다.

잔느는 그런 감정도 없어져서 되살아나지 않고, 상처받은 마음과 영혼만이 욕망이 사라진 몽상을 계속하고 육체적인 욕구에는 무감각해져서, 꿈에서만 정열을 불태웠다. 소문으로 들리는 그런 불결한 짐승 같은 행위는 놀라울 뿐이고, 가슴 가득한 증오심으로 변할 따름이었다.

살아 있는 것들의 교접은 마치 자연에 거역하는 일인 것처럼 그녀를 분개시켰다. 설사 잔느가 질베르트를 원망한다 해도 그것은 자신의 남편을 그녀가 가로채서가 아니라, 그녀 또한 세속적인 욕망의 구렁텅이에 빠졌다는 그 사실 때문이었다.

그 여인이야말로 저속한 본능에 지배받는 농사꾼들 따위와는 본질적으로 다를 텐데, 어째서 짐승 같은 사람들과 마찬가지로 타락할 수가 있을까?

부모님이 도착할 예정인 바로 그날, 줄리앙은 극히 당연하고 재미있는 이야기나 하듯이 기분이 좋아서 다음과 같은 이야기로 그녀에게 혐오의 정을 다시 일으켰다. 빵집 주인이 빵을 굽는 날도 아닌데 가마에서 소리가 나자 아마 도둑고양이라도 들어가 있는 게지 하고 열어 본 즉, 가마에 빵이 있는 것이 아니고 자기 아내가 있었다는 것이다.

줄리앙은 덧붙였다.

"빵집 늙은이가 뚜껑을 덮어 버린 거야. 안에 있던 그들은 하마터면 질식할 뻔했는데, 빵집 꼬마가 이웃사람에게 알렸다는 거지. 자기 엄마가 대장장이와 안으로 들어가는 것을 보았다는 거요."

그리고 줄리앙은 웃으면서 반복했다.

"정말 할 수 없는 인간들이지. 우리한테 사랑의 빵을 먹이려고 했지 뭐야. 라 퐁텐의 꽁트 같은 얘기야."

잔느는 더는 빵을 만지기도 싫었다.

마차가 현관 앞에 도착하고 남작의 기뻐하는 얼굴이 마차 유리창에 비치자, 잔느의 영혼과 마음에는 깊은 감동이 일고 일찍이 그녀가 느끼지 못했던 사랑의 감정이 충동적으로 일어났다.

그러다가 그녀는 놀라서 그 자리에 선 채 까무러칠 뻔했다. 어머니의 모습을 보았기 때문이다. 남작 부인은 6개월이 지나는 동안에 10년이나 나이를 더 먹은 것 같았다. 물렁하게 쳐진 커다란 볼은 보라색으로 마치 피가 뭉쳐 부푼 듯했고, 눈빛은 사라져 버린 듯했다. 그리고 양쪽 겨드랑이를 부축해주지 않으면 움직일 수도 없었다. 숨쉴 때마다 피리 부는 것 같은 소리가 나서 무척 괴로워 보였고, 곁에서 듣는 사람이 안타까워 못 견딜 지경이었다.

남작은 날마다 봐서 그런지 그렇게 쇠약해진 것도 잘 알지 못하는 것 같았다. 그리고 그녀가 숨이 차다거나 몸이 무거워짐을 호소하면 "아니야, 당신은 늘 그래." 하고 대답하는 것이었다. 잔느는 부모님을 방까지 모셔다드리고 나서 자기 방에 틀어박혀 넋을 놓고 울었다. 그리고는 아버지에게 가서 가슴에 안기면서 눈에는 눈물이 가득한 채로 말했다.

"어머니가 왜 그렇게 변하셨어요. 네? 어머니가 왜 그렇게 되셨어요?"

부친은 당황해 하며 대답했다.

"그래? 이상한데. 그럴 리 없어. 네 어머니 곁을 떠난 일이 없었으니 말인데, 별로 나쁜 데는 없잖아. 보통 때와 같은 거잖니."

그날 밤, 줄리앙이 아내에게 말했다.

"어머니의 건강이 좋지 않은 것 같은데… 병이 드신 게 아닐까?"

잔느가 갑자기 울음을 터뜨렸기 때문에 그는 짜증을 내기 시작했다.

"여보, 울지 말아요. 내가 뭐 어머니가 돌아가신다고 했소? 당신은 늘 무슨 일을 과장해서 생각하는 게 탈이지. 어머니가 변하셨다는 것뿐이오. 나이가 드셨으니 할 수 없는 일이 아니오."

일주일쯤 지나가자, 그녀는 어머니의 건강에 관해 생각하지 않게 되었다. 어머니의 변한 모습에 익숙해진 탓이었다. 그것은 아마 공포감을 없애 버린 탓도 있었을 것이다. 이기적인 본능이나 영혼의 평안을 갈망하는 자연적인 욕구 때문에 사람들이 눈앞에 다가온 공포나 근심거리를 털어버리고 팽개쳐버리는 것처럼 말이다.

남작 부인은 걷기가 힘들어서 요즈음은 하루 삼십 분밖에 외출하지 못했다. '자신의 산책길'을 겨우 한 바퀴 돌고 나면, 더 이상은 움직일 수가 없다고 의자에 앉혀달라고 부탁했다. 그리고 산책을 더 하지 못할 것 같으면 "이쯤해서 그만둡시다. 오늘 내 비만증이 다리를 부러뜨릴 것 같아요." 하고 말했다.

남작 부인은 이제 소리를 내어 웃는 일이 거의 없었다. 작년 같으면 온몸을 흔들며 웃을 일에도 그냥 미소 지을 따름이었다. 그러나 눈은 아직도 밝았기 때문에 '코린느'나 라마르틴(프랑스의 시인이자 정치가)의 '명상 시집'을 읽으면서 소일하고 있었다. 때로는 '기념품'이 들어 있는 서랍을 가져오라고 해서 추억이 깃든 옛 편지들을 무릎 위에 펼쳐놓고, 그녀의 '유물'이라고 할 수 있는 것들을 한 장 한 장 천천히 읽고는 다시 서랍 속에 넣어 두는 것이었다. 그리고 혼자 있을 때면 그 중의 몇 장에다 입을 맞추었다. 그것은 지금은 가고 없는 옛 애인의 머리에 가만히 입을 맞추는 것과 같았다.

잔느가 불쑥 들어가기라도 할 때면 울고 있는 어머니를, 슬픔에 젖어 있는 어머니를 볼 때가 있었다.

"오, 어머니. 왜 그러세요?" 하고 그녀가 물으면 남작 부인은 긴 한숨을 쉬며 대답하는 것이었다.

"나를 이렇게 만든 것도 다 이 유물 탓이야. 즐거웠던, 그러나 지금은 이미 끝나버린 갖가지 추억이 생각난다. 생각지도 않은 사람인데 갑자기 눈앞에 떠오르는 사람도 있어. 그러면 그 사람의 모습이 보이고 그 사람의 목소리가 들려오거든. 너도 앞으로 알게 될 거다."

이럴 때 남작이 나타나면 어머니는 낮은 소리로 말하는 것이었다.

"잔느야, 알겠지. 내 말대로 편지를 태워버려라. 어머니가 한 편지나 내가 한 편지나 모두 다 태워라. 나이를 먹고도 젊은 시절의 추억에서 헤어나지 못하는 것만큼 무서운 것은 없단다."

잔느도 역시 편지를 간직해 둔 자신의 함을 준비해 놓고 있었다. 그녀는 어머니와는 모든 점에서 달랐지만, 낭만적인 감성은 유전적으로 닮고 있었다.

그로부터 며칠 후에 남작은 볼 일이 있어서 혼자서 외출을 하게 되었다.

좋은 계절이었다. 별이 빛나는 평온한 밤이 조용한 저녁으로 이어지고 찬란한 낮과 눈부신 새벽으로 이어졌다. 어머니의 건강도 좋아졌고, 잔느도 줄리앙의 외도나 질베르트의 배신을 잊고 자신의 처지에서 별 불만 없는 행복감을 느끼고 있었다. 들판은 꽃으로 가득 차서 화려했다. 잔잔한 바다는 아침부터 밤이 될 때까지 태양 아래서 빛나고 있었다.

어느 날 오후, 잔느는 폴을 안고 들판으로 나갔다. 아들의 얼굴과, 길을 따라 핀 꽃이 만발한 들판을 번갈아 바라보며 그녀는 부러울 것 없는 행복감에 눈물이 날 지경이었다. 셀 수 없이 아이한테 입을 맞추며 힘주어 꺼안았다. 그러면 달콤한 들판의 향기가 코끝을 스치면서 한없는 행복에 젖어들어 정신이 멍해지는 것 같았다. 그리고 그녀는 아들의 장래를 상상해 보았다. 아들은 어떤 사람이 될 것인가. 어느 때는 권력이 있는 유명한 사람이 되었으면 싶었다. 그런가 하면 평범해도 좋으니, 항상 자기 곁에서 헌신적이고 상냥하며 어머니를 감싸 안아줄 그러한 아들이 되는 것이 좋을 것 같기도 했다. 이기적인 마음으로 아들을 사랑할 적엔 아들이 자신만의 아들이길 바라고, 그러면서도 다른 한편으로는 세상에 이름을 떨치는 사람이 되었으면 하고 열망했다. 그녀는 냇가에 앉아서 아이의 얼굴을 찬찬히 들여다보았다. 어쩐지 그 얼굴이 한 번도 본 적이 없었던 것 같은 생각이 들었다. 이 조그마한 아이도 자라면 꿋꿋한 발걸음으로 걸어 다니게 될 것이고, 뺨에 수염을 기르고 듣기 좋은 목소리로 말을 하게 될 것이다. 멀리서 누군가가 부르고 있었다. 그녀는 고개를 들었다. 마리우스가 급히 뛰어오는 것이 보였다. 손님이라도 왔나 하는 생각에서 일어서기는 했지만 모처럼의 사색이 방해된 게 불만이었다. 소년은 온 힘을 다해 달려오다가 가까운 거리까지 오자 "마님, 마님이 큰 일 났어요!" 하고 외쳤다.

그녀는 등에 찬물을 끼얹는 것처럼 몸이 오싹해졌다. 그리고 정신없이 달려갔다.

플라타너스 밑에 사람들이 몰려 있는 것이 멀리서 보였다. 그녀는 그곳으로 달려갔다. 그러자 몰려 있던 사람들이 길을 비켜주었다. 어머니가 쓰러져 있었다. 두 개의 베개로 머리를 받치고 땅에 쓰러져 있었다. 낯빛은 거무스레하고 두 눈은 감겨 있는데 20년 내내 헐떡이던 가슴도 이제 움직이지 않았다. 유모가 오더니 잔느의 팔에서 아이를 빼앗아 안고 데리고 갔다.

잔느는 다급하게 물었다.

"어떻게 된 거예요? 왜 넘어지셨어요? 빨리 의사 좀 불러줘요."

그러면서 돌아보니 신부가 눈에 띄었다. 어떻게 알고 왔는지 몰랐다. 신부도 소매를 걷어 올리고 분주하게 손을 쓰고 있었다. 그러나 식초도, 콜로뉴 수(水)도, 마사지도 아무런 효과를 주지 못했다.

"옷을 벗기고 눕히면 어떨까요?"

신부가 말했다. 소작인 조셉 쿠이야르도 시몽 영감도 루디빈느도 그 자리에 있었다. 그들은 피코 신부의 손을 빌려서 남작부인을 옮기기로 했다. 안아 일으키자 고개가 뒤로 축 늘어지고 여러 사람이 잡고 있는 옷도 찢어졌다. 그만큼 살찐 몸집은 무거워서 옮기기가 힘들었던 것이다. 그 광경을 본 잔느는 겁에 질려 울음을 터뜨렸다. 그들은 물컹하고 큰 몸집을 다시 땅에 내려놓았다.

응접실의 의자를 가져와야 했다. 그리고 그녀를 의자에 앉혀 겨우 들어올릴 수가 있었다. 가까스로 거실에 도착하자 곧바로 침대에 눕혔다.

가정부가 아직 옷도 벗기기 전에 당튀 과부가 왔다. 신부도 그랬지만, 그녀도 우연히 왔던 것이다. 하인들의 말을 빌리자면 두 사람 모두가 '죽음의 냄새'를 맡았다고 했다.

조셉 쿠이는 말을 달려 의사를 부르러 갔다. 그리고 신부가 성유를 가지러 가려니까 당튀 과부가 신부 귓전에 대고 속삭였다.

"그러실 것 없어요, 신부님. 저는 압니다만 저 세상으로 가셨습니다."

잔느는 놀라서 어떻게 해야 옳을지, 무슨 수를 써야 하는지 무슨 약을 써야 하는지 갈피를 잡지 못하고 우왕좌왕했다. 신부는 어쨌든 속죄의 기도를 했다.

사람들은 생명이 없는 육체를 앞에 두고 두 시간이나 기다렸다. 잔느는 꿇어앉은 채로, 슬픔과 괴로움에 가슴이 찢어지듯 흐느껴 울고 있었다.

문이 열리고 의사가 나타나자, 잔느는 구원과 위안과 희망이 들어오는 것처럼 생각됐다.

그녀는 의사에게 이 돌발사에 대해 자신이 알고 있는 대로 더듬거리며 설명했다.

"어머니는 평소와 마찬가지로 산책하고 계셨는데…, 건강은 좋아서…, 무척 좋으셨다고 해도 과언이 아닐 정도로…, 점심식사로 수프와 달걀을 두 개나 잡수실 만큼…. 그런데 갑자기 쓰러져…, 보시다시피 이렇게…, 그만 움직이지 못하고…, 살려보려고 갖은 수단을 다 썼지만…, 갖은 수를…."

잔느는 입을 다물었다. 과부가 의사에게 가만히 눈짓하

는 것을 보고 눈치 챘기 때문이었다. 이미 끝났다. 무슨 짓을 해도 안 된다는 뜻 같았다. 그래서 잔느는 일부러라도 모르는 척 물었다.

"중탠가요? 중태라고 생각하세요?"

의사는 겨우 입을 열었다.

"아무래도…, … 임종하신 것 같습니다. 기운을 내십시오. 기운을 내셔야 합니다."

그 말을 듣자, 잔느는 두 팔을 벌리고 어머니 위에 몸을 던졌다.

줄리앙이 들어왔다. 그는 생각을 잃고 서 있었으나 난처한 모양이었다. 슬프다는 표현이나 절망의 빛도 나타내지 않고 너무나 갑작스런 일이라 그런지 아무런 준비를 하지 못한 태도였다. 그는 낮은 소리로 중얼댔다.

"저럴 줄 짐작했지. 이미 가망이 없다는 걸 알고 있었어." 하고 말하며 손수건을 꺼내서 눈언저리를 닦고, 무릎을 꿇고 앉아 성호를 긋더니 무어라고 입속말로 중얼거렸다. 그리고 일어나서 아내를 일으키려고 했다. 그러나 그녀는 시체를 양팔로 힘주어 껴안고 엎드려서 입맞춤하고 있었다. 그녀를 억지로라도 끌어내야 했다. 그러나 그럴수록 그녀는 정신을 잃은 듯했다.

한 시간쯤 지나서야 잔느는 시체가 있는 방에 들어가는 것을 허락받았다. 이미 아무런 희망도 없었다. 이제는 방이 영안실로 꾸며져 있었다. 줄리앙과 신부가 창가에서 뭐라고 말하고 있었다. 당튀 과부는 의자에 앉아 있는 모양이 아주 편안해 보였다. 죽음이 발생하면 남의 집도 제 집 같은 생각이 드는 그야말로 밤샘에 익숙한 사람답게 벌써 졸고 있는 것 같이 보였다.

밤이 되었다. 신부는 잔느에게 다가가서 그녀의 손을 잡아 용기를 불어넣어 주고, 이제는 위로할 아무 말도 없게 된 그녀의 마음에 종교인다운 위안을 해주는 것이었다. 고인에 대해 이야기하고, 신부다운 말로 거듭 칭찬했다. 그리고 오늘밤 유해 곁에서 기도하며 하룻밤을 새고 싶다는 말을 했다.

그녀는 눈물에 젖어서 그러기를 거절했다. 그녀는 혼자 있고 싶었다. 이 이별의 밤을 단지 혼자만 있고 싶었던 것이다. 줄리앙이 나섰다.

"하지만 그러면 안 되오. 함께 있기로 합시다."

그녀는 "안 돼요." 하고 고개를 저으면서 더 이상 말을 하지 않았다. 겨우 이렇게 말했을 뿐이다.

"내 어머니, 내 어머니예요. 나 혼자서만 밤샘을 하고 싶어요."

의사가 말했다.

"좋도록 해 드리세요. 저 당튀 과부가 옆방에 있으면 괜찮겠지요?"

신부와 줄리앙은 그렇게 하라고 하기로 했다. 그러자 피코 신부가 무릎을 꿇고 기도를 한 뒤 일어서면서 "정말 성녀 같은 분이셨지." 하고 기도할 때처럼 말했다.

줄리앙이 평소와 같은 목소리로 물었다

"뭘 좀 먹겠소?"

잔느는 대답하지 않았다. 자신에게 말을 기는 줄도 몰랐던 것이다. 그가 다시 말했다.

"뭐든 조금 먹어 두는 게 좋아요. 기운을 차려야 하니까."

그녀는 건성으로 대답했다.

"아버지를 불러 주세요."

그는 방에서 나가 루앙으로 심부름꾼을 보냈다.

그녀는 걷잡을 수 없는 슬픔에 잠겨 있었다.

절망적인 회한의 정이 밀물처럼 밀려와서 마지막 만남을 기다리는 것 같은 심정이었다.

밤의 그림자가 방 안으로 스며들어와 죽은 사람을 어두운 장막으로 감싸버렸다. 당튀 과부가 발소리를 죽이고 주변을 서성거리며 조심스러운 동작으로 눈에 보이지 않는 물건을 찾기도 하고 치우기도 했다. 그리고 두 자루의 양초에 불을 붙여 가만히 나이트 테이블 위에 놓았다. 테이블에는 흰 천이 덮여 침대 머리맡에 놓여 있었다.

잔느는 아무것도 볼 수 없고 이해되지 않았다. 그녀는 혼자가 되기를 기다리고 있었다. 줄리앙이 돌아왔다. 식사를 하고 온 것이다. 그리고 다시 물었다.

"뭐 좀 들지 않겠소?"

잔느는 고개를 저었다.

그는 의자에 앉았다. 슬퍼하기보다는 체념하고 있다는 태도였다. 말없이 가만히 앉아 있었다.

세 사람은 각자 떨어져서 의자에 앉은 채 꼼짝도 하지 않았다. 가끔 과부가 가볍게 코를 골며 졸다가 갑작스레 눈을 뜨곤 했다. 참다못해 줄리앙이 일어서더니 잔느에게 다가가 "꼭 혼자 있고 싶소?" 하고 물었다.

그녀는 슬픔이 치밀어 저도 모르게 그의 손을 잡고 자신도 모르게 말했다.

"네, 그래요. 이대로 둬요."

그는 아내의 이마에 입을 맞추며 중얼댔다.

"가끔 오겠소."

그는 자기가 앉았던 의자를 옆방으로 밀고 가는 당튀 과부를 따라 나갔다.

잔느는 문을 닫고 나서 두 개의 창문을 활짝 열어 젖혔다. 따스하게 어루만져주는 듯한 밤공기가 얼굴에 닿았다. 어제 깎은 잔디밭 건초더미가 달빛 아래 놓여 있었다.

그녀는 침대로 가서 차갑게 식어버린 손을 잡고 유심히 어머니의 얼굴을 들여다보았다. 저 멀리 아주 먼 기억 속에서 언제나 자신을 바라보며 온화하고 부드러운 미소를 잃지 않던 어머니였다.

어머니는 졸도했을 당시처럼 얼굴이 부어 있지는 않았다. 그리고 촛불이 내는 창백한 불꽃이 미풍에 흔들리며 끊임없이 얼굴의 그림자를 옮겨 놓아서 마치 움직이는 것 같고 살아 있는 것도 같았다.

어머니가 수녀원으로 찾아왔을 때 일이 생각났다. 과자가 가득 든 봉지를 주던 때의 모습이 생각났다. 여러 가지 사소한 일들, 사실들, 애정의 표시, 말, 목소리의 억양, 버릇, 웃을 때 이는 눈가의 잔주름, 앉을 때 헐떡이며 몰아쉬던 숨소리 등이 생각났다.

이렇게 그녀는 그 자리에서 꼼짝도 않고 어머니를 바라보면서 '돌아가셨다' 하고 생각하고 있지니 그 말이 지닌 무서움이 갑자기 엄습했다.

여기에 누워 있는 사람 — 엄마 — 어머니 — 아델라이드는 정말 돌아가신 걸까? 이제는 움직이지도 않고, 이야기도 않고, 웃지도 않으며, 아버지와 마주 앉아 식사를 하는 일도 다시는 없을 것이다. 다시는 "안녕, 자네트." 라고 말하는 일도 없을 것이다. 어머니는 돌아가신 것이다!

조금 있으면 관 속에 넣고 못을 박고, 그리고 묻을 것이다. 그러면 만사는 끝이 난다. 두 번 다시 볼 수 없게 될 것이다. 그런 일이 있을 수 있는가? 어째서 그런가? 그러면 이제 어머니란 존재는 영 없어지는 것인가? 그렇게도 정든 얼굴, 눈을 뜨면서 보고 안으면서부터 사랑했는데, 그리운 얼굴, 넘치는 사랑을 쏟아주던 사람, 세상에 둘도 없는 사람, 다른 누구보다도 소중한 어머니란 사람이 이제는 없어진 것이다. 그 얼굴이 이제는 아무 것도 생각지 않게 된 것이다. 벌써 움직이지 못하게 된 얼굴이건만 그것도 앞으로는 몇 시간밖에 볼 수 없다. 그리고 그 다음엔 영영 없어지게 된다. 무(無)로 돌아갈 뿐, 남는 것은 추억뿐인 것이다.

생각이 여기에 미치자 잔느는 허물어지듯이 앉아버렸다. 무서운 절망감에 빠져버렸기 때문이다. 떨리는 손으로 어머니를 덮고 있는 하얀 천을 움켜잡으며, 얼굴을 침대에 파묻고 그녀는 "어머니, 불쌍한 우리 어머니!" 하며 애타는 목소리로 불러보았으나, 그 소리도 침대 시트에 억눌려 버렸다.

왠지 미칠 것 같은 감정으로 그날 밤 눈 속을 도망치던 기분이 들어서 그녀는 일어나서 창가로 가서 머리를 식히고 신선한 공기가 마시고 싶었다. 이 침상의 공기가 아닌, 죽음의 공기가 아닌, 밖의 공기를 마시고 싶었던 것이다.

잘 다듬어진 잔디밭, 나무들, 넓은 들, 아득히 보이는 바다, 모두가 조용한 평화 속에 휴식을 취하며 달빛의 부드러운 손길에 잠들고 있었다. 마음을 평온하게 해 주는 이러한 징경들이 산느의 몸에 스며들어 그녀는 소리 없이 울기 시작했다.

그리고 침대 머리맡으로 가자 거기에 앉아서 어머니의 손을 쥐었다. 마치 병자를 간호하는 듯한 모습이었다.

벌레 하나가 촛불에 끌려서 날아 들어오더니 총알처럼 벽에 부딪치고는 방안을 이리저리 날아다녔다. 윙윙거리며 날아다니는 벌레에 신경이 쓰여 잔느는 눈을 들어 벌레를 보려고 했으나 하얀 천장에 그림자가 움직이고 있는 것밖에 보이지 않았다.

그리고 다시 그 소리도 들리지 않았다. 이번에는 그녀의 귀에 똑딱거리는 시계추의 가냘픈 소리가 들렸다. 이어 또 다른 아주 작은 소리 ─ 소리라기보다 거의 알아들을 수 없는 정도의 움직임이었다. ─ 가 들려왔다. 그것은 침대 옆에 있는 의자에 걸쳐놓은 옷 속에서 잊혀진 채 가고 있는 어머니의 회중시계 소리였다. 죽은 사람과 지금껏 움직이고 있는 이 기계와의 우연한 대조가 잔느의 마음을 에이는 아픔을 불러 일으켰다.

그녀는 시간을 보았다. 아직 10시 반이었다. 지금부터 보내야 할 긴 밤을 생각하니 몸이 오싹해지는 무서움이 엄습했다. 또한 생각하기 싫은 기억이 떠올랐다. 그것은 그녀 자신의 삶에 관계가 있는 회상 ─ 로잘리, 질베르트와 관계된 모두 다 그녀의 가슴에 맺힌 쓰라린 환멸이었다. 그러고 보니 이 세상의 모든 것, 비애와 고뇌와 불행이 죽음에 지나지 않았던 것이다. 모두가 속이고, 모든 것이 거짓말을 하고, 모든 것이 다 슬픔을 주는 것이다. 잠깐 동안이라도 휴식과 기쁨은 어디서 찾는단 말인가? 그것은 아마 저 세상에서인가! 영혼이 삶의 시련에서 해방될 때인가! 그녀는 헤아릴 수 없는 수수께끼를 생각하기 시작했다. 갑자기 감상적인 확신을 얻었는가 하면 그에 못지않은 또 다른 가정이 그 확신을 이내 뒤집어 놓았다. 그러면 대체 지금 어머니의 영혼은 어디에 있는가? 이 굳어져 얼음같이 찬 육체의 영혼은 아주 먼 곳으로 가 있을 것이다. 그것은 어느 공간인가? 그곳은 어디일까? 시든 꽃향기처럼 흩어져 버렸는가? 아니면 새장에서 날아가 버린 새처럼 어딘가를 헤매고 있는 것일까?

하늘의 부르심을 받았을까, 새로운 창조물 속에 뿌려져 싹터 오르는 새싹 속에 섞였을까?

어쩌면 아주 가까이에 있는 것은 아닌가? 이 방 안 방금 영혼이 사라진 어머니의 시체 주위에 있을까? 잔느는 어떤 입김이 자신의 몸을 스치는 것 같고, 혼이 다가와 닿는 것처럼 생각되었다. 그녀는 무서웠다. 너무도 극심한 두려움이었기에 몸을 움직일 수도, 숨을 쉴 수도, 뒤를 돌아다볼 수도 없었다. 심장이 심하게 뛰었다.

그때 아까 그 보이지 않던 벌레가 다시 날아와서 방 안을 휘돌며 벽에 부딪치기 시작했다. 그녀는 머리끝에서 발끝까지 소름이 돋았다. 그러다가 그것이 날벌레 소리라는 걸 알자, 안심하고 일어나서 뒤를 돌아봤다. 그녀의 시선이 문득 스핑크스의 머리가 달린 책상, 유물이 들어 있는 가구 위에 멎었다.

그러자 정겹고 신통한 생각이 떠올랐다. 그것은 마지막으로 어머니와 함께 하는 밤에 어울리게, 경건한 책을 읽듯이 지금은 가고 없는 이에게 소중했던 오래된 편지를 읽어 보려는 생각이었다. 그러는 것이 사려 깊고 신성한 의무를 다하는 것 같이 생각되고, 돌아가신 어머니를 기쁘게 해드릴 진정한 효도가 되는 것같이 생각되었다.

자신이 전연 알지 못하는 사람들인 외조부와 외조모의 편지들이었다. 잔느는 그 분들의 딸인 어머니의 육체 너머로 그 분들에게 손을 내밀고 싶었다. 이 슬픈 밤에 그 분들도 슬퍼하고 있을 테니까. 옛날에 돌아가신 그 분들, 그리고 갓 돌아가신 어머니, 아직 지상에 남아 있는 그녀 자신과의 사이에 신비스런 사랑의 사슬 같은 것을 만들어 보고 싶었다.

그녀는 일어나서 책상 맨 아래 서랍에서 누렇게 바랜 편지 뭉치를 꺼냈다. 편지 뭉치는 끈으로 묶어져 잘 정리되어 있었다.

그녀는 그것들을 모두 침대 위의 어머니 팔 사이에 놓았다. 그리고 감상에 사로잡혀 하나씩 읽기 시작했다.

모두가 다 유서 있는 집안의 오래된 책상에서나 볼 수 있는 편지였다. 에진의 냄새가 풍기는 편시었나.

맨 처음의 편지는 '나의 귀여운 딸'이라는 말로 시작되고 있었다. 다른 한 통은 '나의 아름다운 어린 딸'로 시작되고, 그 다음은 '나의 사랑스런 딸', '나의 귀여운 딸', '내가 가장 좋아하는 딸', 이어서 '사랑스런 자식', '사랑하는 아델라이드', '사랑하는 딸'로 되어 있어, 어린 딸에게 보낸 것과 소녀가 된 딸에게 보낸 것, 한 남자의 아내가 된 딸에게 보낸 것 등으로 각각 달랐다.

어느 것이나 열정적이긴 했어도 아주 평범한 애정에 찬 것들뿐이었다. 집안끼리의 사소한 일, 관계없는 사람들에게는 아무 뜻이 없는 가정 내의 크고 작은 일들이었다. 이를테면 '아버님이 독감에 걸리셨다. 하녀 오르탕스가 손가락을 불에 데었다. 고양이 크로크라가 죽었다. 울타리 오른쪽에 있는 전나무를 베었다. 어머니가 교회에서 오는 길에 성경책을 잃어버렸다. 아마 도둑맞은 것 같다.'는 등등의 내용이었다.

또 잔느가 모르는 사람들에 관한 것도 쓰여 있었다. 알지는 못해도 어렸을 때 막연하게나마 그 이름을 들은 기억이 있는 듯한 사람들이었다.

그런 사소한 일에도 그녀는 가슴이 울렁거렸다. 왠지 그런 것 하나하나가 어떤 계시처럼 생각되었기 때문이었다. 그녀는 어머니의 지난날 비밀스런 생활과 정신적 생활 속에 뛰어든 것 같은 기분이었다. 누워 있는 시신을 앞에 두고 그녀는 소리 내어 편지를 읽기 시작했다. 죽은 사람을 위해서 그 사람의 마음을 달래고 위로해 주듯이 읽어 내려갔다. 어머니의 시신도 무척 행복한 것 같았다.

읽고 난 편지는 한 장 한 장 침대 맡에 던졌다. 그러면서 이렇게 생각했다. 관 속에 꽃을 넣듯이 이 편지도 다 넣어 줘야겠다고.

그녀는 다른 편지뭉치를 풀었다. 지금까지 보던 것과는 다른 필적이었다. 그녀는 읽기 시작했다. '나는 이제 당신의 애정 없이는 견딜 수 없습니다. 미치도록 당신을 사랑합니다.' 그 이상은 아무것도 쓰여 있지 않았다.

그녀는 이해가 안 가서 편지를 뒤집어 보았다. 받는 사람은 역시 '르 페르튀데 보 남작 부인'이었다. 그래서 다음 편지를 보았다. '오늘 밤 와 주세요. 그 사람이 외출하면 한 시간 가량은 같이 지낼 수 있습니다. 당신을 너무나 사랑합니다.'

또 다른 편지에는, '쓸데없는 일인 줄 알면서 당신을 그리며 미칠 것 같은 하룻밤을 보냈습니다. 당신의 몸을 안고 있었습니다. 당신의 입술은 내 입술에 당신의 눈은 내 눈 속에 있었습니다. 그 순간 당신이 남편 곁에서 자고 있다고 생각하자, 남편이 당신의 몸을 마음대로 소유한다고 생각하자 창문에서 몸을 던지고 싶은 마음이었습니다…'

잔느는 멍해져서 뭐가 뭔지 통 영문을 알 수 없었다.

대체 이게 어떻게 된 일일까? 이런 사랑의 말은 누구 앞으로 누구를 위해 누구에 의해 쓰였을까?

계속 읽어 내려갔으나, 하나같이 열렬한 사랑의 고백이요, 조심하라고 쓰인 밀회의 약속이며, 끝에는 반드시 '이 편지를 태울 것' 하는 말로 맺고 있었다.

맨 나중 편지는 평범한 내용으로 난지 만찬 초대를 승낙

한다는 것뿐이었는데, 필적은 한 사람 것으로 '폴 덴느마르'라고 서명되어 있었다. 그는 남작이 지금도 말할 적에 '폴 녀석'이라고 부르는 사람으로 그의 부인은 남작 부인의 가장 친한 친구였다.

한 줄기 의문이 잔느의 머리를 스쳐가더니 이내 움직일 수 없는 확신으로 변했다. 어머니는 그 사람의 애인이었던 것이다.

갑자기 머리가 어지러워져서 몸에 붙은 벌레라도 떨어버리듯이 그 불결한 편지들을 팽개쳐 버렸다. 그리고 창가에 달려가 울음을 터뜨렸다. 목이 터지게 큰 소리로 울었다. 힘이 빠질 때까지 창가에 쓰러져서 누가 들을까 커튼에 얼굴을 묻고 끝없는 절망감으로 마음껏 울었다.

밤새도록 그렇게 울었을지도 모른다. 그때 옆방에서 나는 발소리에 벌떡 일어났다. 아버지일까? 침대와 마룻바닥에는 지금 편지가 잔뜩 널려 있다! 하나만 펴 보아도 마지막이다! 아버지가 그 일을 아신다면….

그녀는 뛰어 들어갔다. 그리고 누렇게 바랜 편지 — 외조부모의 것이든, 애인의 것이든, 아직 펴보지 않은 것이든, 또 아직 책상 서랍 속에 뭉치 채 들어 있는 것들을 모두 끄집어내서 벽난로 속으로 집어던졌다. 그리고 탁자 위에서 타고 있는 촛불을 집어 들어 그것들에다가 불을 붙였다. 커다란 불꽃이 일어나면서 침대 안쪽의 흰 장막에 죽은 사람의 옆얼굴과 이불 밑의 신체의 선이 뚜렷이 비쳤다.

벽난로에 이미 한줌의 재만 남게 되자 더 이상 시체 곁에 있을 마음이 들지 않아 창가로 다시 가서 앉아 두 손으로 얼굴을 싸안고 울기 시작했다.

"아! 불쌍한 어머니, 아아! 어머니!" 하고 잔느는 가슴이 메어지는 듯한 신음 소리를 냈다.

그러자 두려운 생각이 났다 — 만약에 어머니가 돌아가신 것이 아니고 혼수상태에 있는 것이라면, 그러다가 불쑥 일어나서 입을 연다면 무서운 비밀을 안다는 사실이 어머니에 대한 사랑에 금이 가게 되지 않을까? 지금까지처럼 어머니에 대해 순수한 사랑으로 입맞춤할 수 있을 것인가. 또 거짓 없이 사랑할 수가 있을까? 아니, 그렇게 안 될 거야! 그렇게 생각을 하자 가슴이 찢어지는 것 같았다.

날이 새고 있었다. 별빛이 창백해졌다. 여명의 시간이었다. 기울기 시작한 달이 해면을 진주빛으로 물들이면서 수평선으로 지고 있었다.

레 페플에 도착한 날, 창가에서 보낸 그날 밤의 추억이 잔느의 가슴에 맺혔다. 그것이 얼마나 먼 옛날 같은가. 어떻게 모든 것이 이리 달라져 보인단 말인가?

갑자기 하늘이 장밋빛으로 변했다. 마음을 들뜨게 하고, 연정을 불러일으키는 것 같으며, 정신이 황홀해질 것 같은 장밋빛이었다. 그녀는 진기한 현상을 보듯이 감탄스러움에 넋을 잃고 찬란한 여명을 바라보았다. 이처럼 아름다운 여명을 맞이하는 이 지상에 기쁨도 행복도 없다는 것이 이상스러웠다.

문 여는 소리에 그녀는 흠칫했다. 줄리앙이었다. 그가 물었다.

"어때요? 피곤하지 않소?"

그녀는 "아뇨." 하고 입안에서 말했으나 이제 혼자 있지 않게 된 것이 반가웠다.

"그만 가서 쉬어요." 하고 그가 말했다. 그녀는 어머니에게 가만히 입맞춤했다. 가슴이 에이는 것 같은 쓰린 입맞춤이었다. 그리고 자기 방으로 돌아갔다.

불행한 일에 따라오는 여러 가지 애석한 일로 분주한 가운데 하루가 지났다. 남작은 저녁에 돌아왔다. 그는 몹시 서럽게 울었다.

장례식은 이튿날 거행되었다.

잔느가 어머니의 얼굴에 마지막 화장을 했다. 차가운 이마에 이별의 입맞춤을 하고 관에 유해를 넣어 못질하는 것을 보고 그녀는 자기 방으로 갔다. 이제 문상객이 올 시각이었다.

질베르트가 맨 먼저 왔다. 그리고 흐느껴 울면서 잔느를 끌어안았다.

마차가 몇 대씩 달려와서는 울타리를 도는 것이 창문에서 보였다. 사람소리와 말울음소리가 넓은 현관에 가득 찼다. 상복을 입은 여인들이 하나 둘 방으로 들어왔다. 잔느는 모르는 여인들이었다. 쿠틀리에 후작 부인과 브리즈빌르 자작 부인이 잔느에게 입맞춤했다.

그녀는 문득 리종 이모가 곁에 와 있다는 것을 알았다. 그녀는 다정스럽게 이모를 껴안았다. 노처녀 이모는 기절이라도 할 것 같았다.

줄리앙이 들어왔다. 정중한 상복을 입은 모습이 무척 매력적이었다. 바쁜 듯이 돌아다니며 이렇게 문상객이 많은 것에 만족한 모양이었다. 상의할 일이라도 있는 것처럼 낮은 소리로 아내에게 말을 걸기도 했다. 그리고는 비밀 얘기라도 하듯이 말했다.

"귀족들이 모두 왔소. 이거 괜찮은데."

그리고 귀부인들에게 정중하게 절을 하고 나갔다.

장례식이 진행되는 동안 리종 이모와 질베르트 백작 부인만 잔느 곁에 있었다. 백작 부인은 끊임없이 잔느에게 입맞추면서 "가엾은 분, 가엾은 분." 하는 말을 되풀이하고 있었다.

푸르빌르 백작은 아내를 찾으러 왔다가 자신의 어머니가 죽은 것처럼 슬프게 울었다.

10

장례식이 끝나고 며칠 동안은 몹시 슬펐다. 정겨운 사람이 영원히 가 버려서 집안이 온통 빈 것처럼 생각되는 울적하고 외로운 나날이었다. 고인이 늘 아끼던 물건을 어쩌다가 보게 되면 아픔이 밀물처럼 밀려왔다. 무시로 어떤 추억이 떠올라 아프게 가슴을 찌르는 것이었다. 그곳에 어머니가 쓰던 의자가 있다. 현관에는 양산이 있다. 하녀가 미처 치우지 못한 컵이 있다. 또 어느 방에나 잊고 놓아 둔 물건이 발견되었다. 가위, 장갑 한 짝, 손끝에 닳은 책이라든가, 그 외 대수롭지 않은 것들이 세세하게 시난 일을 생각나게 했다.

목소리가 따라다녔다. 목소리가 들리는 듯했다. 어디든 좋으니 달아나고 싶었다. 마음속에 들어앉은 이 집으로부터 어디 멀리로 떠나가고 싶은 심정이었다. 그러나 다른 사람들도 이 집에서 역시 괴로워하고 있으니 자신도 남아 있지 않으면 안 되었다.

잔느는 우연히 알게 된 어머니의 비밀 때문에 더욱 상심하고 있었다. 그 것을 생각하면 가슴이 답답해지고 상처 난 마음은 좀처럼 아물지 않았다. 그녀의 고독감은 그 엄청난 비밀로 해서 더욱 깊어갔다. 그녀의 마지막 믿음도 마지막 신앙과 함께 땅에 떨어져버렸던 것이다.

아버지는 얼마 후에 떠나셨다. 날로 더해가는 슬픔으로부터, 점점 더 깊어가는 어두움의 고뇌로부터 벗어날 필요가 있었다.

집안도 다시 평소 때의 평온하고 규칙적인 생활을 되찾았다.

그러자 이번에는 폴이 병에 걸렸다. 잔느는 정신을 잃고 10여 일을 잠도, 식사도 거의 하지 않았다.

다행이 폴의 병은 완치되었다. 그러나 그녀는 폴이 죽을지도 모른다는 생각에 시달렸다. 만일 그런 일이 일어나면 어떻게 할 것인가, 어떻게 될 것인가 하고 생각하자 아이를 하나 더 갖고 싶다는 소망이 살그머니 그녀의 마음에 스며들었다. 그녀는 그것을 신중히 생각하게 되었다. 사내아이와 계집아이를 갖고 싶다는 생각은 예전부터의 소망이었으나 다시 그 소망에 사로잡히게 되었다. 그리고 그 소망은 집요하게 전신을 파고들었다.

그러나 로잘리 사건 이후로 그녀는 줄리앙과 다른 방을 쓰고 있었다. 두 사람의 지금 상태로 다시 가까워진다는 것은 거의 불가능했다. 줄리앙은 다른 곳에서 사랑을 하고 있다. 그녀는 그것을 알고 있었다. 그리고 다시 그의 애무에 몸을 맡기는 것은 생각만 해도 소름이 끼쳤다.

그렇긴 해도 결국은 받아들일 각오를 해야 할 것이다. 그만큼 모성의 욕망이 그녀를 괴롭혔다. 하지만 어떻게 해야 다시 두 사람이 입맞춤을 할 수 있을까 하고 그녀는 생각했다. 자신의 의도하는 바를 눈치 채게 할 바에야 차라리 죽는 편이 나을 것 같았다. 또 줄리앙은 이미 자기를 생각하는 것 같지도 않았다.

그녀는 체념할 수밖에 없었지만 그래도 밤이면 그녀는 계집아이를 꿈속에 그렸다. 플라타너스 그늘에서 폴과 놀고 있는 계집아이가 보이는 것이었다. 가끔 그녀는 남편 침실로 달려가고 싶은 안타까운 심정이 들 때도 있었다. 몇 번 그녀는 남편의 방 문 앞까지 갔다가 되돌아왔다. 부끄러움에 가슴이 뛰었다.

아버지는 아버지의 집으로 가셨고, 어머니는 돌아가셨다. 지금의 잔느는 의논할 사람이 아무도 없었다.

그래서 그녀는 피코 신부를 만나 보기로 했다. 비밀을 지켜 준다는 조건으로 고해의 방식으로 자신의 어려운 계획을 이야기 해보기로 한 것이다.

그녀가 찾아갔을 때 신부는 과일나무가 있는 조그만 뜰에서 책을 읽고 있었다. 얼마 동안 이것저것 얘기하고 나서 그녀는 얼굴을 붉히고 더듬거리며 말했다.

"고해를 하고 싶어요, 신부님."

그는 어리둥절해서 상대편의 얼굴을 자세히 보려고 안경을 들어 올렸다. 그리고는 웃음을 터뜨렸다.

"부인께서는 양심에 어긋나는 잘못을 품고 계실 것 같지 않은데요."

그녀가 무척 당황해 하며 말을 이었다.

"아녜요, 그런 게 아니고, 의논할 일이 있어서요, 의논이라고는 해도 그게…, 퍽이나 거북한 일이라 금방 말씀드릴 수가 없군요."

신부는 이내 낯빛을 바꾸더니 성직자답게 말했다.

"그럼, 고해소로 가시지요."

그러나 그녀는 결심이 서지 않아서 신부를 붙잡았다. 이렇게 부끄러운 일을 한 적이 없고, 교회 안에서 이야기한다는 것이 왠지 망설여져 냉큼 발이 떨어지지 않았다.

"신부님, 저는… 신부님만 좋으시다면… 제가 찾아 온 까닭을… 여기서 말씀드려도 됩니다만, 거북하시면 저기 나무 그늘로 가시죠."

그들은 그쪽으로 천천히 걸어갔다. 그녀는 어떻게 말을 하고, 꺼내야 좋을지 곰곰이 생각했다. 나무 그늘에 그들은 나란히 앉았다.

그제야 마치 고해라도 하듯 그녀는 말하기 시작했다.

그러나 "신부님." 망설이다가 다시 "신부님." 하고 되풀이하고는 그만 입을 다물어버렸다.

신부는 두 손을 앞으로 모은 채 기다리고 있다가 상대편이 난처해하는 것을 보고 격려해주었다.

"음, 무척 거북하신 것 같군요. 자, 기운을 내세요."

그녀는 마음을 정했다. 위험에 뛰어드는 겁쟁이의 심정이었다.

"신부님, 저는 자식을 하나 더 갖고 싶습니다."

신부는 아무 대답도 하지 않았다. 무슨 영문인지 전혀 알 수 없었던 것이다. 그래서 그녀는 설명을 하기 시작했지만 목소리가 떨리고 말은 자꾸 막혔다.

"저는 지금 이 세상에 혼자뿐입니다. 아버지와 남편은 마음에 맞지 않고, 어머니는 돌아가셨고, 그래서…."

그녀는 긴장하면서 목소리를 낮추어 말했다.

"전 번에 아이를 잃을 뻔했습니다! 만일 그렇게 되면 저는 어떻게 합니까?"

그녀는 말을 그쳤다. 신부는 난처한 듯이 잔느를 바라보았다.

"자, 요점을 말씀해 보세요."

그녀는 되풀이했다.

"아이를 하나 더 갖고 싶어요."

그 말을 듣고 신부는 미소를 지었다. 신부는 누구와도 어려워하지 않고 농사꾼들이 하는 상스러운 농담에도 익숙해 있었다. 그래서 알겠다는 듯 고개를 끄덕이며 말했다.

"그래요? 그 문제라면 부인이 마음먹기에 달린 것 같은데요."

그녀는 순진한 눈으로 신부를 보더니 갑자기 당황하며 말을 더듬었다.

"하지만… 신부님은 아시겠지만, 음… 그 사건이 있고부터는… 하녀와의 일이 있고부터는, 저희 둘은… 따로 방을 쓰고 있습니다."

시골에 사는 남녀의 습관이라든가, 야한 풍속에 익숙해 있었지만 신부는 막상 이러한 고백을 듣자 무척 놀랐다. 그리고 이 젊은 아내의 진정한 소망에 대해 동정심을 버리지 못했다.

"그것 참, 잘 알았습니다. 잘 알 것 같군요. 저… 부인의 아픔을 말입니다. 아무튼 젊고 건강하시니까. 무리가 아닙니다. 무리가 아니지요…."

그는 다시 웃었다. 시골 신부의 짓궂은 성정이 고개를 든 것이다. 그리고는 잔느의 손을 다정하게 다독거렸다.

"부인은 괜찮습니다 — 육체적 사랑의 행위는 혼인에 의해서만 허락된다고 말입니다. 부인은 결혼했지 않습니까?"

잔느는 신부가 무슨 뜻으로 이런 말을 하는지 짐작이 가자 얼굴을 붉히며 눈에는 눈물조차 어렸다.

"아니, 신부님. 무슨 말씀을 하세요? 무슨 생각을 하시죠? 말씀드리지만…."

잔느는 울음이 복받쳐 목이 메었다.

신부가 놀라서 그녀를 달랬다.

"오, 부인을 괴롭혀 죄송합니다. 그냥 농담입니다. 마음만 곧다면 농담을 해도 괜찮죠. 어쨌든 저를 믿으셔도 됩니다. 빠른 시간 안에 줄리앙을 한 번 만나겠습니다."

그녀는 무슨 말을 해야 좋을지 몰랐다. 신부에게 중재를 부탁한 것이 어색하고 위태로운 것 같아 거절하고 싶었지만, 그렇게 할 수도 없었다. 그래서 "고맙습니다, 신부님." 하고 겨우 말하고 도망치듯 그 자리를 떠났다.

한 주가 지나갔다. 불안하고 괴로운 나날이었다.

그러던 어느 날 밤 저녁식사 때, 줄리앙이 묘한 표정으로 그녀를 바라보았다. 입가에 주름이 잡혀 엷은 웃음을 짓고 있었다. 남을 조롱할 때 늘 이런 표정인 것을 그녀는 잘 알고 있었다. 더구나 눈가에는 약간 비웃는 듯한 기색까지 보였다. 그러고 나서 둘이 어머니가 거닐던 산책길을 걸으면서 그가 그녀의 귓전에 대고 가만히 속삭였다.

"우리 사이도 이제 화해할 때가 된 거요?"

그녀는 한 마디도 대답하지 않았다. 눈을 내리깔고 늘 하던 습관대로 곧게 파여 있는 고랑을 보고 있었다. 지금은 풀에 가려서 보이지 않았지만, 그것은 어머니의 발자국으로, 추억처럼 사라져 가고 있었다. 잔느는 가슴이 조여드는 슬픔을 느꼈다. 모든 사람들로부터 멀어져 세상에서 버림받은 것 같은 심정이었다.

줄리앙이 계속해서 말했다.

"나로서는 더 바랄 것 없소. 다만 걱정스러운 것은 당신이 기분 상하지 않을까 하는 거요."

해는 기울어 가고 공기가 맑았다. 잔느는 울고 싶었다. 사랑하는 사람에게 마음을 있는 그대로 털어놓고 싶은 심정이었다.

서러움을 하소연하며 그의 가슴에 안기고 싶은 심정이었다. 울음이 터져 나왔다. 그녀는 두 팔을 벌리며 줄리앙의 가슴에 몸을 던졌다.

그녀는 울었다. 줄리앙은 어리둥절해서 아내의 머리를 내려다보았다. 가슴에 가려서 얼굴은 보이지 않았다. 그는 아직은 아내가 자기를 사랑하는 줄 알고, 목덜미에 입을 맞췄다. 그들은 말없이 집으로 돌아왔다. 줄리앙은 그녀의 방에서 그날 밤을 그녀와 함께 보냈다.

멈추었던 관계가 다시 시작되었다. 줄리앙은 그것을 의무처럼 했으나 그다지 불쾌한 일은 아니었다. 그녀에게는 가혹하다 할 만큼 싫었으나 참아내고 있었다. 다시 임신하면 영원히 중단해버릴 셈이었다.

얼마 되지 않아서 그녀는 남편의 사랑의 행위가 옛날과는 달라진 것같이 생각되었다. 방법은 예전보다 세련되었을지 모르지만 완전하지가 못했다. 그것은 그가 그녀를 조심스러운 연인으로 대하는 것이지, 아내로 대하는 것이 아니었다.

그녀는 놀라서 유심히 살펴보았다. 남편의 갖가지 행위는 그녀가 수정 할 수 있는 상태가 되기 전에 중지하는 것이었다. 어느 날 밤 그녀는 입을 마주 댄 채 속삭였다.

"왜 온몸으로 주지 않아요? 예전처럼 말예요."

그는 냉소했다.

"어쩔 수 없소. 당신이 애를 갖지 않게 하기 위해서요."

그녀는 몸을 떨었다.

"왜 아이가 싫어요?"

그는 놀랐는지 몸이 굳어지며 중얼댔다.

"뭐라고? 정신 있소? 아이를 더 낳아? 안 돼, 어림도 없는 소리! 하나만으로 충분해. 울기나 하고, 귀찮고 돈도 들어가는데 하나 더 낳자고! 필요 없소!"

그녀는 두 팔로 그를 껴안으며 입맞춤하고, 감싸주며 낮은 소리로 말했다.

"제발 부탁해요, 다시 한 번 엄마로 만들어 줘요."

그러나 남편은 화를 냈다. 모욕이라도 당한 것 같았다.

"정말로 당신 어떻게 되었군. 그런 어림없는 소리는 그만 둬요. 부탁이요."

그러자 그녀는 진실인 척 광적으로 열정에 싸여 입맞춤하며 흥분하는 동안의 시간을 끌고, 경련하는 두 팔로 남편을 껴안기도 하며 갖은 방법을 다 썼다. 그러나 그는 한결같은 태도로 자제하면서 한 번도 수태시키지 않았다.

그러나 점점 더 아이를 갖고 싶다는 욕망에 사로잡혀 더 이상 참지 못하고 무슨 일이든 결행할 심정으로 그녀는 피코 신부를 다시 찾았다.

신부는 점심식사를 막 끝마친 참이었다. 식사 후에는 늘 가슴이 뛰기 때문에 얼굴이 붉게 상기되어 있었다. 그녀가 들어오는 것을 보자 그는 대뜸 "어떻게 됐습니까?" 하고 크게 물었다. 결과를 얼른 알고 싶어서였다.

지금은 그녀도 결심이 섰기 때문에 부끄러워 주저하는 일 없이 바로 대답했다.

"남편은 이제 아이를 원치 않는가봅니다."

호기심이 생긴 신부는 그녀 쪽으로 몸을 돌렸다. 참회의 엄숙한 분위기로 띄워 남녀 간의 방사를 종교인다운 호기심으로 알아보려는 심정이었던 것이다. 그는 물었다.

"이를테면!"

그렇게 물으니 작정했으면서도 그녀는 어떻게 설명해야 할지 난처해졌다.

"남편은…, 싫어해요, 제가 엄마가 되는 것을…."

신부는 이해가 갔다. 이런 일은 잘 알고 있었다. 그래서 자세하게 캐묻기 시작했다. 마치 금욕을 하는 남자 같은 탐욕스러움이 보였다. 그리고는 잠깐 생각에 잠겨 있던 신부는 풍년 농사 이야기하듯 차분한 어조로 중요한 것을 정리해가며 기막힌 계획을 말해주었다.

"이제는 방법이 하나밖에 없습니다. 부인이 임신하셨다고 남편이 믿게 하세요. 그러면 남편은 참지 않아도 된다는 말씀입니다. 그러면 이번에는 정말 임신할 수 있습니다."

그녀는 눈까지 붉어졌다. 그러나 굳게 결심을 한 터라 다시 한번 용기를 내었다.

"하지만…, 제 말을 믿지 않으면?"

신부는 사람을 다스리는 법을 잘 알고 있었다.

"임신했다는 말을 소문내십시오. 여기저기에 퍼뜨리십시오. 그러면 결국 주인도 믿으시게 될 겁니다."

그런 다음 변명이라도 하듯 다음같이 덧붙였다.

"그것은 부인의 권립니다. 종교가 남녀 관계를 관대하게 보는 것도 다 자손을 퍼뜨린다는 목적입니다."

그녀는 이 현명한 충고에 따랐다. 그리고 보름쯤 후에 임신한 것 같다고 줄리앙에게 알렸다.

깜짝 놀라서 그가 펄쩍 뛰었다.

"설마, 그럴 리가 없소!"

그녀는 그러는 이유를 말했다. 하지만 그는 부인했다.

"턱없는 소리 말아요! 좀더 기다려요. 알게 될 테니."

그리고 아침마다 아내에게 물었다.

"어떻소?"

그러면 잔느는 언제나 이렇게 대답했다.

"아직 몰라요. 임신이 아니면 착각을 한 거죠."

이번에는 줄리앙이 불안해졌다. 놀랍고 부아가 나서 풀이 죽었다. 그리고 자꾸만 되풀이했다.

"아무래도 알 수 없군, 알 수 없어. 왜 이렇게 되었지! 알수 있다면 목을 매도 좋지."

한 달이 지나자, 그녀는 자신의 임신한 사실을 퍼뜨렸다. 질베르트 백작 부인에게는 알리지 않았다. 알 수 없는 복잡 미묘한 수치심 때문이었다.

불안해진 줄리앙은 다시 그녀를 가까이하려 하지 않았다. 그러나 부아를 터뜨리면서도 마음을 정했는지 "원치도 않는 자식이 또 하나 생겼군." 하고 함부로 말하면서 다시 아내의 침실을 찾았다.

신부가 예견한 그대로 들어맞았다. 마침내 그녀는 임신을 한 것이다.

뛸 듯한 기쁨에 그녀는 밤마다 방문을 잠그고, 자신이 믿는 신앙에 대한 감사의 마음을 참을 수 없어 앞으로는 더욱 몸을 순결하게 하겠다고 맹세하는 것이었다.

그녀는 또다시 행복에 젖은 자신을 느낄 수 있었다. 어머니에 대한 슬픔이 이렇게 빨리 가셔지는 것일까 하고 스스로 놀라기도 했다. 자신의 괴로움은 가셔지지 않으리라 생각했는데, 두 달도 채 못 되어 벌써 그녀의 상처가 아물어가고 있었던 것이다. 지금의 그녀에게는 달콤하게 생각하기로 한 우수만이 남아 있었는데 그것도 말하자면 일상에 드리워지는 슬픔의 장막 같은 것이었다. 이제는 어떠한 사고도 일어날 것 같지 않았다. 아이들은 자라날 것이고 엄마를 위해 줄 것이고 자신도 만족하며 조용히 늙어가겠지, 그러면 남편의 일은 별로 마음을 쓰지 않아도 될 것이다.

9월 말쯤에 피코 신부가 작별 인사를 하러 왔다. 일 주일 정도밖에 입지 않은 새 법의를 입고 찾아와서 후임인 틀비악 신부를 소개했다. 아직 젊은 신부로서 몸이 마르고 키가 아주 작고, 과장된 표현으로 말하는 사람이었다. 그리고 움푹 패인 검은 눈은 과격함을 나타내고 있었다.

피코 신부는 고데르빌르의 신부장으로 임명된 것이다.

잔느는 헤어지는 것이 너무 아쉬웠다. 사람 좋은 이 노신부의 얼굴에 잔느의 온갖 추억이 들어 있었다. 그녀를 결혼시키고, 폴에게 세례를 해주고, 어머니의 장례를 치른 것도 이 신부였다. 에투방을 생각할 때마다 농가의 뜰을 따라 걷는 피코 신부의 통 같은 배를 생각하지 않을 수 없었다. 그녀는 이 신부가 좋았다. 명랑하고 꾸밈이 없는 사람이었기 때문이었다.

영전되어 가는데도 그는 별로 기뻐하지 않았다. 그는 이렇게 말했다.

"돈이 필요해서요, 별 수가 없었어요. 부인, 어쨌든 마을에서 들어오는 수입은 변변치 못했습니다. 남자들은 신앙심이 조금도 없고, 아시다시피 여자들은 행실이 좋지 않았어요. 처녀 신부가 결혼 때 쓰는 오렌지 화관이 여기서는 값이 안 나가요. 하지만 하는 수 없었지요. 나는 이 마을이 좋았거든요."

새로 온 신부는 점점 얼굴을 붉혔다. 그리고 불쑥 말을 꺼냈다.

"이왕 이곳에 왔으니, 제가 그런 일은 모두 고쳐보기로 하겠습니다."

마치 화 잘 내는 아이 같은 표정이었다. 약해 보이는 몸에 입고 있는 신부복은 낡았지만 깨끗했다.

피코 신부는 기분이 좋을 때면 하는 버릇대로 상대방을 곁눈질하다가 다시 입을 열었다.

"보세요. 신부님, 그렇게 하려면 우리 교구의 신자들을 묶어놓지 않으면 안 됩니다. 묶어봤자 아무 소용도 없겠지만요."

몸집이 작은 신부는 무뚝뚝하게 대구했다.

"두고 보시면 아시게 됩니다."

노신부는 코담배를 맡으면서 미소를 지었다.

"나이가 당신을 진정시켜 주겠지요. 또 경험도요. 잘못하면 당신의 마지막 신자를 교회에서 멀어지게 하는 것이 학거요. 이 지방에는 모두 교인이지만, 모두 한심한 사람들이요. 조심하시오. 배가 불룩해 보이는 처녀가 설교를 들으러 오는 것을 보고 나는 늘 '아, 이 처녀가 교구민을 한 사람 데리고 왔구나.' 하고 말입니다. 그래서 그녀가 결혼하도록 힘써 줍니다. 당신은 그들에게 잘못을 범하지 않게 할 수 없어요. 그렇지만 남자에게 장차 어머니가 될 여인을 버리지 말라고 할 수는 있어요. 두 사람을 결혼시켜요. 신부님, 바로 결혼시키는 겁니다. 그리고 그 이외의 일엔 간섭하지 마세요."

새로 온 신부는 퉁명스럽게 대답했다.

"저와는 견해가 다른 것 같습니다. 더 따져 봐도 소용없겠어요."

피코 신부는 다시 이 마을을 떠나는 것이 서운하다고 말했다. 신부의 거처 창문에서 바라보이는 바다와, 멀리 떠가는 배를 보면서 기도서를 읽던 깔때기 모양의 계곡을 무척 아쉬워했다.

두 사람의 신부는 작별을 나눴다. 늙은 신부는 잔느에게 입맞춤했다. 그녀는 금방 울음이 터질 것 같았다.

일주일이 지난 뒤 톨비악 신부가 찾아왔다. 그리고 한 나라의 지배자나 할 수 있는 개혁이라도 수행하려 하듯 그런 얘기를 했다. 그리고 부탁하기를 일요일 예배에 빠지지 말고 축제 때마다 반드시 성체를 받으라고 했다.

그는 말했다.

"부인과 저는 이 지방을 대표하는 사람입니다. 그러므로 우리는 이 지방을 위해 항상 모범을 보여 줄 필요가 있습니다. 존경받기 위해서는 우리가 힘을 합해야 합니다. 교회와 당신이 손을 잡는다면 농민들은 우리를 두려워하고 우리를 따를 것 입니다."

잔느의 신앙심은 감성적인 것이었다. 여인이면 누구나가 갖고 있는 환상적인 신앙심이었다. 그녀가 그런 대로 종교적인 의무를 하고 있다 해도, 아버지의 철학적 신앙심이 오래 전부터 그녀의 신념을 바꾼 것도 사실이었다.

피코 신부는 잔느가 보여주는 적은 신앙심으로 만족하고 결코 욕심은 내지 않았다. 그러나 그 후임자가 그녀가 지난 일요일에 교회에 가지 않았기 때문에 걱정이 되어 근엄한 표정으로 달려온 것이다.

그녀는 신부와 사이가 멀어지는 것을 바라지 않았다. 그래서 인사로 몇 주일만 열성을 보이리라 마음먹고 나서 약속을 했다.

그런데 점차적으로 그녀는 교회에 나가는 습관이 배었다. 고집이 세고 지배심이 강한 나약해 보이는 신부의 영향을 받게 된 것이다. 신비주의자인 그는 흥분을 잘 하고, 열광적인 집중력으로 그녀를 매료시켰다. 여성이 영혼 속에 간직하고 있는 종교적인 서정을 그가 그녀의 마음속에 울려 준 것이었다.

완고한 존엄성과, 타락한 속세와 육체적인 욕정에 대한 경멸감, 신에 대한 사랑, 젊은이다운 시행착오적인 경험, 엄격한 언행, 불굴의 의지 등이 잔느에게 순교자란 이런 사람이구나 하는 인상을 주었다. 그녀는 무척이나 고심 끝에 택한 것이었지만, 신의 사도라 자청하는 젊은 신부의 광신에 빠져들어 갔다.

신부는 경건한 신앙이 주는 희열이 어떻게 그녀의 고뇌를 사라지게 하는지 설득하며, 그녀를 깊은 신앙심으로 인도해 갔다. 그녀는 젊은 신부 앞에서 자신이 하찮은 존재처럼 느껴져 고해소에 꿇어앉는 것이었다.

그러나 얼마 가지 못하고 이 신부를 마을 사람들이 싫어하게 되었다.

자신에 대해서도 엄격하게 처신하는 그는 남에게 대해서도 준엄한 태도를 갖고 있었다. 특히 그를 노여움과 분노로 격앙시키는 것은 남녀 간의 사랑이었다. 그는 강론 때면 우렁찬 목소리로 마을 사람들에게 육체적 욕망을 버리라는 말을 벼락처럼 퍼부으며 남녀간의 사랑을 공격했다. 그럴 때면 그는 격분해서 노여움에 몸을 떨며 발을 구르기까지 하는 것이었다.

마을의 젊은이들과 처녀들은 교회 안 여기저기서 몰래 눈길을 나누고, 또 나이 먹은 사람들도 늘 남녀관계로 농담을 즐겼던 것이다. 그래서 그들은 미사가 끝나고 집으로 돌아가는 젊은 신부의 완고함을 비난했다. 따라서 마을 전체가 그런 비난으로 들끓었다.

그가 고해소에서 지나치게 엄격하다든가, 그가 사하는 속죄가 너무 준엄하다든가 사람들은 모이기만 하면 수군거렸다. 그리고 그는 너무 완고하게 순결을 잃은 처녀들에게 죄를 사면해 주는 것을 거부했다. 때문에 비웃음까지 샀다. 축제일 미사 때 사람들은 걸핏하면 웃었고, 젊은이들은 의자에 앉은 채 성체를 받으러 나가지 않았다.

신부는 젊은 연인들의 밀회를 방해하려 했다. 마치 감시원이 밀렵자를 쫓는 것 같았다. 달밤에는 농가의 개울가에서, 헛간에서, 모래 언덕 무성한 풀숲에서 그는 그들을 몰아냈다. 언젠가 그는 두 남녀를 발견했는데 그들은 신부 앞에서 떨어지려고 하지 않았다. 그들은 서로 허리에 팔을 두르고 자갈투성이의 길을 걸어갔다.

신부가 호통쳤다.

"이것 봐, 그만두지 못해. 퇴폐한 것들."

그러자 젊은이가 다급하게 돌아서며 대답했다.

"쓸데없는 참견 말아요. 신부님, 당신이 상관할 필요 없잖아요."

그러자 신부가 돌멩이를 집어 개에게 던지듯이 두 사람에게 집어 던졌다.

그들은 웃으면서 도망쳤다. 다음 일요일, 신부는 교회에서 그들의 이름을 공개했다. 그 이후 마을의 젊은이들은 아무도 미사에 나오지 않게 되었다.

신부는 목요일마다 잔느의 집에서 만찬을 들었고, 다른 날도 틈이 나면 그녀와 참회의 이야기를 나누러 찾아왔다. 그녀도 그와 마찬가지로 흥분하여, 정신세계에 대해서 여러 가지로 의논하고, 예전의 종교적으로 복잡했던 문제들을 물었다.

그들은 나란히 남작 부인이 걷던 가로수 길을 산책하면서 그리스도나 사도, 성모 마리아나 신부들의 일을 이야기했다. 가끔 멈춰 서서 어려운 질문을 주고받았다. 이런 것은 두 사람을 걷잡을 수 없는 말의 홍수 속에 빠지게 했다. 그녀는 불화살처럼 솟구치는 서정적인 이론에 자신을 잊었고, 그녀보다도 이성적인 신부는 수학의 원리를 캐내는 편집광처럼 피력했다.

줄리앙은 새 신부를 매우 존경한다며 되풀이해서 "이번 신부는 마음에 들어, 타협을 모르거든." 하고 말했다. 그리고 자진해서 참회도 하고 성체를 받으러 가기도 했다.

이 무렵의 줄리앙은 매일같이 쿠르빌르 가로 가서 이미

식구나 다름없는 백작과 함께 사냥도 하고, 비가 오나 바람이 부나 백작 부인과 말을 타고 산책도 했다. 백작은 언제나 이렇게 말했다.

"저들은 말을 타면 마치 정신 나간 사람 같습니다. 그러나 아내를 위해서는 잘 된 일이지요."

남작은 십일 월 중순에 돌아왔다. 더 수척해지고 의기소침해서 마치 딴 사람 같았다. 마음속에 맺힌 슬픔에서 헤어나지 못하는 것처럼 보였다. 그래도 딸에 대한 사랑과 자애로움이 더욱 필요한 듯, 남작의 사랑은 더 커진 것 같았다.

잔느는 자신에게 싹트고 있는 새로운 생각을 아버지께 말하고, 톨비악 신부와의 사이나 자신의 종교적 열정에 대해 이야기했다. 그러나 아버지는 신부를 보는 순간, 그에 대한 심한 적대감을 느꼈다.

그날 밤 잔느가 "그분을 어떻게 생각하세요." 하고 묻자, 아버지는 "그 남자 말이냐. 그는 이단자를 처단하는 재판관이야! 위험한 존재야." 하고 말했다.

그는 사람들에게서 이 신부에 대한 이야기를 들었다. 그가 가진 준엄한 성격과 난폭한 행동, 또 인간이 갖는 본능과 자연의 섭리에 대한 반감을 듣자, 그의 마음에는 증오심만 일었던 것이다.

남작은 자연주의 철학자에 속하는 사람으로, 두 마리의 동물이 사랑하는 것만 보아도 감동하는 범신론(汎神論)적인 신앙은 좋아했지만, 가톨릭적인 사고방식에 대해서는 분노했다. 부르주아적이라든지, 위선적 분노라든지, 폭군적인 신앙심은 참지를 못했다. 그의 말에 의하면 창조는 동시에 생명이고, 빛이고, 대지고, 사고이고, 암석이고, 인간이며, 공기이며, 모든 짐승이며, 별이며, '신'이며, 곤충이기도 하다.

조물주는 모든 수단을 동원하여 무한의 공간으로부터 우주의 섭리에 따라 만물을 만들어 낼 뿐이다.

창조는 만물의 씨앗을 품고 있어서 사상이나 생명은, 마치 꽃이나 과일이 나무에서 열리듯 이 창조로부터 커 나가는 것이다.

그러므로 남작에게 있어 암수의 관계란 공통적인 섭리이며, 신성하고 존엄하고 숭고한 행위로써 이 행위야말로 '우주적인 존재'의 원대하고 변치 않는 의지를 실현하는 것이었다. 그래서 그는 농가를 한 집씩 찾아다니는 이 완고하고 사리에 어두운 신부에 대해 심한 적개심을 가진 것이다.

잔느는 슬퍼져서 주님께 기도하고 아버지께 애원했다. 그러나 아버지는 이렇게 대답하는 것이었다.

"저런 성직자는 혼이 나야 해. 그것은 우리 모두의 의무야. 그는 인간이 아니야."

그는 백발을 흔들면서 거듭 말했다.

"인간이 아니야. 아무것도 몰라, 아무것도. 그 놈은 꿈속에서 행동하고 있는 거야. 비자연적인 인간이야."

'비자연'이란 말을 그는 저주의 말처럼 외쳤다.

그래서 젊은 신부는 남작을 적으로 생각했다. 그러나 자작 가의 젊은 부인을 신앙으로 잡고 싶은 생각에서 마지막 승리를 확신하며 조용히 시기를 기다렸다.

얼마 되지 않아 어떤 고정관념이 신부의 머리를 떠나지

않게 되었다. 우연히 줄리앙과 질베르트의 관계를 알고 어떻게 해서라도 두 사람의 사이를 갈라놓으려고 생각한 것이었다.

어느 날 그는 잔느를 찾아와서 오랫동안 신앙적인 대화를 나누고 난 뒤, 부디 자기에게 협조해 달라고 부탁했다. 그것은 지금 위기에 처한 두 영혼을 구하는 것과, 그녀의 가정을 싸고 있는 화근을 없애기 위해서라고 했다.

그녀는 무슨 영문인지 몰라 더 자세히 물었다. 그는 "아직은 그럴 시기가 아닙니다. 다시 찾아뵙지요." 하고 대답하고 황망히 가버렸다.

바야흐로 겨울이 끝나가고 있었다. 시골에서 말하는 소위 죽어버린 겨울이었다. 음습한 겨울이었다.

이삼 일 뒤, 신부가 다시 찾아왔다. 그는 용서받을 수 없는 사람들이 불의의 관계를 맺고 있다는 사실을 애매하게 이야기했다. 또 그는 무슨 수를 써서라도 그 관계를 막는 것이 그 사실을 아는 사람들의 의무라고 말했다. 그는 곰곰이 생각하더니 잔느의 손을 잡으며 그녀에게 사태를 파악해서 자기를 도와달라고 간청했다.

그녀는 무슨 말인지 알았지만 잠자코 있었다. 아무 일 없던 집안에 이제부터 귀찮은 일이 일어날지 모른다고 생각하자 겁이 났기 때문이었다. 그녀는 신부가 하는 말을 잘 모르겠다는 시늉을 했다. 그러자 신부는 주저하지 않고 확신에 차서 말했다.

"내가 이제부터 하려는 일은 아주 곤란한 일이기는 합니다만, 달리 방도가 없기 때문에 하는 수가 없습니다. 나는 성직자로서, 잠자코 있을 수는 없습니다. 분명히 말씀드리는데 부인의 주인께서는 푸르빌르 부인과 죄를 짓고 있습니다."

그녀는 마지못해 고개를 숙였다.

신부는 말을 이었다.

"자, 부인께서는 어떻게 하시겠습니까?"

그녀는 더듬거리며 말했다.

"어떻게 합니까, 신부님?"

그는 격한 어조로 대답했다.

"부인이 이 죄 많은 욕정을 방치하는 것입니다."

그녀는 울음을 터뜨렸다. 그리고 슬프게 말했다.

"하지만 남편은 전에도 하녀 일로 저를 속인 일이 있습니다. 제가 하는 말은 듣지도 않아요. 이미 저를 사랑하지도 않습니다. 제가 무엇인가 채근하는 말이라도 하면 당장 야단을 칩니다. 제가 어떻게 할 수 있겠습니까?"

신부는 대답도 않고 소리만 질렀다.

"그럼 부인께서는 굴복하고 체념하는 거군요. 그것으로 해결될까요? 간통이 부인의 집에서 일어나고 있는데 부인께서는 관대하게 넘기시겠다는 것입니까? 죄악이 부인 눈앞에 보이는 데도 부인은 외면만 하시겠다는 겁니까? 그래도 부인은 한 남자의 아냅니까? 신앙인입니까? 어머니십니까?"

그녀는 흐느끼며 울었다.

"그럼 어떻게 하라는 말씀이세요?"

그는 거듭 말했다.

"그런 추잡한 짓을 용서할 바에야 어떻게 해야죠, 안 그래요? 무슨 짓이라도 하는 겁니다. 남편 곁에서 떠나세요. 이런 불결한 집에서 나가십시오."

그녀는 말했다.

"하지만 제겐 돈도 없습니다. 그리고 신부님, 이제 용기도 없습니다. 그런 권리조차 제겐 없습니다."

신부는 일어났다. 몸이 떨고 있었다.

"부인은 스스로 비겁해지고 계십니다. 부인, 부인을 잘못 보군요. 부인은 하느님의 은혜를 받을 값어치가 없는 사람이에요!"

그녀는 쓰러지듯 무릎을 꿇었다.

"오! 부탁이에요. 저를 붙잡아 주세요. 제게 좋은 방법을 가르쳐 주세요."

그는 간단히 말했다.

"드 푸르빌르 씨가 알게 해 주십시오. 이 관계를 매듭짓는 것은 그 사람의 일입니다."

그녀는 깜짝 놀랐다.

"그 분은 두 사람을 죽일 거예요, 신부님! 그리고 저는 밀고를 범하게 돼요. 그런 일은 절대로 못합니다."

그러자 그는 손을 높이 쳐들었다. 화가 나서 그녀를 저주하는 것 같았다.

"그렇다면 치욕과 죄악 속에 언제까지나 있으십시오. 부인은 그들보다 더 죄가 많으니까요. 부인은 정말 너그러운 아내입니다. 저는 이 곳에 아무 볼일도 없어졌습니다."

그는 벌떡 일어나더니 나가버렸다. 분노로 전신이 떨리

고 있었다.

그녀는 정신없이 뒤쫓아 갔다. 양해를 구하고 약속도 할 셈이었다. 그는 여전히 몸을 떨면서 키보다 커 보이는 커다란 우산을 흔들며 잰걸음으로 걷고 있었다.

줄리앙이 울타리 옆에서 나뭇가지 치는 것을 감독하고 있는 것이 신부의 눈에 들어왔다. 그래서 그는 쿠이야르 농원을 가로질러 가려고 왼쪽으로 길을 꺾어 돌며 거듭해서 말했다.

"괜찮습니다, 부인. 이제는 말씀드릴 게 없습니다."

지나가는 길 옆 마당 한복판에 한 떼의 아이들이 모여 있었다. 그 집의 아이들과 이웃 아이들이 암캐 마르자의 개집을 둘러싸고 신기한 듯이 무언가를 들여다보고 있었다. 모두 숨을 죽이고 주의 깊게 보는 것이었다. 그 아이들 한가운데에 남작이 뒷짐을 지고 역시 신기한 듯 바라보고 있는 모습이 마치 초등학교 선생 같았다. 그러다 멀리서 신부의 모습을 발견하자 그 자리를 떠났다. 신부를 만나서 인사하고 말하는 것이 싫어서였다.

잔느는 애원하듯 말했다.

"신부님, 2, 3일만 기다려 주세요. 그리고 다시 집으로 와 주세요. 그러면 제가 어떤 일을 할 수 있는가, 어떤 준비를 해 두었는가 하는 것을 말씀드리겠어요. 그런 다음에 상의하기로 하시지요."

두 사람은 아이들이 몰려있는 데까지 와 있었기에 무엇이 그렇게 재미있나 하고 가까이 가서 보았다. 암캐가 새끼를 낳고 있었다. 개집에는 다섯 마리의 강아지가 어미 곁에서 꿈틀대고 있었다. 어미 개는 옆으로 누운 채 정성 들여 강아지를 핥아주고 있었다. 신부가 들여다보는 순간 어미 개가 몸을 비틀며 뻗치더니 여섯 마리째의 새끼를 낳았다. 그러자 아이들은 좋아서 손뼉을 치며 떠들어댔다.

"야, 또 한 마리 나왔다. 또 한 마리!"

그것은 아이들한테는 하나의 장난이었다. 조금도 불순함이 없는 자연 그대로의 장난이었다. 사과가 떨어지는 것을 보듯이 그것을 관찰하고 있었던 것이다.

톨비악 신부는 어리둥절해하다가 이내 화가 치밀었다. 손에 쥔 커다란 우산을 치켜들어 몰려 있는 아이들의 머리 위에 힘껏 내리쳤다. 놀란 아이들은 질겁해서 달아났다. 이번에는 암캐와 마주섰다. 산고를 치른 암캐가 일어나려 하자 신부는 여유를 주지 않았다. 마치 광기가 난 듯이 있는 힘을 다해서 때리기 시작했다. 개는 사슬에 매여 있었기 때문에 달아나지도 못하고 무서운 비명을 지르고 있었다. 마침내 우산이 부러졌다. 이번에는 개를 타고 앉아서 정신 나간 듯이 짓밟고 짓이겼다. 그 바람에 마지막 한 마리의 새끼가 태어났다. 고통의 몸부림으로 밀려나온 것이었다. 눈도 안 보이는 이들 강아지들은 끙끙거리며 젖꼭지를 찾아 움직이고 있었다. 그러나 그는 끙끙대는 피투성이 어미 개를 미친 듯이 밟아 죽여 버렸다.

잔느는 이미 그 자리에 없었다. 그때 갑자기 신부는 누군가에게 목덜미가 잡히는 것을 느꼈다. 순간 뺨을 한대 맞아 삼각 모자가 날아갔다. 몹시 성이 난 남작이 그를 울타리 옆으로 끌고 가서 바닥에 내동댕이쳤다.

남작이 뒤를 돌아보자, 딸이 무릎을 꿇고 울면서 치맛자락에 강아지들을 주워 담고 있는 것이 보였다. 남작은 그녀 옆에 오자 큰 소리로 외쳤다.

"저 봐라. 저게 성직자냐? 이제 잘 알겠지?"

소작인들도 달려왔다. 모두들 어미 개를 보았다. 쿠이야르 안주인이 외쳤다.

"어쩌면 이렇게 끔찍한 짓을 할 수가 있나!"

일곱 마리 강아지를 주워 온 잔느는 모두 자신이 키우겠다고 고집했다. 우유를 먹였으나 세 마리는 다음 날 죽었다. 그래서 시몽 영감이 동네를 돌며 동냥젖을 줄 어미 개를 찾아 다녔다. 불행히도 개는 못 찾았고 대신 암고양이를 한 마리 데리고 왔다. 그는 쓸모가 있다고 했다. 세 마리가 또 죽고 남은 한 마리를 종자가 다른 유모 암고양이에게 맡겼다. 암고양이는 옆으로 누워 강아지에게 젖을 물렸다.

잔느는 고양이가 기진하지 못하도록 이 주일 후에는 젖을 떼고 자신이 키우기로 했다. 그녀는 강아지에게 '또또'라는 이름을 붙였다. 남작은 혼자 이름을 바꾸어서 '마사르크(학살)'라고 이름지었다.

그 후로 신부는 다시 오지 않았다. 다음 일요일에 그는 강론에서 자작 가에 대한 저주와 욕설과 협박적인 말을 퍼부었다. 상처에는 달군 쇠꼬챙이로 치료해야 한다고 말하며 남작을 파문시켜야 한다고 떠들어댔으나 본인은 도리어 그것을 재미있어 했다. 그는 다소 조심스럽고 애매하게 줄리앙의 새로운 불륜을 암시했다. 줄리앙은 분노했으나 염문에 대한 걱정으로 누여움을 참았다.

그래서 신부는 강론 때마다 복수한다고 말하며 하느님의 심판이 가까워짐과, 그의 모든 적은 신의 노여움을 살 것이라고 말했다.

줄리앙은 대주교 앞으로 공손하면서도 강경한 내용이 담긴 편지를 썼다. 그 때문에 톨비악 신부는 쫓겨 갈 것이라는 위협을 받았다.

그 즈음에 톨비악 신부가 오랫동안 외롭게 산책하는 모습을 자주 볼 수 있었다. 어떤 일에 흥분이라도 한 듯 큰 걸음으로 걷는 모습이었다. 질베르트와 줄리앙도 말을 타는 도중에 종종 그의 모습을 보았다. 들판 끝이나 절벽 가에 멀리 검은 점처럼 보일 때도 있었고, 그들이 들어가려는 좁은 계곡에서 기도서를 읽고 있기도 했다. 그럴 때는 그의 곁을 지나가지 않으려고 두 사람은 방향을 바꿨다.

봄이 되었다. 봄은 그들의 사랑을 더욱 불타게 했고, 여기저기 말이 달리는 대로 가서 으슥한 곳만 있으면 서로 포옹했다. 나뭇잎은 아직 성글어 초원은 습했고, 한여름처럼 잡목 숲 깊숙이 들어갈 수도 없어서 그들은 자기들의 행동을 눈에 띄지 않게 하기 위해 양치기들이 사용하는 이동식 오두막집을 이용했다. 작년 가을부터 보코트 언덕 위에 버려져 있던 것이었다.

이 바퀴 달린 오두막은 절벽에서 5백 미터쯤 되는 계곡의 급경사가 시작되는 지점에 있었다. 그 안에 있으면 들킬 염려가 없었다. 왜냐면 들판이 한눈에 내려다보이기 때문이었다. 매 놓은 두 필의 말은 두 사람이 사랑에 지치기를 기다리고 있었다.

그러던 어느 날 그곳을 떠나려는 순간, 그들은 톨비악 신부의 모습을 봤다. 그는 경사진 나무 그늘에 거의 숨다시피 몸을 감추고 있었다.

"앞으로는 말을 골짜기에 두는 편이 낫겠어요. 멀리서도 우리가 있다는 걸 알 테니까요." 하고 줄리앙이 말했다.

그 다음부터는 늘 가시나무가 우거진 골짜기 그늘에 말을 매어 두었다. 줄리앙이 어느 날 밤 백작 부인과 같이 만찬을 하려고 라 브리에트로 왔을 때, 저택에서 나오는 신부와 마주쳤다. 그는 두 사람이 지나가게 길을 비켜주었다. 그리고 시선이 마주칠까봐 머리를 숙이고 인사를 했다.

불안감이 그들을 휩쌌으나 이내 잊어버렸다.

어느 날 오후, 바람이 심하게 부는 날이었다. 잔느가 벽난로 가에서 책을 읽고 있는데(5월 초순이었다.) 별안간 푸르빌르 백작의 모습이 보였다. 급한 걸음걸이가 심상치 않아서 무슨 일이라도 생겼는가 싶었다.

그를 맞으려고 급히 아래층으로 내려가서 얼굴을 마주하자 그가 미친 것이 아닐까 하는 생각이 들었다. 그는 늘 집에 있을 때만 쓰는 모피가 달린 모자를 쓰고, 사냥복을 입고 있었는데 평소 혈색이 좋은 얼굴빛은 사라지고 창백해서 붉은 수염이 불꽃처럼 보였다. 그리고 눈에는 핏발이 서서 판단력을 잃은 것처럼 눈동자가 흔들리고 있었다.

그가 더듬거리며 말했다.

"아내가 여기 와 있지요?"

잔느는 놀라서 대답했다.

"아 아닙니다. 오늘은 보지 못했는데요."

그는 다리가 부러지기라도 한 것처럼 그 자리에 주저앉았다. 그리고 모자를 벗어 손수건으로 이마를 닦았다. 그러다 갑자기 벌떡 일어나더니 잔느에게 다가와서 양손을 내밀고는 입을 크게 벌리며 말을 하려고 했다. 어떤 무서운 비밀을 털어놓으려는 것 같았다. 그러다가 그만두고 그녀를 뚫어지게 보며 헛소리하듯이 입을 떼었다.

"당신 남편은… 남편도…."

그렇게 말하고 그는 바다 쪽으로 달려갔다.

잔느는 그를 말리려고 울부짖으며 뒤쫓았다. 무서움에 가슴이 답답해지면서도 '모든 걸 다 아는구나! 어쩔 셈인가? 아아, 부디 발각되지 않기를!' 하고 생각했다.

그녀는 따라갈 수가 없었다. 그는 그녀의 말 따위는 들으려고도 안 했다. 목표를 정한 사람처럼 아무런 주저도 없이 달리기만 했다. 개울을 건너고 밭을 넘어서 절벽까지 다 달았다.

잔느는 나무들이 서 있는 비탈에 선 채 오랫동안 그의 뒷모습을 눈으로 쫓다가 보이지 않자 집으로 돌아왔다. 그렇지만 걱정이 되어 견딜 수가 없었다.

그는 오른쪽으로 꺾어서 곧장 달렸다. 거센 바다 물결이 밀려오고 있었다. 시커먼 구름이 몰려와서 맹렬한 소나기를 해안에 퍼부었다. 바람은 신음 소리를 내며 풀잎을 흔들고, 어린 식물을 쓰러뜨리고, 크고 흰 갈매기를 거품처럼 먼 육지로 날려 보냈다.

빗방울이 백작의 얼굴을 때리며 수염을 적셨다. 수염에서 물방울이 떨어지고, 귀는 빗소리로 막히고, 마음은 갈피를 잡지 못하고 어지러웠다.

눈앞에는 멀리 보코트의 계곡이 그 깊고 험난한 입을 벌리고 있었다. 그곳에서는 양치기의 오두막밖에는 보이지 않았다. 양떼가 없는 텅 빈 목장 곁에 오두막이 있을 뿐이었다. 말 두 마리가 그 이동식 오두막 기둥에 매어 있었다.

— 이런 폭풍우가 몰아치는 날에 누가 보겠는가?

말을 발견하자, 백작은 급히 땅에 엎드렸다. 그리고 손과 무릎으로 기어갔다. 진흙투성이를 한 큰 몸집에 모피 모자를 쓴 꼴이 마치 무슨 괴물 같아 보였다. 그는 오두막까지 기어가서 그 밑으로 숨었다. 벽 틈으로 보이지 않게 하기 위해서였다.

두 필의 말은 백작을 보더니 흥분했다. 그는 들고 있던 칼로 천천히 고삐를 잘랐다. 갑자기 돌풍이 불어와서 후박나무로 된 오두막 지붕을 후려치고 바퀴 위에 얹혀진 몸채를 흔들었기 때문에 말들은 미친 듯이 달아나 버렸다.

백작은 무릎을 꿇은 채 몸을 일으켜 문 아래쪽에 눈을 대고 가만히 안을 들여다보았다.

그는 움직이지 않았다. 아주 긴 시간이 흐른 것같이 생각되었다. 그가 갑자기 일어났다. 미친 듯이 밖에서 문에 빗장을 지르더니 온 힘을 다해 오두막을 흔들기 시작했다. 그리고는 손잡이를 잡아 숨을 헐떡이면서 소처럼 끌었다. 그 순간, 오두막과 안에 들어 있는 자들이 아우성을 쳤다. 밖에 무슨 일이 일어났는지도 모르고 그저 주먹으로 벽을 두드릴 따름이었다. 비탈의 끝까지 오자 그는 끌고 있던 오두막을 살짝 놓았다. 오두막은 비딜을 굴러가기 시작했다.

오두막은 미친 것처럼 굴러 떨어졌다. 떨어지면서 가속이 붙어서 마치 산짐승처럼 뛰어오르고 부딪치면서 떨어져 내려갔다.

한 사람의 늙은 거지가 우연히 개울 속에 웅크리고 있다가 갑작스레 오두막집이 머리 위를 넘어가는 것을 보았다. 그는 그 오두막에서 무서운 비명이 나는 것을 들었다.

오두막은 무엇엔가 부딪쳐 한쪽 바퀴가 떨어져 나가며 옆으로 기울어져서 공처럼 다시 굴러 떨어지기 시작했다. 축대가 무너진 집이 산에서 굴러 떨어지는 것과 같았다. 맨 아래 골짜기 가에 이르자 곡선을 그리며 튕겨 오르는가 싶더니 골짜기의 밑바닥에 떨어져서 달걀처럼 산산조각이 나 버렸다.

오두막집이 바위투성이 바닥에 떨어져 산산조각으로 부서지자, 방금 자기 머리 위로 지나간 것을 본 늙은 거지가 덤불을 헤치고 종종걸음으로 내려갔다. 부서진 오두막에는 가까이 가지 않고 근처의 농가에 끔찍한 사고를 알렸다. 사람들이 달려왔다. 여럿이서 부서진 조각들을 들어내자 두 구의 시체가 나왔다. 둘 다 상처투성이에 엉망진창으로 깨져서 피투성이였다. 남자는 이마가 깨져 얼굴이 온통 박살이 나 있고, 여자의 턱은 튀어나와 흔들거리고 있었다. 그리고 그들의 손발은 마치 살 속에 뼈가 없는 것처럼 흐물거렸다. 그러나 누구인가는 금방 알아 볼 수 있었다. 이 불행의 원인에 대해서 사람들은 오랫동안 수군댔다.

"이런 오두막에서 무엇을 하고 있었을까?" 하고 한 여인이 말하자, 늙은 거지가 폭풍우를 피하려고 안에 들어간 것은 같은데 바람이 심해서 집이 뒤집혀 굴러 떨어졌다고 말했다.

그의 설명에 의하면 실은 자신도 그 안에 숨으려 했는데 기둥에 말이 매어 있어서 누가 있다는 걸 알았다는 것이다.

거지는 무척 다행스러운 듯이 덧붙였다.

"그렇지 않았으면 내가 황천길을 갈 뻔했지."

그러자 누군가가 말했다.

"그 편이 낫지 않소?"

그러니까 거지 노인의 얼굴빛이 달라졌다.

"왜 그 편이 낫다는 거야? 나는 가난하고 이 사람들은 신분이 높아서 그런가? 봐, 이들의 모양을. 이제는…."

물방울이 계속 떨어지는 누더기를 입은 늙은이는 지팡이 끝으로 두 구의 시체를 가리키며 말했다.

"사람은 모두 평등하지, 하느님 앞에 서는."

그러는 동안에 다른 사람들도 모여들었다. 겁에 질려 떨면서, 약삭빠르고 이기적이고 비겁해 보이는 눈으로 몰래 엿보듯이 보고 있었다.

그들은 의논한 결과 시체를 두 집에 운반해주기로 결정했다. 사례금을 받을 수 있을는지도 몰랐기 때문이다. 그래서 두 대의 마차에 말을 맸다. 그런데 새로운 문제가 생겼다. 어떤 사람들은 마차 바닥에 짚을 깔자고 하고, 다른 사람들은 예의상 담요를 깔아야 한다고 우겼다.

조금 전에 입을 열었던 아낙네가 외쳤다.

"담요가 피투성이가 돼. 양잿물로 빨아야 해."

그러자 낙천적인 얼굴의 뚱보 농부가 대답했다.

"그야 값을 쳐 주겠지. 비싼 담요일수록 값이 많이 나간단 말이야."

결론이 내려진 것이다.

그래서 두 대의 마차 중 한 대는 오른쪽으로 한 대는 왼쪽으로 갈라져서 빠른 걸음으로 출발했다. 조금 전 까지 서로 껴안고 있었지만, 영원히 만날 길 없는 두 구의 시체는 바퀴가 삐걱댈 때마다 흔들거리면서….

백작은 오두막집이 언덕으로 굴러 떨어지는 것을 똑똑히 보자, 비와 돌풍 속으로 곧장 도망쳤다. 그렇게 몇 시간을 달렸다. 길을 지나고, 언덕을 넘고, 울타리를 타넘으면서 달렸다. 그리고 어떻게 왔는지 모르게 저녁 무렵에 그의 집에 다다랐다.

하인들은 당황하며 주인이 돌아오기를 기다리고 있었다. 그리고 두 필의 말이 주인 없이 돌아왔다고 알렸다. 줄리앙의 말도 질베르트의 말을 뒤쫓아 온 것이다.

그 말을 듣고 푸르빌르 백작은 비틀거렸다. 그리고 더듬으며 말했다.

"좋지 않은 날씨에 사고라도 일어났을지 모르니 모두들 두 사람을 찾아봐."

그 자신도 나왔다. 인적이 없는 곳까지 오자, 그는 덤불 속에 몸을 숨겼다. 그리고 지금도 사랑하고 있는 아내가 죽어서 올지, 병신이 되어 올지 모르는 조바심으로 도로 쪽을 기웃거리고 있었다.

이윽고 한 대의 마차가 무엇을 싣고 그의 앞을 지났다.

마차는 그의 집 앞에 멈추더니 안으로 들어갔다. 그렇다.

그것이었다. 아내였던 것이다. 그러나 번뇌가 그를 그 자리에 못 박히게 했다. 극심한 공포였다. 직면해야만 하는 무서움이었다. 그는 꼼짝할 수가 없었다, 산토끼처럼 웅크린 채 조그만 소리에도 몸을 떨며.

그는 한 시간을 기다렸다. 아니 두 시간이었을지도 몰랐다. 마차는 나오지 않았다. 아내는 지금 숨을 거두고 있는지도 모른다. 그러자 아내의 얼굴을 보고 그 시선과 부딪친다고 생각하니 소름이 돋았다. 발각되어 끌려가기라도 하면 어떻게 하나, 그는 다시 숲으로 달아났다. 하지만 아내는 간호가 필요할 것이다, 돌봐주는 사람도 없을 것이다, 하는 생각이 머리를 스쳤다. 그래서 그는 다시 미친 사람처럼 집으로 달려갔다.

도중에 정원사를 만나서 물어봤다.

"어떻게 됐는가?"

사나이는 대답을 하지 않았다. 그래서 푸르빌르는 거의 울부짖었다.

"죽었나?"

하인은 우물거렸다.

"네, 주인님."

그는 자신도 모르게 안도의 숨을 쉬었다. 그의 혈관과 떨리는 근육에 혈기가 되살아났다. 그는 씩씩한 걸음으로 현관의 돌계단을 올라갔다.

다른 한 대의 마차도 레 페플에 도착했다. 잔느는 멀리서 알아봤다. 담요 위에 사람이 누워 있는 것을 보고 모든 것을 알아 치렸다. 너무 충격이 커서 그녀는 정신을 잃고 그 자리에 쓰러졌다.

의식을 되찾았을 때는 아버지가 머리를 짚어보며 식초로 관자놀이를 적시고 있었다. 아버지가 망설이며 물었다.

"알고 있었느냐?"

그녀는 고개를 끄덕였다.

"네, 아버지."

일어나려고 해도 일어날 수가 없었다. 그만큼 충격이 컸던 것이다.

그날 밤에 그녀는 죽은 아이를 낳았다. 계집애였다.

그녀는 그의 장례에 대해서는 아무것도 몰랐다. 다만 하루, 이틀 후에 리종 이모가 와 있다는 것만 알았을 뿐이었다. 끝없이 따라다니는 악몽 속에서도 노처녀가 이전에 레 페플을 떠난 것이 언제였던가, 무슨 사정으로 떠났던가를 아무리 생각하려고 해도 생각나지 않았다. 정신이 멀쩡한 데도 마찬가지였다. 단지 어머니가 돌아가시고 나서 이모를 처음 본 것만은 확실했다.

11

세 달 동안을 그녀는 방 안에만 있었다. 너무 쇠약해지고 낯빛도 좋지 않아 사람들은 도저히 회복될 가망이 없다고 생각했다. 그러나 그녀는 조금씩 기운을 차리기 시작했다. 아버지와 리종 이모는 레 페플에 묵으며 그녀 곁을 떠나지 않았다. 충격을 받은 그녀는 신경쇠약까지 걸렸다. 조그만 소리에도 정신이 혼미해지고 대수롭지 않은 일에도 한참동안 의식을 잃는 것이었다.

줄리앙의 죽음에 대해서 그녀는 들으려고 하지 않았다. 들어본들 무슨 소용이 있겠는가, 충분히 예상하고 있지 않았던가? 모두 우연한 사고라고 생각하고 있지만.

그녀는 비밀을 가슴속에 간직하고 있으려니 고문을 받는 것처럼 괴로웠다. 간통한 사실은 이미 알고 있었고, 그 비극의 날에 무섭게 흥분해서 찾아왔던 백작의 모습….

그러나 지금 그녀의 영혼은 여러 가지 그리운 추억에 젖어들고 있었다. 지난날 그녀가 남편에게서 받았던 짧은 사랑에 대한 달콤하고도 우울한 추억이었다. 생각지도 않던 옛일이 문득 생각나서 몸을 떠는 일이 종종 있었다. 약혼 시절의 남편의 모습이 눈앞에 생생하게 떠오르는 것이었다. 또한 코르시카의 찬란한 태양 아래서 눈뜬 그녀의 생애 유일했던 정열의 시간에 그녀가 사랑한 남편의 모습도 눈에 보였다. 남편의 온갖 결점은 차츰 잊혀지고, 무정한 행동도 사라지고, 배신조차 점점 희미해져서 이제는 추억이 되어 무덤 속에 잊혀져 갔다.

그리고 처음 자기를 껴안아 준 남자에 대한 막연한 정이 가슴에 넘쳐서 받았던 고통도 용서해 주고 싶었고, 즐거웠던 시절의 일만 생각하고 싶었다.

그렇게 시간은 끊임없이 흘러갔고, 그녀의 모든 추억과 고뇌를 망각의 먼지가 덮어갔다. 그녀는 몸과 마음을 다해서 아이에게 바쳤다.

아이는 주위에 있는 세 가족의 우상이 되고 유일한 관심거리가 되었다. 그리고 폭군처럼 그들 위에 군림했다. 그러자 아이를 돌보는 이 세 사람 사이에 일종의 질투심조차 생겼다. 남작이 아이를 무릎에 앉히고 놀아준 다음 아이로부터 받는 입맞춤이 잔느의 신경을 쓰이게 하는 것이었다. 그리고 리종 이모는 집 안 사람들에게서 그랬듯이 아이에게서도 무시당했다. 그녀는 아직 말도 잘 못하는 아이로부터 마치 하녀 취급을 받고 구걸하다시피 해서 얻은 사랑의 표시와, 어머니와 할아버지에게 하는 포옹을 비교하면 서러운 생각이 들어 얼른 방으로 뛰어가서 울었다.

2년이란 세월이 별 탈 없이 흘러갔다. 그들은 그 동안에도 오직 아이에게만 마음을 쏟으며 지냈다. 3년째 되는 해의 초겨울에는 루앙에 가서 봄까지 지내기로 하고 온 가족이 그곳으로 옮겨갔다. 오랫동안 비워 두었던 루앙의 집에 도착하자, 습한 기운에 금세 폴이 기관지염에 걸렸다. 늑막염이 걱정될 정도로 병이 심했다. 세 사람은 놀라서 아이는 레 페플의 공기 없이는 안 되겠다는 결론을 내리고 병이 낫는 대로 곧 데리고 돌아왔다.

이렇게 단조롭고 평온한 몇 해 동안의 생활을 계속하게 되었다.

생활은 항상 아이를 중심으로 전개되었다. 어느 때는 아이의 방에서, 거실에서, 또 어느 때는 뜰에서 세 사람 모두가 아이의 몇 마디 말, 우스운 표정과 몸짓, 하는 일에 관심을 쏟았다.

어머니는 아이를 폴레라고 불렀다. 아이는 이 말을 똑똑히 못하고 풀레(병아리)라고 발음하여 끝없는 웃음을 자아냈다. 폴레란 애칭은 언제까지나 남아 있어서 모두가 아이를 그 애칭으로만 불렀다.

아이의 성장은 빨라서 남작의 표현대로 '세 사람의 어머니'는 아이의 키를 재는 일이 큰 즐거움이었다.

거실 문에 붙은 널빤지에 아이의 성장을 나타내는 작은 선이 그어져 있었다. '폴레의 눈금'이라고 이름 붙여진 이 눈금은 온 식구의 생활에 중요한 위치를 차지하고 있었다.

얼마 후 새로운 존재가 이 집안에 중대한 역할을 하게 되었다. 그것은 잔느가 아이 키우기에 전념하게 된 뒤부터 무시되었던 개 '마사크르'였다. 개는 루디빈느가 키우며 마구간 앞의 낡은 통으로 만든 개집에 늘 매어져 외롭게 지내고 있었다.

어느 날 아침에 폴이 이 개를 보더니 안아주고 싶다고 아우성을 쳤다. 그래서 모두들 겁이 나 개 곁으로 데려갔더니 개가 아이를 몹시 반가워했다. 둘을 떼어놓으려 하자 아이는 울음을 터뜨렸다. 그래서 마사크르는 사슬에서 풀려나 집 안에서 살게 되었다.

개는 폴과 잠시도 떨어질 수 없는 친구가 되었다. 그들은 함께 뒹굴고 양탄자에서 나란히 자기도 했다. 아이는 잠시도 마사크르와 떨어지지 않으려 했기에 침대에서 같이 자게 되었다. 잔느는 개벼룩 때문에 애를 먹었고, 리종 이모는 아이의 사랑을 빼앗겼다는 이유로 개를 무척 원망했다. 자신이 그렇게 바라던 애정을 이 동물에게 도둑맞은 심정이었다. 가끔 브리즈빌르 가외 쿠틀리에 가하고는 내왕이 있었다. 촌장과 의사가 규칙적으로 찾아와서 이 집의 적막한 분위기를 깨뜨려 놓곤 했다. 잔느는 암캐가 죽는 것도 보았고, 백작 부인과 줄리앙의 무서운 죽음에 대해 신부를 의심한 뒤로는 다시는 교회에 나가지 않았다. 그런 몹쓸 신부를 용서한 신에게 분노를 느꼈기 때문이었다.

톨비악 신부는 가끔 귀에 들리게 빈정대며 잔느의 집을 저주했다. 그 집은 사악한 영혼의 서식처라고 했다. 그는 남작을 악의 심부름꾼이라고 이름 지었다.

그러나 교회도 퇴락해 가고 있었다. 농부들이 쟁기질을 하고 있는 밭을 신부가 지나가도 그들은 말을 걸지도 않았고, 돌아보며 인사도 하지 않았다. 더구나 그는 심령술사라는 소문이 퍼져 있었다. 그가 신들린 여자에게서 악마를 쫓아냈다고 했다. 그는 저주를 물리치는 신비한 주문을 알고 있다는 것이다. 저주란 그의 말에 의하면 악마의 장난에 불과했다. 푸른 젖이 나오거나 꼬리를 둥글게 말고 있는 소에게 그가 손을 대면 당장 나아버리고, 뜻 모를 주문을 중얼거리면 없어진 물건을 찾게 된다는 그런 소문이었다. 그의 편협하고 광신적인 생각은 악마가 지상에 왔다는 이야기라든가, 악마의 힘이 나타났다든가, 불가사의한 현상이라든가, 악마가 지닌 온갖 술책과 간교한 능력 같은 것이 쓰인 종교서적에 몰두하고 있었다. 그리고 이러한 기이하고 사악한 힘을 막아내기 위해 자신이야말로 신의 특별한 부름을 받은 사람이라고 굳게 믿고 있었기 때문에 성직자가 반드시 갖추어야 할 항목에 있는, 온갖 악마를 쫓는 주문들을 외고 있었다.

그는 어둠 속에 항상 악마가 다닌다고 믿고 있었다. 그리고 라틴어의 '사자가 먹이를 찾아 울부짖고 헤매는 것처럼'이라는 문구를 항상 입에 담고 있었다

그래서 사람들 사이에 두려움이 널리 퍼졌다. 그것은 그의 숨은 힘에 대한 두려움이었다. 그의 동료들까지도 — 악마의 힘을 논하는 여러 가지 까다로운 법식과 절차에 혼란해져서 종교와 심령술을 혼동하는 무리들이지만 — 톨비악 신부를 어느 정도 심령술사로 생각하고 있었다. 그들은 나무랄 데 없는 그의 준엄한 생활에 대해서와 마찬가지로 그가 지니고 있다고 생각하는 능력에 대해서도 경의를 표하고 있었다.

신부는 가끔 잔느를 만나도 인사를 하지 않았다.

이러한 상황은 리종 이모를 불안하게 하고 또 슬프게 했다. 노처녀 특유의 겁 많은 성격으로 사람들이 교회에 가지 않는다는 것이 그녀에겐 아무래도 이해가 안 갔다. 물론 그녀는 신앙심이 깊었다. 고해성사도 보고 성체도 내렸다. 아무도 그런 사실을 몰랐고, 알려고 하지도 않았을 뿐이다.

폴과 단 둘이 있을 적에는 그녀는 나직한 목소리로 하느님에 대해 폴에게 들려주었다. 천지창조의 기적적인 이야기를 들려주면 폴도 싫어하지 않고 가만히 듣고 있었다.

그러나 하느님을 사랑해야 한다, 깊이 사랑해야 한다고 말하면, 이따금 반문했다.

"하느님은 어디 있어요, 할머니?"

그러면 그녀는 하늘을 가리키며 말했다.

"저 높은 곳이나, 폴레. 그러나 그린 밀을 누구에게도 하

면 안 된다."

그녀는 남작이 알까 걱정스러웠던 것이다.

그런데 어느 날, 폴레가 그녀에게 말했다.

"하느님은 어디든 있대요. 교회에만 없대요."

그는 할머니의 얘기를 할아버지에게 했던 것이다.

아이가 열 살이 되었다. 그러나 잔느는 마흔 살 정도로 보였다. 아이는 건강하고 장난꾸러기고 나무에도 오르내렸지만, 아직 철부지였다. 공부는 별로 생각이 없어 하다가도 금방 그만두었다. 남작이 조금 오래 잡아 놓으면 잔느가 곧장 달려와서 말했다.

"그만 놀게 하세요. 지치면 안 돼요. 아직 어린애예요."

그녀에게는 아이가 언제까지나 어린애였다. 아이가 걷고 뛰어다니고, 어른스런 말투로 이야기를 하는 것도 그녀는 거의 느끼지 못했다. 그녀에게는 매일매일이 걱정이었다. 아이가 넘어지지 않을까, 춥지 않을까, 운동을 심하게 해서 덥지 않을까, 과식하지 않았을까, 한창 크는 때에 적게 먹은 것이 아닐까 하고 늘 그렇게 신경을 쓰면서 지냈다.

아이가 열두 살이 되었을 때 문제가 생겼다. 첫 영성체에 관한 문제였다.

어느 날 아침에 리종 이모가 잔느에게 와서 이제 아이에게 종교 교육을 시켜야 한다고 말했다. 그녀는 여러 가지 이유를 들면서 얘기했으나, 잔느는 난처해져서 마음을 정하지 못하고 좀더 기다려달라고 했다. 한 달 후에 잔느가 브리즈빌르 백작 부인을 방문하자, 백작 부인이 무심코 물었다.

"금년이 맞죠? 폴이 첫 영성체 하는 것 말예요."

그녀는 갑자기 당한 일이라 "그렇습니다, 부인." 하고 대답했다.

이 짧은 말 한 마디가 그녀의 결심을 굳혔다. 그래서 아버지한테는 상의하지 않고 리종 이모에게 부탁하여 아이를 교리문답에 데려가 주도록 했다.

한 달 동안은 별일이 없었다. 그런데 어느 날 저녁 때, 폴레가 목이 쉬어 돌아왔다. 그리고 이튿날은 기침을 했다. 버릇이 좋지 않다고 신부가 수업이 끝날 때까지 교회 현관, 맞바람이 치는 문간에 세워 놓았다는 것이었다.

그래서 그녀는 아이에게 자신이 아는 종교의 초보지식을 집에서 가르치기로 했다. 그랬지만 톨비악 신부는, 리종 이모가 그렇게 애원했는데도 불구하고, 폴에게 첫 영성체 주기를 거절했다. 교육이 부족하다는 이유였다.

그 다음 해에도 마찬가지였다. 화가 난 남작이 아이가 훌륭한 사람이 되는데 그런 어리석은 것을 믿을 필요가 없다고 단언했다. 아이를 기독교인으로 키우겠지만 교회에 나가는 것만으로 사람을 구속하는 가톨릭교도로 키우지 않겠으며 성년이 되면 자신이 선택하도록 자유를 주겠다고 결론을 내렸다.

잔느가 그 얼마 후 브리즈빌르가를 방문했는데 그 답례 방문이 없었다. 그 가문이 세심할 정도로 예의 바르다는 것을 알고 있던 잔느는 뜻밖이라 생각했는데 쿠틀리에 후작 부인이 그 까닭을 거만하게 말해 주었다.

남편의 지위니, 막대한 재산을 생각하면 사신이 노브방

디의 여왕쯤으로 생각하고 있는 후작 부인은, 정말로 여왕으로 착각한 듯이 멋대로 입을 놀리고, 친절한가 하면 거만하고, 꾸짖거나 타이르고, 금세 변덕을 부려 칭찬을 늘어놓곤 했다. 그런 그녀가 잔느가 찾아가자 차가운 태도로 두서너 마디 퉁명스럽게 말했다.

"사회는 두 가지 부류로 갈라져 있습니다. 하느님을 믿는 사람들과 믿지 않는 사람들로 말예요. 한쪽은 신분이 낮아도 우리의 친구이며 대등한 사람들입니다. 그러나 다른 한쪽은 우리에게는 없는 거나 다름없어요."

잔느는 자신에게 한 말이라 알아차리고 반문했다.

"하지만 교회에 가지 않더라도 하느님을 믿을 수는 있지 않습니까?"

후작 부인은 대답했다.

"아니, 그렇지 않아요. 부인, 하느님께 기도를 드리려면 하느님의 교회에 가야합니다. 예를 들어 누구를 만나려면 그 사람의 집을 방문하는 것과 같은 것입니다."

잔느는 비위에 거슬려서 대답했다.

"하느님은 여러 곳에 계십니다. 부인, 제 경우입니다만, 저는 마음으로 하느님을 믿고 있습니다. 어떤 사람이 하느님과 제 사이에 끼어드니 하느님을 느낄 수 없게 되더군요."

후작 부인이 일어났다.

"신부님은 교회의 깃발을 드신 분입니다. 부인. 그 깃발을 따르지 않는 사람은 누구든 신부님의 적인 동시에 우리의 적입니다."

이번에는 잔느가 일어섰다. 몸이 떨고 있었다.

"부인, 부인은 한 교파의 신을 믿는군요. 저는 정직한 사람들의 신을 믿고 있습니다."

잔느는 인사를 하고 나왔다.

마을 사람들도 폴레에게 첫 성체를 받게 하지 않았다고 그녀를 비난했다. 그 자신들은 미사에도 안 나가고 성체에 가까이 하려고도 안 했다. 설사 성체를 받는다고 해도 교회의 형식적인 규칙에 따라 부활절에만 받았다. 그러나 그러는 그들도 아이들 일이라면 달랐다. 일반적인 규범 밖에서 아이를 키우는 대담한 시도는 누구나 망설였던 것이다. 종교는 역시 종교니까 어쩔 수 없다는 것이었다.

그녀는 그런 비난을 알고 있었고, 그런 일반적인 풍조에 대하여 분노를 금할 수 없었다. 그리고 모든 사람의 마음속에 있는 비굴함과, 그것이 나타나려고 하면 그럴 듯한 가면으로 감추려드는 데는 분노가 치밀었다.

남작이 폴의 교육을 맡아 라틴어를 가르쳤다. 어머니는 한 가지만을 되풀이할 뿐이었다.

"애가 피로하지 않게 해주세요."

그러나 아버지는 그녀를 공부방에 들어오지 못하게 했기 때문에 걱정이 돼서 공부방 주위만 맴돌았다.

그녀가 쓸데없는 참견을 하면서 늘 공부하는데 방해를 했기 때문이었다.

아이는 공부가 끝나면 뜰로 내려가 어머니, 이모할머니와 함께 흙을 만졌다. 그들은 요즈음 꽃 가꾸기에 재미를 붙이고 있었다. 세 사람은 봄이 되자 묘목을 심고, 씨를 뿌려 그것들이 싹이 터 자라는 것에 마음을 빼앗겼다. 가지를 치고 꽃을 꺾어 꽃다발을 만들기도 했다.

아이가 가장 정성을 들이는 것은 채소를 가꾸는 것이었다. 채소밭에 네 개의 묘판을 만들어서 양상치, 꽃상치, 로멘 같이 잎을 먹는 채소를 키웠다. 호미로 매고, 물을 줘서 풀을 뽑고, 모종을 옮겨 심는데 어머니와 할머니를 마치 일꾼처럼 부렸다. 두 여인이 몇 시간씩 화단에 쪼그려 앉은 채 옷과 손을 흙투성이로 만들며 묘목을 심는데 열중하고 있는 모습을 흔히 볼 수 있었다.

폴레가 열다섯 살이 되었다. 거실의 키를 재는 눈금도 1미터 58을 가리키고 있었다. 그러나 지능은 아직도 어린애였다. 무지하고 어리석었다. 두 여인과 시대에 뒤떨어진 사람 좋은 할아버지 사이에서 자란 탓이었을 것이다.

어느 날 밤, 남작이 중학교 이야기를 꺼냈다. 잔느는 금방 울음을 터뜨렸다. 리종 이모는 충격으로 어두운 방 한 구석에 긴장한 채 숨을 죽이고 있었다.

어머니가 대답했다.

"왜 그렇게 배워야 하죠? 그냥 농사짓는 시골 귀족으로 키워요, 아버지. 그 애도 농사를 지을 거예요. 많은 귀족들이 그러잖아요. 그 애가 태어나기 전에 우리가 살아온 집, 그리고 우리가 죽을 때까지 살아갈 이 집에서 아이도 행복하게 살아갈 거예요. 전 그 이상 바라는 게 없어요."

남작은 고개를 저었다.

"하지만 그 애가 스물다섯 살이 되어서 이렇게 말하면 너는 어떻게 대답할 거냐? '나는 안 돼요. 어머니 탓으로 나는 무식하게 되었어요. 이제는 아무 일도 할 수 없을 것 같아요. 저는 이렇게 형편없이 살려고 태어나진 않았어요. 어머니의 앞을 생각지 못한 사랑이 나를 이렇게 만든 거예요.' 하고 말하면 너는 어떻게 하겠니?"

그녀는 여전히 울고 있었다. 그리고 아이한테 애원했다.

"폴레, 너를 너무 사랑한 엄마를 원망하지 않겠지?"

덩치 큰 소년이 놀라서 약속했다.

"네, 엄마."

남작은 음성을 높여서 단호히 말했다.

"잔느, 너는 자식의 삶을 그렇게 할 권리가 없어. 네가 하는 짓은 비겁하고, 죄를 짓는 짓이야. 너는 네 자신의 행복 때문에 자식을 희생시키려는 거야."

그녀는 두 손으로 얼굴을 가리고 울면서 젖은 목소리로 더듬거려 말했다.

"전 너무 불행했어요…, 정말로! 이제 겨우 조용히 지낼 만하니 빼앗아 버리면 앞으로 혼자 어떻게 해요."

아버지는 급히 딸 곁으로 와서 그녀를 껴안았다.

"그러면 나는 어쩌겠니, 잔느?"

그녀는 아버지를 껴안고 입맞춤했다. 그때까지도 흐느끼면서 분명하게 말했다.

"네, 아버지가 말씀하시는 게 맞아요. 아버지, 제가 잠시 정신이 나갔었나 봐요. 저도 고생을 해 봤으니 괜찮아요. 학교에 보내겠어요."

그러자 내용을 알지도 못하면서 이번에는 폴레까지 훌쩍거리기 시작했다.

할 수 없이 세 어머니가 폴레에게 입맞춤하고 달래어 용기를 내게 했다. 그리고 자려고 각자 자기 방으로 들어가서도 모두 가슴이 메어 침대 속에서 울었다.

가을 신학기에 아이를 르 아브르의 중학교에 넣기로 했다. 아이는 한여름 동안 그전보다 더 응석받이로 자랐다.

어머니는 헤어질 생각을 하며 한숨을 지었다. 그녀는 아들이 10년쯤이나 되는 긴 여행길에라도 나서는 것처럼 거창한 준비를 했다. 10월 어느 날 하룻밤을 꼬박 새운 아침, 두 사람의 여인과 남작은 아이를 데리고 마차를 탔다. 두 마리 말이 끄는 마차는 빠른 속도로 출발했다.

얼마 전에 와서 아이의 침실과 교실 좌석은 이미 정해 놓았다. 잔느는 리종 이모의 도움을 받으며 옷가지를 작은 옷장 안에 정리해 넣었다. 그러나 그 옷장에는 가지고 온 물건의 절반도 넣지 못해, 교장을 만나서 한 개를 더 얻었으면 했다. 서무 계원이 왔다. 그는 그렇게 많은 옷은 필요가 없다며 규칙 때문에 옷장을 더 줄 수 없다고 했다. 난처해진 어머니는 근처의 조그만 여관에 방을 하나 빌렸다. 그리고 폴레가 연락하면 필요한 것을 주인이 직접 아이에게 전해 주도록 부탁해 놓았다. 그리고 나서 세 사람은 부둣가를 돌며 배가 항구로 드나드는 것을 구경했다.

불이 하나 둘 켜지는 거리에 쓸쓸한 어둠이 깔려오고 있었다. 저녁을 먹으려고 음식점으로 들어갔으나 먹고 싶지 않았다. 모두 눈언저리가 젖은 채 마주 보고 있는 사이에 음식이 차례로 놓였다가 그대로 다시 나갔다.

학교로 천천히 발길을 옮겼다. 크고 작은 소년들이 가족이나 하인에게 이끌려 모여들었다. 대부분의 아이들이 우는지 희미한 운동장 안에 흐느끼는 소리가 퍼졌다.

잔느와 폴레는 한참을 껴안았다. 리종 이모는 잊혀진 것처럼 손수건으로 얼굴을 가리고 뒤에 서 있었다. 남작은 마음이 아파서 빨리 헤어지게 하려고 딸을 떼어내서 억지로 데리고 갔다. 마차가 기다리고 있었다. 세 사람은 마차를 타고 밤길을 달려 레 페플에 돌아왔다.

흐느끼는 소리가 때때로 어둠을 타고 이어졌다.

다음 날도 잔느는 저녁까지 울었다. 다음 날은 덮개가 없는 마차를 타고 르 아브르로 떠났다. 폴레는 이미 체념하고 있는 듯했다. 난생 처음으로 친구를 사귀게 되어 면회실 의자에 앉아서도 놀고 싶은 생각으로 몸을 들썩거렸다.

잔느는 하루걸러 찾아갔다. 또 일요일에는 외출을 시켜 주려고 갔다. 수업 시간에는 어떻게 해야 할지 몰라서 면회실 의자에 앉아 시간을 보냈다. 학교에서 멀리 갈 힘도 용기도 없었기 때문이었다. 교장이 그러는 그녀를 자기 방으로 부르더니 그렇게 자주 찾아오지 말라고 말했다. 그러나 그녀는 그런 건 아랑곳하지도 않았다.

그러자 교장은 그녀에게 경고했다. 자기 말대로 하지 않으면, 안됐지만 아이를 돌려보낼 수밖에 없다는 것이었다. 남작도 그녀에게 경고를 했다. 그녀는 마치 죄수처럼 레 페플에서 감시를 받는 몸이 되었다.

그녀는 학교의 휴일을 아이보다 더 기다리게 되었다.

불안감은 끊임없이 잔느의 영혼을 괴롭혔다. 그녀는 마사크르를 끌고 혼자서 공상에 잠기며 매일같이 근처를 산보했다. 때로는 절벽 위에 앉아 바다를 보면서 낮 한때를 보내기도 했다. 또 숲을 지나 이포르까지 내려가 추억에 잠기면서 옛 길을 걷기도 했다. 꿈에 잠겨서 그곳을 뛰어다니던 시절은 아주 먼 옛날이 되고, 지난 과거가 되었다.

그녀는 아들을 만날 때면 오랜 세월을 헤어져 있던 것 같이 생각되었다. 세월이 가면서 아들은 어른이 되어가고, 어머니는 할머니가 되어 갔다. 아버지는 마치 잔느의 오빠 같았고, 리종 이모는 스물다섯 살 적에 시든 후로는 별로 늙지 않아서 그녀의 언니 같았다.

폴레는 공부를 못해 4학년을 두 번 다녔다. 5학년은 그럭저럭 마쳤으나 6학년은 다시 배워야 했다. 마침내 수사학을 배울 학생이 되었을 때는 벌써 스무 살이었다.

그는 당당한 금발 청년이 되었다. 구레나룻이 짙게 나고 콧수염도 드문드문 났다. 이제는 일요일이면 폴레가 레 페플로 다니러 왔다. 오래 전부터 승마를 하고 있었기 때문에 말을 빌려 타고 두 시간이면 올 수 있었다.

그런 날은 아침 일찍이 잔느가 이모와 남작과 함께 아들을 마중 나갔다. 남작은 이제 허리가 굽어져서 몸집이 조그마한 노인처럼 터벅터벅 걸었고, 뒷짐을 지고 있는 모습은 앞으로 넘어질까 그러는 것 같았다.

그들은 천천히 걸었다. 가끔 개울가에 앉아서 멀리 폴레의 모습이 나타나지 않나 하고 두리번거렸다. 이윽고 하얀 길 끝에 검은 점으로 폴레가 나타나면 세 사람은 손수건을 흔들었다. 그 것을 본 폴레도 말을 급히 몰아 잔느와 리종 이모의 가슴을 조이게 하고, 할아버지는 흥분이 되어 힘껏 "부라보!" 하고 외치는 것이었다.

폴은 어머니보다 키가 머리 하나는 더 컸지만, 그녀는 여전히 어린애 취급을 하며 "폴레, 발이 시리지 않니?" 하며 묻곤 했다. 그리고 그가 식사 후에 담배를 피우며 현관 앞을 거닐고 있으면 그녀는 "제발 모자라도 쓰고 나가라. 감기 들라." 하고 소리쳤다. 그리고 밤이 되면 아들이 밤길을 갈 것이 걱정되어 안절부절했다.

"폴레, 너무 빨리 달리지 마라. 알겠지, 조심해야 해. 이 엄마 생각도 해 다오. 만일 네게 무슨 일이 생기면 엄마는 살지 못한다."

어느 토요일 아침, 그녀는 폴한테서 한 통의 편지를 받았다. 내일 일요일에 친구들과 야유회를 가기 때문에 집에 다니러 갈 수가 없다는 내용이었다. 그녀는 그 일요일 하루 종일 내내 불안함으로 가슴이 떨렸다. 목요일이 되자, 더 참지 못하고 르 아브르로 떠났다.

어디를 꼬집어 말할 수는 없었지만, 폴은 달라진 것 같았다. 들떠 있는 것 같고, 전보다 굵어진 음성으로 이야기를 했다. 그리고 당연하다는 듯이 말을 꺼냈다.

"오늘 어머니가 이렇게 오셨으니 이번 일요일에 레 페플에 가지 않겠어요. 전번의 모임을 다시 하기로 했거든요."

그녀는 놀라서 목이 메었다. 아들이 새로운 세계로 떠나기라도 하는 것처럼 그녀는 겨우 물었다.

"폴레, 왜 그러니? 무슨 일이 생겼니?"

그는 웃으며 어머니에게 입맞춤을 하고 말했다.

"아무 일 아녜요. 어머니, 친구들과 놀러가는 것뿐이에요. 나이가 들면 흔히 있는 일 아니에요?"

그녀는 대답하지 못했다. 그리고 마차를 타고 혼자 있게 되자 이상한 생각이 들었다. 아들은 이미 자신의 폴레, 옛날의 귀여운 폴레의 모습이 아니었다. 비로소 깨달은 일이지만 아이는 커버렸고, 이미 자기의 소유물이 아니며 나이 먹은 가족들은 생각지 않고 멋대로 살아가려고 하는 것이다. 그래도 단 하루 만에 아들이 달라진 것 같아서 마음이 언짢았다. 어떻게 된 일인가? 그런 모습이 자기의 아들인 것이다. 고집대로 살려고 하는 수염투성이의 건장한 청년이 옛날 채소를 옮겨 심게 하던 귀여운 아들인 것이다!

그로부터 세 달 동안 폴은 가끔씩 가족을 만나러 왔고, 집에 와도 되도록 빨리 돌아가고 싶어 하는 눈치였다. 저녁이 되면 마음이 다급해지는 것 같았다. 잔느는 왠지 겁이 났으나 남작은 "내버려 둬, 그 아이도 이제 스무 살이야." 하며 그녀를 위로했다.

어느 날 아침, 옷차림이 남루한 노인이 독일어 사투리가 섞인 말로 '자작 부인'에게 면회를 청했다.

지나치게 공손한 인사를 하더니 그 노인은 호주머니에서 낡은 지갑을 꺼내어 말했다.

"이 서류를 보십시오."

잔느는 종이쪽지를 펼쳐 보았다. 그것을 여러 번 읽고, 그 노인의 얼굴을 쳐다보고 다시 읽고 난 뒤에 물었다.

"이게 대체 무언가요?"

사나이는 멋 적은 웃음을 띠며 설명했다.

"그렇다면 말씀드리지요. 아드님이 돈이 좀 필요하시다고 해서요. 마님도 인자한 분이시라는 걸 알고 필요하신 만큼의 돈을 빌려드렸습니다."

그녀는 몸을 떨었다.

"어째서 네게 말하지 않았을까요?"

노인의 설명에 의하면 다음 날 오전 중에 갚아야 할 노름빚이 있었는데, 폴이 미성년이었기 때문에 아무도 돈을 빌려 주지 않아서 자기가 처리해주지 않았으면, 그의 신변이 좋지 않았을 거라는 것이었다.

잔느는 남작을 부르려고 했으나 충격 때문에 일어날 수가 없었다. 하는 수 없이 빚쟁이에게 말했다.

"미안하지만 종을 좀 당겨주시겠어요?"

그 늙은이는 무슨 함정이라도 있을까 봐 주저했다. 그리고 더듬거리며 말했다.

"저, 곤란하시면 다시 오겠습니다."

그녀는 고개를 저으며 그럴 필요 없다고 했다. 그래서 그가 종을 당겼고, 두 사람은 묵묵히 기다렸다.

남작은 들어오자 금방 상황을 판단했다. 차용증서는 1천 5백 프랑이었다. 남작은 1천 프랑을 지불하고 상대방을 찬찬히 뜯어보며 말했다.

"두 번 다시 오지 마시오."

늙은이는 인사를 하고 가버렸다.

할아버지와 어머니는 즉시 르 아브르로 떠났다.

학교에 가니 폴은 한 달 전부터 학교에 나오지 않는다고 했다. 교장은 잔느의 이름이 쓰인 네 통의 편지를 갖고 있었다. 편지에는 학생의 병세에 대한 것과 그 뒤의 상태가 석혀 있었다. 편지에는 모두 의사의 신단서가 첨부되어 있었다. 물론 전부 가짜 진단서였다. 두 사람은 망연자실하여 얼굴만 마주 보았다.

교장 선생님도 이들을 동정하여 경찰서장에게 안내해 주었다. 두 사람은 여관에 묵었다.

다음 날 그들은 폴을 거리의 창녀 집에서 찾아냈다. 그들은 레 페플로 돌아오면서 말 한 마디 나누지 않았다. 잔느는 손수건으로 얼굴을 가린 채 울고 있었다.

폴은 태연한 얼굴로 창 밖의 경치를 보고 있었다.

그는 석 달 동안에 1만5천 프랑의 빚을 지고 있었다. 채권자들은 그가 곧 성인이 되는 것을 알았기에 바로 나타나지 않았던 것이다.

폴의 잘못을 질책하지는 않았다. 사랑으로 아이의 마음을 잡아 보려고 했다. 맛있는 음식을 먹게 하고, 위로해 주고, 뜻을 받아주었다. 봄이었다. 잔느는 불안했지만 폴에게 이포르의 배를 빌려서 마음껏 뱃놀이를 하게 했다.

그러나 말은 마음대로 못 타게 했다. 르 아브르로 달려갈 우려가 있었기 때문이었다.

그는 무료한지 신경질을 냈다. 더러는 짜증을 부리기도 했다. 남작은 아이의 공부가 중단된 것을 걱정하고 있었다. 잔느는 헤어질 걸 생각하니 괴로웠으나 앞으로 아들을 어떻게 해야 할지 갈피를 잡지 못했다. 어느 날 밤이었다. 두명의 뱃사람과 배를 타고 나갔다가 폴이 돌아오지 않았다. 어머니는 미친 듯이 이포르까지 밤길을 달려갔다.

몇 사람의 사내들이 바닷가에서 배가 돌아오기를 기다리고 있었다. 작은 불빛이 먼 바다에 나타나더니 흔들리면서 다가왔다. 그러나 그 배에 폴은 없었다. 그는 르 아브르까지 타고 갔던 것이다.

경찰에서 수색을 했으나 헛일이었다. 잔느도 아들을 찾지 못했다. 전에 폴을 숨겨 준 여자도 가재도구를 모두 팔아 버리고 방세도 깨끗이 치른 후 없어진 뒤라 아무런 단서도 찾을 수 없었다. 레 페플의 집 폴의 방에서 그를 몹시 사랑하고 있는 여자의 편지 두 통이 나왔다. 그 여자의 편지 사연은 필요한 돈을 구했으니 영국으로 함께 달아나자는 것이었다.

그 이후 저택에 남은 세 식구는 고문을 당하는 듯한 생지옥 속에서 쓸쓸한 나날을 보내고 있었다. 이미 회색이 된 잔느의 머리칼은 백발로 변해버렸다.

그녀는 톨비악 신부에게서 다음과 같은 편지를 받았다.

'부인, 마침내 신의 손길이 부인한테 뻗쳤습니다. 부인은 아드님을 하느님 앞에 바치기를 거부했습니다. 그래서 하느님은 창녀에게 던진 것입니다. 이 가르침에 눈을 뜨지 않으시렵니까? 주님의 은혜는 무한합니다. 만일 부인께서 다시 주님 앞에 기도한다면 용서하시리라 생각합니다. 소인은 주님의 하찮은 종입니다. 부인이 오셔서 문을 두드리신다면 소인은 하느님의 문을 열어드리겠습니다.'

그녀는 편지를 무릎에 놓고 한없이 앉아 있었다. 신부의 말이 정말일지 모른다는 생각이 들자 신앙이 주는 갖가지 불안이 그녀의 마음을 괴롭히기 시작했다. 하느님도 인간이나 다름없이 질투심이 있고, 목수를 하는가? 하느님에게 질투심이 없다면 아무도 하느님을 두려워하지 않을 것이고, 숭배하지도 않을 것이다. 아마 인간에게 자신의 존재를 더 인식시키려고 인간의 감정을 갖고 모습을 나타내신 것이리라. 주저하는 자, 방황하는 자를 교회로 이끄는 의혹이 그녀의 마음에 스며들었다. 어느 날 밤, 그녀는 어두워지기를 기다렸다가 남 몰래 사제관으로 달려가 신부 앞에 무릎을 꿇고 용서를 빌었다.

신부는 반만 용서하겠다고 약속했다. 하느님은 남작과 같은 인간이 사는 집에는 그 은총의 전부를 내리지는 않는다는 것이었다.

"부인께서는 가까운 날에 하느님이 행하신 관용의 결과를 알게 될 것 입니다." 하고 신부가 단정했다.

그리고 그 말대로 이틀 후에 그녀는 아들의 편지를 받았다. 마음이 괴로운 나머지 넋 나간 사람 같던 그녀는 이 편지가 신부가 약속한 것이라고 생각했다.

사랑하는 어머님, 걱정하지 마십시오. 저는 런던에 있습니다. 몸은 건강합니다만 돈 때문에 무척 곤란을 받고 있습니다. 저희들은 이제 한 푼 없이, 끼니도 제대로 잇지 못하고 있습니다. 저와 함께 있는, 제가 진정으로 사랑하는 여인은 저와 헤어지지 않겠다는 생각만으로 가지고 있던 돈을 다 써버렸습니다. 5천 프랑입니다. 알아주실 줄 믿습니다만 이 돈은 제 명예를 걸고라도 갚아야겠습니다. 저도 머지않아 성년이 되니까 아버지 유산 중에서 1만 5천 프랑만 미리 주시면 정말 고맙겠습니다. 그러면 이 곤경을 벗어날 수 있습니다.

안녕히 계십시오. 그리운 어머니, 마음으로 입맞춤을 보내드립니다. 할아버지와 리종 할머님께도 안부 전해 주십시오. 가까운 날에 만나 뵐 것을 약속드립니다.

> — 어머님의 아들 자작 폴 드 라마르 드림

편지를 보냈구나, 나를 잊지 않았어! 돈을 새고 있다는 생각은 염두에도 없었다. 돈이 떨어졌다니 보내주면 될 것이다. 돈이 문제가 아니다. 편지를 하지 않았는가!

그녀는 기쁨의 눈물을 흘리며 편지를 들고 남작에게로 달려갔다. 리종 이모도 불렀다. 세 사람은 폴의 소식이 적힌 편지를 되풀이해서 읽었다. 그리고 한 마디 한 마디에 대해서 의논했다.

절망의 수렁에서 희망을 건져 올렸으니 만큼 잔느는 자꾸만 폴을 감쌌다.

"가까운 날에 돌아온다고 편지를 보냈잖아요."

하지만 남작은 냉정하게 판단해서 말했다.

"그 여자애 때문에 우리를 떠났어. 겁 없이 그런 짓을 한 걸 보면 그 놈은 우리보다 그 계집애를 더 사랑하는 거야."

갑자기 심한 두려움이 잔느의 심장에 꽂혔다. 그러자 자신에게서 아들을 빼앗아간 여자에 대한 증오의 불길이 타올랐다. 질투에 눈먼 어머니의 걷잡을 수 없는 본능적 증오심이었다. 지금까지 그녀는 오로지 폴만 생각하고 있었다. 그 못된 계집애가 아들을 타락하게 만들었다고는 꿈에도 생각지 않았다. 그런데 남작의 경고가 계집애의 존재를 부각시켜 주었고, 그녀는 자신과 계집애 사이에 싸움이 시작된 것을 알았다. 그리고 그런 계집애와 아들을 함께 차시하기보다는 차라리 아들을 잃는 편이 낫다는 생각도 들었다. 그렇게 그녀의 모든 기쁨은 허물어졌다.

1만 5천 프랑을 송금했으나, 그로부터 다섯 달 동안이나 폴한테서는 아무런 소식이 없었다.

얼마 후에 대리인 한 사람이 줄리앙의 유산 명세서를 작성하려고 출두했다. 잔느와 남작은 당연히 죽은 어머니에게 돌아올 권리를 포기했다. 그래서 파리로 와 있는 폴은 12만 프랑의 돈을 손에 넣었던 것이다. 폴은 여섯 달 동안에 네 통의 편지를 보냈는데, 편지마다 간단하게 소식만 알렸고, 끝은 언제나 형식적인 문구로 맺어져 있었다. '저는 일하고 있습니다. 거래소에 일자리를 구했습니다.'고 간단히 써 놓았고, 또 '빠른 시일 안에 레 페플에 가 뵙겠습니다.'고 써 놓았다.

여자에 대해서는 한 마디도 없었다. 그러나 그런 침묵은 그녀에 대해 상세하게 설명한 것 이상으로 많은 것을 의미했다. 잔느는 아들의 냉정한 편지 속에 집요하게 몸을 감추고 있는 영원한 적, 창녀의 존재를 느낄 수 있었다.

세 사람의 식구들은 어떻게 하면 폴을 구할 수 있을까 하고 여러 모로 의논했으나 묘안이 떠오르지 않았다. 파리에 가면? 하지만 그것이 무슨 소용 있으랴?

남작이 말했다.

"그 애의 사랑이 식기를 기다리는 수밖에 없다. 그러면 저절로 돌아올 것이다."

세 사람의 생활은 가없고 비참했다.

잔느와 리종은 남작 몰래 교회에 다녔다.

폴한테서는 아무 소식도 없이 오랜 세월이 흘러갔다. 그러던 어느 날 아침에 날아든 절망적인 편지 한 통이 세 사람을 두려움에 떨게 했다.

어머님, 일이 잘못되어 수습할 수 없게 되었습니다. 어머님께서 오시지 않으면 저는 자살이라도 하는 수밖에 없습니다. 잘 되리라고 믿었던 일이 잘못 되었습니다. 8만 5천 프랑이나 빚을 졌습니다. 못 갚으면 저의 불명예이고 장래를 망치게 됩니다.

저는 이제 틀렸습니다. 거듭 말씀드리지만 이런 일을 당하고 사느니 차라리 자살하는 편이 낫겠습니다. 아직 어머님께 그 여자에 대해서 말씀은 안 드렸지만 그 여자의 격려가 없었던들 오늘의 저는 없었을 것이고 벌써 자살을 해 버렸을 것입니다.

보고 싶은 어머님, 마음으로 입맞춤을 보냅니다. 이것이 마지막이 될지도 모릅니다. 안녕히 계십시오.

편지와 함께 부친 서류 뭉치가 폴이 잘못된 까닭을 자세하게 설명해 주고 있었다.

남작은 어떻게든 해결책을 강구해 보겠다는 답장을 곧바로 했다. 그리고 나서 르 아브르에 가서 토지를 잡혀 돈을 빌려서 폴에게 보냈다.

폴한테서 진심으로 감사하다는 말과 사랑이 넘치는 편지가 세 통이나 왔다. 그리운 식구들에게 입맞춤을 하기 위해 곧 돌아오겠다는 사연이었다.

그러나 폴은 오지 않았다.

일 년이 지나갔다.

잔느와 남작이 폴을 만나보려고 파리로 떠나려는 차에 폴로부터 간단한 편지가 와서 그가 다시 런던에 있다는 걸 알았다. '폴 드 라마르 주식회사'라는 선박회사를 세울 계획이라는 것이었는데 다음과 같은 내용이었다.

성공이 보장된 거나 마찬가집니다. 거금을 벌게 될지도 모릅니다. 이것은 결코 투기가 아닙니다. 이런 점으로 미루어 봐서 이익이 보장되어 있음을 아시게 될 겁니다. 이번에 만나게 되면 저도 사회적으로 상당한 위치에 있을 겁니다. 실패를 극복하는 길은 사업을 하는 길밖에 없다는 걸 말씀드립니다.

그로부터 석 달쯤 지나 선박회사는 파산하고, 지배인은 장부에 부정이 있었다는 혐의로 기소됐다. 잔느는 발작을 일으켜 자리에 누워버렸다. 남작이 르 아브르에 가서 알아본 결과 '드 라마르 회사'의 손실액이 23만 5천 프랑에 이르는 사실을 확인했다. 이번에도 부동산을 저당 잡혔다. 레 페플의 저택과 저택에 딸린 두 개의 농장은 많은 돈에 저당 잡히고 말았다.

어느 날 저녁, 변호사 사무실에서 수속을 밟고 있던 남작은 별안간 졸도하여 바닥에 쓰러졌다.

잔느가 전갈을 받고 갔을 때는 이미 남작은 숨진 뒤였다.

그녀는 부친의 유해를 레 페플로 가져 왔다. 갑자기 당한 일이라 그녀의 슬픔은 차라리 체념에 가까웠다.

톨비악 신부는 남작의 유해를 교회에 들여놓는 것을 거절했다. 두 여인이 필사적으로 애원했으나 허사였다. 그래서 종교적인 의식 없이 날이 저물자 매장했다. 폴은 채권자 한 사람에게서 그 얘기를 들었다. 그는 아직도 영국에 숨어 있었던 것이다. 이 불행을 뒤늦게 알아서 돌아올 수 없었다는 변명의 편지를 보냈다.

　그리운 이미님, 어머님이 저를 위기에서 구해 주셨으니 이번에는 꼭 프랑스로 돌아가겠습니다.

　잔느는 너무나 심한 충격을 받은 상태였으므로 아무것도 의식하지 못했다.

　그리고 겨울이 끝날 무렵에 예순여덟 살이 된 리종 이모의 기관지염이 악화되어 폐렴이 되었다.

　그녀는 "불쌍한 잔느, 너를 구원해 주시도록 하느님께 부탁드릴게." 하고 중얼거리며 조용히 숨을 거두었다.

　묘지에서 관 위에 흙이 덮이는 것을 보자, 잔느는 자신도 차라리 죽어야겠다고 앞으로 넘어지는 순간 옆에 있던 한 농사꾼 여자가 그녀를 부축해서 집으로 데려갔다.

　집으로 돌아온 잔느는, 이모 머리맡에서 닷새 밤을 지새운 끝이라, 이 낯모르는 여자가 하는 대로 순순히 침대로 가서 누었다. 여자는 부드러우면서도 위엄이 있었다. 잔느는 피로와 고뇌로 인해 몹시 쇠약해 있었던 까닭에 곧 깊은 잠에 빠져들었다.

　그녀는 한밤중에 잠이 깼다. 벽난로 위에 조그마한 등불이 켜져 있었다. 웬 여자가 안락의자에서 자고 있었다. 본 기억이 있는 여자였다. 그래서 깜박이는 불빛에 여자의 얼굴을 똑똑히 보려고 침대에서 몸을 일으켰다. 어디선가 분명히 본 얼굴이었다. 언제? 어디서 보았을까? 여자는 머리를 어깨에 대고 모자는 마룻바닥에 떨어뜨린 채 깊은 잠에 빠져 있었다. 나이는 마흔이나 마흔다섯쯤 되어 보였다. 얼굴이 그을고 건강한 몸집의 여자였다. 커다란 두 손이 의자 양쪽 팔걸이 늘어져 있었다. 잔느는 혼돈 상태에서도 끈덕지게 여자의 얼굴을 바라보았다.

확실히 본 기억이 있는 얼굴이었다. 옛날 일이었던가, 아니면 최근의 일이었던가는 분명히 알 수 없었다. 머릿속을 맴도는 의혹이 그녀를 초조하고 피곤하게 만들었다. 자고 있는 여자를 좀더 가까이 보려고 그녀는 가만히 일어나서 다가갔다. 묘지에서 자신을 데려다가 침상에 눕혀 준 여자라는 것은 생각났다.

그러나 다른 시기에 다른 장소에서 만난 적은 없었을까? 단지 어제의 몽롱한 기억 속에서 만났던 것뿐일까? 그런데 어째서 이곳, 자신의 방에 와 있는 것일까?

그 여자가 눈을 뜨고 잔느를 보더니 벌떡 일어났다. 두 사람은 가슴이 맞닿을 정도로 가깝게 있었다. 낯선 여자가 채근이라도 하듯이 말했다.

"오! 일어나셨군요! 감기 들겠습니다. 자, 얼른 가서 누우세요."

잔느가 물었다.

"누구세요?"

그러나 여자는 했던 것처럼 두 팔로 잔느를 안더니 침대로 데려갔다. 그리고 침대에 가만히 눕히더니 잔느를 덮치

듯이 입맞춤하면서 울음을 터뜨렸다. 눈물로 잔느의 얼굴을 적시며 더듬거려 말했다.

"불쌍한 잔느 아씨. 아가씨, 저를 모르겠어요?"

그때서야 잔느가 외쳤다.

"오, 로잘리. 너로구나!"

말을 마치자 그녀는 로잘리의 목에 두 팔을 감고 입을 맞추며 껴안았다. 그리고 둘은 꼭 껴안은 채 슬픔에 젖어 한없이 흐느껴 울었다.

로잘리가 먼저 정신을 가다듬었다.

"자, 정신을 차리셔야지요. 감기 드시면 큰일입니다."

로잘리는 이불을 끌어당기고 침대를 매만지며 옛 주인의 머리에 베개를 베어 주었다. 그 옛 주인은 가슴에 치밀어오르는 지난날의 기억에 몸을 떨면서 여전히 흐느끼고 있었다.

잔느가 겨우 정신을 차리고 물었다.

"어떻게 왔니?"

로잘리가 대답했다.

"이렇게 된 마님을 혼자 계시게 할 수는 없었죠."

잔느는 말을 이었다.

"네 얼굴이 잘 보이게 촛불을 켜봐."

머리맡 테이블 위에 촛불을 놓자 그들은 한동안 얼굴만 마주보고 있었다. 그러다가 잔느가 이제는 늙어버린 하녀에게 손을 내밀며 말했다.

"네가 말을 안 했으면 몰랐을 거야. 무척 많이 변했구나. 그래도 나처럼 변하진 않았어."

그 말을 들은 로잘리는 옛날에 헤어질 때는 젊고 아름답던 아씨가 이제는 야윈 백발의 할머니가 된 것을 뜯어보면서 말했다.

"정말 많이 변하셨어요, 마님. 생각보다 많이 변하셨어요. 하지만 생각해보면 무려 24년이니 무리도 아니지요."

두 사람은 또다시 깊은 생각에 잠겨 입을 다물었다. 한참만에 잔느가 물었다.

"너는 행복했지?"

로잘리는 너무 마음 아픈 추억에 주저하면서 말했다.

"네…, 마님. 별로 불행하지는 않았습니다. 아마 마님보다는 행복했겠지요. 하지만 한 가지 늘 마음에 걸리는 일이 있었어요. 이 집에 못 있게 된 것이…."

무심코 그 말을 꺼낸 그녀는 깜짝 놀라서 얼른 입을 다물었다. 그러나 잔느는 상냥하게 말을 이었다.

"어쩌겠니? 사람의 일이란 항상 마음먹은 대로 되는 게 아니지. 나도 과부가 되었잖아?"

그리고는 짙은 고뇌가 그녀의 목소리를 떨리게 했지만 말을 계속 했다.

"너는 그 뒤로 다른… 아이도 낳았니?"

"아뇨, 마님."

"그럼 그… 아들은 어찌 되었니? 그 애한테 만족하고 있니?"

"네, 마님. 일도 잘하고 아주 좋은 애입니다. 여섯 달 전에 장가를 들었죠. 제 대신 농사를 지을 겁니다. 제가 이렇게 마님 곁에 와 있게 되었으니까요."

잔느가 감동하여 중얼거렸다.

"그래, 다시는 내 곁을 떠나지 않겠지?"

로잘리는 성급하게 대답했다.

"그럼요. 마님, 그럴 작정으로 온 걸요."

두 여인은 잠시 말을 끊었다.

잔느는 자기도 모르게 두 사람의 운명을 비교해 보았다. 그러면서도 체념이 되어서인지 마음이 조금도 괴롭지 않았다. 그녀는 물었다.

"남편은 어땠어?"

"착한 사람이었어요. 게으름뱅이도 아니고, 돈도 아낄 줄 알았어요. 결핵으로 죽었지만요."

잔느는 좀더 여러 가지를 알고 싶어서 침대에서 일어나 앉았다.

"네가 살아온 일들을 얘기해 봐. 그런 것들이 내 마음을 달래 줄 것 같아."

로잘리는 의자를 당겨 앉아 자신의 일, 집안의 일, 주변의 일들을 늘어놓기 시작했다. 시골 사람들이 흔히 그렇듯 집 마당을 설명하기도 하고, 지난날 즐겁던 때를 이야기하면서 웃기도 하면서 농가의 안주인답게 목소리가 조금씩 커졌다. 그리고 끝에는 이렇게 단언했다.

"부동산도 있고 해서 지금은 아무런 걱정이 없습니다."

그러더니 머뭇거리다가 목소리를 낮추어 말했다.

"다 마님 덕택입니다. 그래서 드리는 말씀인데 이제 대가는 필요 없어요. 돈을 받는다는 건 당치 않습니다. 만일 그게 싫으시면 저는 돌아가겠어요."

잔느가 대답했다.

"설마 하나도 안 받고 나와 있겠다는 건 아니지?"

"오! 마님, 돈을 받다니! 저도 마님만큼은 돈이 있습니다. 아시겠어요? 저당에 빚에 이자도 못 갚고 그런 것 다 제하면 얼마나 남겠어요. 아시지요? 아마 모르실 거예요. 제 생각에는 수입이 1년에 1만 프랑도 되지 않을 것 같아요. 1만 프랑으로는 어려워요. 하지만 제가 어떻게든 빠른 시일 안에 해결해 보겠습니다."

로잘리는 다시 큰 소리로 이 집안의 이익금이 무산되었다느니 파산이 눈앞에 닥쳤느니 하면서 억울해 했다. 그리고 잔느의 얼굴에 엷은 미소가 스치자 성난 소리로 외쳤다.

"웃으실 일이 아니에요, 마님. 돈이 없으면 대접을 못 받는답니다."

잔느는 로잘리의 손을 잡고 늘 머릿속을 떠나지 않는 어떤 생각에 쫓기면서도 편안하게 말했다.

"내겐 운이 없었어. 만사가 틀어지기만 했지. 불행이 나를 따라다닌 거야."

로잘리는 고개를 저었다.

"그렇게 생각지 마세요, 마님. 남편을 잘못 만났었다는 것뿐입니다. 상대편을 잘 알지 못하고 시집을 갔다고 누구나 그렇게 되는 건 아니잖아요."

이렇게 그녀들은 오랜 친구끼리 하듯이 한없이 신세타령을 했다.

동이 터오는데도 그녀들의 이야기는 끝이 없이 계속되고 있었다.

12

로잘리는 일주일 만에 집안 살림살이를 도맡아 처리했다. 잔느는 모든 것을 맡기고 로잘리가 하자는 대로 했다. 몸도 쇠약해져서 돌아가신 어머니가 그랬듯이 다리를 끌며 로잘리의 부축을 받아 외출을 하고, 로잘리는 잔느를 천천히 산책시키며 부드러운 말로 잔소리도 하고, 기운을 북돋아 주기도 하며 마치 아픈 아이를 돌보듯 했다.

그녀들의 얘기는 늘 판에 박은 듯이 지난날의 이야기였다. 잔느는 서글프게 이야기했고, 로잘리는 농사꾼 여자답게 침착한 말씨로 이야기했다. 로잘리는 적은 수입에 대해서 몇 번이고 이야기를 했다. 그리고 서류를 자신에게 달라고 했다. 그 서류는 실무에 어두운 잔느가 아들의 일을 부끄럽게 생각해서 로잘리에게 숨기고 있는 것이었다.

로잘리는 일 주일을 날마다 페캉까지 가서 잘 아는 변호사로부터 자세한 설명을 들었다.

그리고 어느 날 저녁에 잔느를 침대에 눕히고 나서 그 머리맡에 앉더니 말을 꺼냈다.

"자, 마님. 편히 쉬면서 제 이야기를 들으세요."

그녀는 이 집안의 형편을 털어놓고 이야기했다.

모든 걸 정리하면 일 년에 7~8천 프랑 정도의 수입 외엔 다른 수입은 전혀 없다는 것이었다.

잔느가 대답했다.

"그래 그게 어때서? 나는 오래 살지 못한다. 죽을 때까지 그거면 충분해."

로잘리는 화를 냈다.

"마님은 그것으로 충분하시겠죠. 그러나 폴 도련님은 어쩌죠? 폴 도련님에게 아무것도 안 남길 작정이세요?"

잔느가 몸서리를 쳤다.

"제발 부탁이야. 그 애 이야기는 말아 줘. 생각만 해도 가슴이 답답해."

"저는 말씀을 드려야겠습니다. 마님은 용기가 없어요. 폴 도련님도 물론 한심하고요. 그러나 오래 가지 않습니다. 그러다 결혼도 하시겠죠, 어린애도 낳을 거고. 어린애를 키우려면 돈이 듭니다. 자아, 마님. 제 말씀을 잘 들으세요. 레 페플을 파시는 겁니다…."

잔느는 벌떡 일어나 침대 위에 앉았다.

"레 페플을 팔아! 왜 그런 말을? 당치도 않는 소리!"

로잘리는 요지부동이었다.

"팔아야 해요, 마님. 어쩔 수 없는 일입니다."

로잘리는 자신의 생각과 계획, 그리고 팔아야 할 이유 등을 설명했다. 레 페플과 거기에 딸린 두 개의 농장을 팔면 생 레오나르에 네 개의 농장을 살 수 있고, 그것으로 연 8천 3백 프랑의 수입은 된다는 것이었다. 그 중에서 연 1천 3백 프랑을 관리비용으로 제하고, 남는 7천 프랑에서 5천 프랑을 생활비로 쓰고, 2천 프랑은 비상금으로 저축을 한다는 것이었다.

로잘리는 덧붙였다.

"이것으로 처리할 것은 다 처리했으니 남는 건 없어요. 열쇠는 제가 맡겠어요. 폴 도련님에게는 한 푼도 줄 수 없습니다. 그렇지 않으면 하나도 남기지 않고 빼앗아 갈 테니까요."

잔느는 소리를 죽이며 울고 있다가 중얼거렸다.

"먹고 살 수가 없다면?"

"배가 고프면 돌아오시겠죠. 집에는 잠자리와 음식이 있습니다. 마님이 처음부터 돈을 안 주셨으면 그런 못난 짓은 안 했을 겁니다."

"그 애는 빚을 졌어. 빚을 갚지 않으면 욕을 당할 상황이었으니까."

"마님이 한 푼도 없게 되면 도련님이 계속 그런 짓을 할까요? 아무튼 지금까지는 갚아주셨어요. 그러나 이제부터는 절대로 안 됩니다. 마님, 어서 주무세요."

말을 마치고 그녀는 나가버렸다.

잔느는 레 페플을 팔고 떠나야 한다고 생각하니 잠을 이룰 수 없었다.

다음 날 로잘리가 방에 들어오자, 잔느는 말했다.

"난 여기를 떠나지 못할 것 같아."

그러자 그녀는 화를 냈다.

"그렇게 하셔야만 해요. 마님. 변호사가 집을 살 사람을 데리고 올 겁니다. 그렇게 안 하면 4년 후에 마님은 무일푼이 되십니다."

잔느는 망연자실해서 이 말만 되풀이했다.

"난 못해, 할 수 없어."

그로부터 한 시간 후에 우편배달부가 폴의 편지를 가지고 왔다. 또다시 1만 프랑을 보내달라는 내용이었다. 난감한 잔느는 로잘리에게 의논했다. 로잘리는 팔을 휘저으면서 말했다.

"아까 뭐라고 말씀드렸어요, 마님? 오, 제가 이 집에 오지 않았다면 두 분 다 무일푼이 될 뻔했습니다."

잔느는 로잘리의 말대로 다음 같은 편지를 아들에게 써 보냈다.

사랑하는 폴

나는 이제 너에게 아무것도 해줄 수가 없다. 너는 나를 파산시켰다. 레 페플도 팔게 되었다. 그러나 네가 그렇게 속을 썩인 이 늙은 어미 곁으로 오고 싶다면 언제라도 오너라. 네가 생활할 곳만은 마련하고 기다린다는 것을 잊지 말아라.

변호사가 제당업을 했다는 조프랭 씨를 데리고 오자, 잔느는 그들을 집 안 구석구석까지 안내했다.

한 달 후 매매 계약서에 서명하고 바트빌르 마을에 있는 작은 집을 샀다. 그 집은 고데르빌르에서 가까웠고, 몽티빌리와 연결되어 있었다.

그리고 나서 잔느는 '어머니의 산책길'을 저녁때까지 홀로 걸었다. 그녀는 가슴이 찢어지는 것 같았다. 지평선과, 나무들과, 플라타너스 밑의 벤치에 이별을 고했다. 그녀의 마음속에 못 박힌, 그녀가 너무도 잘 알고 있는 것들 — 방풍림, 자주 앉아서 광야를 내려다보던 언덕, 줄리앙이 죽던 무섭던 날, 푸르빌르 백작이 바다로 달려가는 것을 바라보고 있던 언덕, 자주 기대던 가지가 부러진 느릅나무 — 정든 뜰의 구석구석에 마지막 이별을 눈물로 고했다.

로잘리가 뛰어나와 팔을 잡더니 부축해서 안으로 데리고 들어갔다. 스물다섯 살쯤 되어 보이는 체격이 큰 농부가 문앞에서 기다리고 있었다. 그리고 오래 전부터 알고 있었다는 듯이 다정스럽게 인사를 했다.

"잔느 마님, 안녕하세요? 어머니가 이삿짐을 거들라고 해서요. 가져가실 물건을 말해주시면 짬을 내서 날라다 드리겠습니다."

로잘리의 아들이었다. 줄리앙의 자식이고, 폴의 형인 것이다.

그녀는 심장이 멎는 것 같았다. 그랬지만 이 젊은이에게 입맞춤해 주고 싶은 심정이었다. 그녀는 혹시 줄리앙이나 폴을 닮지 않았나 해서 젊은이의 얼굴을 찬찬히 뜯어보았다. 혈색이 붉은 청년으로 어머니를 닮아 금발에 푸른 눈을 하고 있었다. 그러면서 줄리앙을 닮고 있었다. 어디가, 어떤 모습이 닮았나 하고 뜯어보니 판단이 가지는 않았다. 다만 얼굴 생김새가 어딘지 모르게 닮아 있었다.

젊은이가 다시 말했다.

"지금 말씀해주시면 좋겠습니다."

이사 갈 집이 작아서 무엇을 가져가야 할지 그녀는 아직 작정을 못하고 있었다. 그래서 주말에 다시 한번 와 달라고 부탁했다.

이제는 머리에 이사할 생각으로 꽉 차서 그것이 그녀의 어둡고 절망적이던 생활에 청량제가 되었다.

　그녀는 방마다 돌아다니며 필요한 가구를 살폈다. 그것들은 어느 것이나 그녀에게 지난날의 일들을 생각나게 해 주는 것들이었다. 모두가 생활의 일부분이었던 친근한 가구들이었다. 어렸을 때부터 기쁘거나 슬픈 추억들이 맺혀져 있고 역사가 새겨져 있는 것들이었다. 낡고 닳아 여기저기 구멍이 나고, 찢어지고 헐거워지고 빛이 바랜 가구들이었지만 즐거울 때나, 우울할 때의 말없는 벗이었다.

　그녀는 그것들을 하나씩 골라내면서 중대한 결심을 할 때처럼 생각의 갈피를 잡지 못하고 망설였다. 책상 서랍을 열고는 옛 일을 되새기기도 했다.

　그녀가 가져가야겠다고 고른 물건들은 곧장 식당으로 운반되었다.

　그녀는 자기 방에서 쓰던 가구는 모두 가져가고 싶었다.

　거실의 의자도 몇 개 가져가기로 했다. 의자에 그려진 그림들이 어릴 적부터 마음에 들었기 때문이었다. 여우와 황새, 여우와 까마귀, 매미와 개미, 그리고 우울해 보이는 백로가 그려진 그림이었다.

　머지않아 떠나야 할 집의 구석구석을 돌아보다가 어느 날 다락에 올라갔다. 그리고 놀란 나머지 그 자리에 우뚝 서 버렸다. 갖가지 종류의 물건들이 두서없이 쌓여 있었는데 예전에 본 기억이 있는 것들로, 어느 순간 없어져 버렸던 물건들이 무수히 눈에 띄었다. 그것들은 날마다 보면서도 눈여겨보지 않았던 하잘것없는 낡은 물건들이었다. 그것들이 돌연히 여기 이 다락방에서 자기가 놓아 둔 장소가 분명히 생각나는 다른 물건 옆에서 발견되자 갑자기 잊혀 졌던 연인이나 오랜만에 다시 만난 친구와 같은 생각이 드 는 것이었다. 오랫동안 서로 마음을 트지 못하고 사귀어 오 던 사람들이 어느 날 밤에 우연한 일로 마음의 밑바닥까지 보여주며 이야기하는 심정과 같은 느낌이라고 할까.

설레는 마음으로 하나씩 둘러보면서 그녀는 마음속으로 중얼거렸다.

"오, 이 사기 찻잔은 내가 깨뜨린 건데. 아마 결혼하기 얼 마 전 밤이었을 거야. 여기 어머니의 조그만 등잔이 있구 나, 아버지의 지팡이도 있고. 비에 젖은 울타리를 고치다가 부러뜨렸는데 여기에 있었구나."

그녀가 알지 못하는 물건도 많았다. 조부 때의 것인지, 증조부 때의 것인지 아무튼 그녀에게는 전혀 기억이 없는 것들이었다. 자기들의 시대와는 다른 시대로 옮겨와 자신 들이 버림받은 것을 슬퍼하고 있는 듯한 먼지투성이의 물 건들이었다. 어느 것도 그 내력이나 운명을 모르고 그것을 골라서 소유하고 사랑했으며, 쓰다듬어주고 즐거운 눈길로 바라보던 사람들을 알고 있는 것도 아니었다.

잔느는 쌓인 먼지에 손자국을 내면서 그것들을 만져보고 뒤적거려 보았다. 그리고 지붕에 난 두서너 장의 조그마한 유리창을 통해서 들어오는 흐릿한 햇빛을 받으며 그 낡은 물건들에 둘러싸여 우두커니 서 있었다.

그리고는 가지고 갈 물건을 챙겨 놓은 뒤 아래로 내려가 서 로잘리에게 다락방의 물건들을 내려오라고 했다. 로살리는 화를 내며 거절했다. 그러나 고집을 세울 줄 모르던 잔느도 이번만은 하고 싶은 대로 했다.

어느 날 아침, 줄리앙의 아들인 젊은 농사꾼 드니 르콕이 짐수레를 끌고 왔다. 로잘리는 가구를 싣고 적당한 장소에 정리해 놓기 위해 아들을 따라갔다. 혼자 남자 잔느는 절망 감에 사로잡혀 온 집안을 돌아다니기 시작했다. 그리고 뜨 거운 사랑의 감정이 솟구쳐서 가지고 갈 수 없는 모든 것에 입맞춤했다.

이 방에서 저 방으로 실성한 사람처럼 눈물을 흘리며 돌 아다녔다. 그리고는 바다와 이별을 하려고 밖으로 나왔다. 9월 말이었다. 낮게 앉은 잿빛 하늘이 온 세상을 덮고 있 었다. 노랑색 바다가 멀리 펼쳐져 있었다. 그녀는 절벽 위 에 선 채로 한참동안 꼼짝도 안 했다. 온갖 괴로운 추억들 이 주마등처럼 지나갔다. 밤이 되어서야 그녀는 집으로 돌 아왔다. 지금까지의 모든 슬픔들이 그날 하루에 모두 일어 난 느낌이었다. 로잘리는 돌아와서 잔느를 기다리고 있었 다. 로잘리는 새로 이사할 집이 마음에 들어, 길에서 멀리 떨어진 이 집보다는 훨씬 좋다고 말했다.

잔느는 밤새도록 울었다.

집이 팔렸다는 사실이 알려지자, 소작인들은 그녀에게 필요 이상의 존경심을 보이지 않았으며, 자기들끼리 말로 그녀를 '넋 나간 여자'라 불렀다. 별다른 이유가 있는 것은 아니었고, 자기들만이 갖는 인간의 본능에서 보면 그녀의 날로 더해 가는 병적인 감성과 지나친 몽상, 거듭되는 불행 으로 흔들리는 정신적인 혼돈을 간파한 때문이었다.

떠나기 전날, 그녀는 우연찮게 마구간으로 들어갔다가 때마침 들리는 동물의 울음소리에 몸을 떨었다. 그것은 마사크르였다. 요즘 몇 달 동안 개의 일은 까맣게 잊고 있었다. 죽을 때가 된 개는 눈도 안 보이고 몸도 둔했으나 아직도 돌봐 주는 루디빈느 덕택에 짚더미 위에서나마 목숨을 부지하고 있었다. 잔느는 개를 끌어안아 입맞춤해주고 집 안으로 데리고 들어갔다. 절구통처럼 살이 찐 개는 양쪽으로 벌어진 둔한 다리로 뒤뚱거리면서 나무로 만든 장난감 개처럼 짖었다.

마지막 밤이었다. 자기 방의 침구를 치워 버렸기 때문에 잔느는 줄리앙의 방에서 잤다. 몸은 마치 먼 길을 달리고 난 뒤처럼 기진맥진해져서 거친 숨을 쉬며 잠자리에서 일어났다. 수레는 뜰 안에 들어와서 이미 짐을 다 실어 놓고 있었다. 또 한대의 이륜마차는 여주인과 로잘리가 타고 갈 마차였다.

시몽 영감과 루디빈느는 새 주인이 올 때까지 기다리기로 했고, 그 뒤에는 각각 친척집에 몸을 의탁하기로 되어 있었다. 그들은 잔느에게서 연금을 조금씩 받았다. 그들은 모아 놓은 돈도 있었다. 그들도 지금은 잔소리나 하는 늙어 쓸모없는 하인들일 뿐이었다.

마리우스는 아내를 얻어서 벌써 오래 전에 이 집에서 나가고 없었다.

여덟 시가 되어가자 비가 내렸다. 바다 쪽에서 미풍에 실려 오는 차가운 비여서 수레 위에 덮개를 씌워야 했다.

나뭇잎이 떨어지기 시작했기 때문에 식탁 위의 거끼 산

에서 김이 나고 있었다. 잔느는 조금씩 마셨다. 그리고는 일어나서 "이만 떠나지, 로잘리!" 하고 말했다.

그녀는 모자를 쓰고 목도리를 두르고 나서 로잘리가 장화를 신기는 동안 목 멘 소리로 말했다.

"로잘리, 기억해? 우리가 루앙을 떠나 이리로 올 때 비가 얼마나 내렸는지 말이야."

말을 마치자 경련이라도 난 듯이 양손을 가슴에 대더니 의식을 잃고 뒤로 넘어졌다.

한 시간도 넘게 그녀는 죽은 듯이 누워 있었다. 눈을 떴으나 다시 경련이 나고 눈물이 걷잡을 수 없이 흘렀다.

얼마간 진정은 되었으나, 갑자기 기력이 다한 듯 일어설 수가 없었다. 그러나 출발이 더 늦어지면 다시 발작이 일어날까 염려되어서 로잘리는 아들을 불러왔다. 둘이서 잔느를 안아서 마차까지 데려가서 좌석에 앉혔다. 로잘리는 잔느 곁에 앉아 큰 망토로 어깨를 푹 덮어 주었다. 그리고 머리 위로 우산을 펴들며 큰 소리로 외쳤다.

"빨리 해라, 드니. 어서 떠나자."

젊은이는 어머니 곁에 올라왔으나 자리가 없어 엉덩이만 겨우 걸치고는 급히 말을 몰았다. 말이 빨리 달렸기 때문에 두 여인의 몸은 몹시 흔들렸다. 마을 모퉁이를 돌 때 누군가 길에서 서성거리고 있는 것이 눈에 띄었다. 톨비악 신부였다. 잔느의 출발을 기다리고 있는 듯했다.

신부는 수레가 지나가게 비켜섰다. 흙탕물이 튈까 한 손으로 검은 옷자락을 올려 잡고 있었는데 검은 양말을 신은 발에 흙투성이가 된 큼직한 구두를 걸치고 있었다.

잔느는 신부와 눈이 마주칠까 봐 눈을 내리깔았다. 그러나 모든 사실을 다 아는 로잘리는 화가 났다.

"나쁜 놈! 못된 놈!" 하고 중얼거리다가 아들의 손을 잡으며 "채찍으로 한 대 때려버려라." 하고 말했다.

그 말을 듣고 젊은이는 신부 옆을 지나면서 마차 바퀴를 구덩이 속으로 빠뜨려서 흙탕물이 튀게 해 사제는 머리에서 발끝까지 그것을 흠뻑 뒤집어써버렸다.

로잘리는 통쾌해서 뒤를 돌아보며 커다란 손수건으로 몸을 닦고 있는 신부를 향하여 주먹질을 했다. 5분쯤 달렸을 때 갑자기 잔느가 외쳤다.

"마사크르를 잊고 왔어!"

할 수 없이 마차를 세웠다. 드니가 개를 데리러 달려갔다. 그 동안 로잘리가 고삐를 잡고 있었다.

이윽고 젊은이가 털이 빠진 볼품없는 개를 안고 나타나자, 두 여인은 자기들의 사이에 놓았다.

13

두 시간 뒤에 마차는 작은 벽돌집 앞에 멎었다. 이 집은 큰길 가까이에 있는 과수원 한복판에 세워진 집이었다.

인동덩굴이 타고 오른 격자 울타리가 정원의 네 모퉁이를 싸고 있었다. 정원이라고는 하지만 과실수가 심어진 여러 갈래의 좁은 길이 있는 네모꼴의 작은 채소밭이었다. 높은 나무 울타리가 이 일대를 둘러싸고 있었으며, 이웃 농가와의 사이에 밭이 있었다. 대장간이 조금 떨어진 건너편의 길가에 자리 잡고 있는 것을 빼고는 가까운 집이 1킬로미터나 멀리 있었다.

어느 쪽에서나 평야를 바라볼 수 있었다. 여기저기에 흩어져 있는 농가는 안뜰에 사과나무가 있고 커다란 나무들로 둘러싸여 있었다.

잔느는 도착하자 곧 쉬고 싶다고 했으나 다시 공상에 빠질까 염려되어서 로잘리가 허락지 않았다.

고데르빌르에서 목수가 가구를 손보러 왔다. 곧 도착할 다른 마차를 기다리는 동안에 이미 부려놓은 가구들을 정리하기 시작했다.

가구 정리도 꽤 큰일이어서 한참을 의논해야 했다. 한 시간 정도 지나서 다른 짐마차가 울타리 쪽에 나타났다. 비를 맞으며 짐을 부려야 했다.

저녁이 되자 집안은 아무렇게나 쌓아 놓은 짐들로 매우 어수선했다. 잔느는 너무 피곤해서 잠자리에 들자 금방 잠이 들었다.

그 후 며칠 간, 잔느는 추억에 잠겨 있을 겨를이 없었다. 일이 많았고, 새집을 꾸미는데 대한 즐거움을 느끼고 있었다. 아들이 이 집에 돌아올 것이라는 생각도 그녀의 머리에서 맴돌았다. 전에 자기 방에 걸었던 벽걸이는 식당에 걸기로 했다. 식당은 거실도 겸하고 있었다. 그녀는 이층에 있는 두 개의 방 중에서 하나를 특별히 정성들여 꾸몄다. 그 방은 그녀의 마음속에 폴레의 방이라고 이름 지어져 있었다. 또 하나의 방을 자신의 방으로 정하고 로잘리는 그 위의 다락방 옆에서 거처하기로 했다.

작은 집도 정성을 다해 수리를 하고 나니 아담한 집이 되었다. 아무튼 얼마 동안은 잔느도 이 집이 마음에 들었다.

어느 날 아침, 페캉에서 심부름을 온 사람이 3천6백 프랑을 가지고 왔다. 레 페플에 남기고 온 가구를 가구상이 어림잡아 치른 돈이었다. 잔느는 돈을 받으며 기쁨에 몸을 떨었다. 심부름을 온 남자가 가 버리자, 그녀는 되도록 빨리 고데르빌르로 가서 돈을 폴에게 부치려고 했다.

그녀가 큰길을 바삐 걸어가는데 시장에서 돌아오는 로잘리와 마주쳤다. 로잘리는 금방 상황을 알 수는 없었으나 수상하다고 생각했다. 잔느가 그녀에게만은 숨길 수 없어 사실을 털어놓자, 로잘리는 바구니를 내려놓았다.

그녀는 주먹 쥔 손으로 허리를 짚더니 소리를 질렀다. 그리고 오른손으로 주인을 붙잡고, 왼손으로는 장바구니를 들고는 화를 삭이지 못하며 집으로 향했다.

집에 돌아오자 그녀는 곧 돈을 달라고 했다. 잔느는 6백 프랑을 남겨 놓고 나머지를 주었다. 그러나 그것도 그녀에게 발각되어 하는 수 없이 모두 주지 않으면 안 되었다.

로잘리는 6백 프랑만은 폴에게 부쳐줄 것을 허락했다.

며칠 후에 폴에게서 고맙다는 편지가 왔다.

사랑하는 어머님

덕택에 무척 도움이 되었습니다. 저희들은 몹시 곤란하던 참이었습니다.

잔느는 아무래도 이 바트빌르에 정이 들지 않았다.

어쩐지 옛날처럼 살 수 없을 것 같은 생각이 늘 머리에서 떠나지 않고 점점 더 외로워지는 것 같아서 못 견딜 지경이었다. 그녀는 부근을 한 바퀴 돌아보려고 베르뇌이의 마을까지 갔다가 트르와마르를 지나서 돌아왔지만, 집에 돌아오면 다시 나가고 싶은 충동으로 또 일어서는 것이었다. 이런 충동의 원인이 무엇인지 그녀는 알지 못했지만 매일처럼 되풀이되었다.

그러면서도 이 알 수 없는 욕구의 정체를 몰랐다. 그러던 어느 날 저녁, 무심코 그녀가 입에 담은 한 마디가 그녀의 불안한 마음의 비밀을 들춰냈다. 그녀는 저녁식사를 하려고 앉으면서 자신도 모르게 말했던 것이다.

"아! 바다가 보고 싶어!"

그렇게도 그녀에게 까닭모를 아쉬움을 주었던 것은 바로 바다였다.

25년 동안 줄곧 그녀와 마주하고 있던 바다, 소금 냄새 풍기는 대기와 노여움과 으르렁대는 소리와 강렬한 바람을 지닌 바다, 그녀가 아침마다 레 페플의 창가에서 바라보던 바다, 그녀가 밤이나 낮이나 숨쉬던 바다, 자신의 몸 가까이에서 느끼던 바다, 무의식 속에서 마치 인간을 대하듯 사랑을 느꼈던 바다였던 것이다.

마사크르 역시 마지막 몸부림을 치며 지내고 있었다. 이곳에 온 그 날 밤부터 부엌 찬장 밑에 웅크리고 앉은 후론 그 자리를 떠나지 않았다. 꼼짝 않고 종일 그 자리에 있었다. 가끔 거친 신음소리를 내면서 뒤척거릴 따름이었다.

그러다가 밤이 되면 일어나서 벽에 부딪치며 문이 있는 쪽으로 다리를 끌며 나가는 것이었다. 그리고 문 밖에서 잠시 있다가 돌아와서 여주인이 잠자리에 들려고 하면 짖기 시작했다.

개는 밤새도록 슬프고 애처로운 소리로 짖어댔다. 때로는 울음을 그쳤는가 싶다가 이내 한층 더 비통한 소리로 짖는 것이었다. 할 수 없이 비어있는 통 안에 가두었지만, 그 소리가 창문 밑에서 들렸다. 아프고 다 죽어가는 것이 측은해서 할 수 없이 다시 부엌에 들여놓았다.

이 늙은 개는 예전의 집이 아니라는 것을 알고 전에 살던 곳을 향해 끊임없이 몸부림치고 짖어댄 것이다.

아무래도 개를 진정시킬 수는 없었다. 낮에는 잠만 자다가 어둠 속에서만 살아 움직이는 듯 해가 떨어지고 어둠이 다가오면 몸부림치며 헤매었다.

그러던 어느 날 아침에 죽어 있는 개를 보고 모두 안도의 숨을 내쉬었다.

겨울이 깊어가고 있었다. 잔느는 깊은 좌절감에 사로잡혀 있었다. 영혼을 괴롭히는 고통이 아닌 우수에 찬 암담한 슬픔이었다. 무엇 하나 그녀를 달래줄 위안거리는 없었다. 그녀를 위로해 주는 사람도 없었다. 문 앞의 큰길은 좌우로 길게 뻗어 인적이 드물었다. 가끔 이륜마차가 빠른 속도로 지나갔다. 얼굴이 붉은 마부가 입고 있는 작업복은 바람을 품어 파란 풍선처럼 부풀어 있었다. 때로는 짐마차가 천천히 지나갔다. 때로는 멀리서 두 사람의 농부가 걸어오는 것이 보일 때도 있었다.

풀이 다시 돋아나는 철이 되면 짧은 치마를 입은 소녀가 아침마다 깡마른 두 마리의 젖소를 몰고 울타리 앞을 지나갔다. 소는 길가의 개울을 따라 풀을 뜯으며 걸어갔다. 저녁나절이면 소녀는 아침과 마찬가지로 졸리는 걸음걸이로 돌아갔다. 겨우 한 발짝씩 떼며 소의 뒤를 따라갔다.

잔느는 밤마다 아직도 레 페플에 살고 있는 꿈을 꾸었다.

옛날처럼 그녀는 부모님과 함께 있었으며, 리종 이모와 같이 있을 때도 있었다. 잊어버린 일, 지나간 일을 다시 해보기도 하고, 어머니를 부축하여 가로수 길을 걸어가고 있는 것같이 생각되기도 했다. 그리고 잠에서 깨면 으레 눈물이 흘렀다.

그녀는 늘 폴을 생각하고 있었다. '어떻게 지낼까? 형편이 어떨까? 가끔 어미 생각도 하고 있을까?' 하며 자신에게 묻기도 했다. 농장과 농장 사이의 길을 천천히 걸으며 서글픈 생각들을 하는 것이었다. 그러노라면 아들을 빼앗아 간 계집애에 대한 질투심으로 더 괴로웠다. 이 증오심이 아들을 찾아, 아들이 있는 곳으로 가지 못하게 하는 그녀의 유일한 방해물이었다. 그 계집애가 문 앞에 막아서서 '무슨 일로 오셨습니까, 부인?' 하고 묻는 모습을 상상했다. 어머니의 자존심이 이러한 만남의 가능성에 대해 심하게 반발했다. 그리고 그녀는 늘 순결하고 오점 없는 여인의 자부심으로, 마음까지 타락해버린 남자의 육체적 사랑의 비겁함을 한탄하지 않을 수 없었다. 그녀는 말초적인 애정의 감정이나, 인간을 타락시키는 육체적인 행위 등을 생각하면 인간이 불결한 것으로 느껴졌다.

봄과 가을이 다시 지나갔다.

그리고 장마비와 잿빛 하늘과, 어두운 구름과 더불어 가을이 다시 돌아왔다. 그녀는 그렇게 생활하는 것이 너무도 심란해서 폴레를 되찾기 위한 노력을 하기로 결심했다.

아들의 열정도 지금쯤은 식었을 것이다.

그녀는 눈물겨운 편지를 썼다.

사랑하는 아들아

제발 부탁이니 내 곁으로 돌아와 다오. 나는 이제 나이를 먹어 병들고, 일년 내내 로잘리와 둘이서 외롭게 지낸다. 지금은 큰길가 조그만 집에 살고 있다. 너만 곁에 있어 주면 모든 게 달라질 텐데. 그렇지 못하구나. 너를 7년 동안이나 못 만나고 살아왔다. 내가 얼마나 불행했는지, 얼마나 마음속으로 너만 믿고 살아왔는지 모를 거다. 너는 나의 생명이고 꿈이었다. 단 하나의 희망이고, 유일한 사랑이었다. 그런데 내 곁에 없구나. 나를 버리고 말았어!

부디 돌아와라. 귀여운 폴레야, 돌아와 입맞춤해다오. 늙은 어미에게 오기 바란다. 지금 어미는 절망적인 마음으로 손을 내밀고 있다.

— 잔 느

폴은 며칠 후에 답장을 보내왔다.

보고 싶은 어머니

돌아갈 수만 있다면 얼마나 좋겠습니까만, 제게는 돈이 한 푼도 없습니다. 다만 얼마라도 보내 주시면 곧 달려가겠습니다. 전부터 돌아가려고 마음먹고 있었습니다. 어머니가 바라는 것을 할 수 있는 의논을 하고 싶어서요.

저는 궁핍한 나날을 보내고 있습니다만, 제 아내의 욕심 없는 태도와 변함없는 애정은 제게는 너무 고마운 것입니다. 이런 사랑을 모른 척하면 안 됩니다. 예의도 바르다는 것은 아시리라 믿습니다. 교육도 바르게 받았고 책도 많이 읽습니다. 그녀가 제게 어떤 존재인지 어머니는 잘 모르십니다. 그래서 그녀와의 결혼을 허락 받고 싶습니다. 저의 가출을 용서하시고 저희들이 어머니를 모시고 살 수 있게 해 주십시오.

어머니도 그녀를 만나면 당장 승낙하실 겁니다. 정말 착하고 나무랄 데 없는 여자입니다. 어머니도 반드시 그 여자를 사랑하시리라 확신합니다. 저는 그녀 없이는 살 수 없습니다.

그리운 어머니, 답장을 기다리겠습니다. 그리고 저희들은 진심으로 어머니께 입맞춤을 보냅니다.

— 어머니의 아들 폴 드 라마르

잔느는 낙심했다. 편지를 무릎 위에 놓아두고 그대로 앉아 있었다. 아들을 붙잡아 놓고 한 번도 보내 주지 않으면서 절망한 어머니가 아들을 보고 싶은 욕구 때문에 마음이 약해져 더 이상 견디지 못할 때를 기다리는 여인의 약은 계획을 알았던 것이다.

그리고 폴의 그 여자에 대한 집념을 생각하니, 가슴이 찢어지는 듯 아팠다.

"그 애는 나를 사랑하지 않아, 사랑하지 않아."

로잘리가 들어왔다. 잔느는 중얼거리듯 말했다.

"그 애가 결혼한다는구나."

로잘리는 놀라서 펄쩍뛰었다.

"마님! 어림없어요. 절대로 허락하시면 안 됩니다. 폴 도련님도 딱하지, 그런 근본도 모르는 여자는 안 돼요."

잔느는 충격을 받았으나, 화를 내며 말했다.

"누가 허락한대? 그 애가 오지 않으면 내가 가서 만나지. 그럼, 내가 가야지. 가서 누가 이기나 결판을 내야겠어."

그녀는 당장 폴에게 편지를 썼다. 자신이 만나러 가겠다는 것과, 그 비천한 계집이 없는 곳에서 만나자고 썼다.

그리고 나서 답장을 기다리며 여행 준비를 했다. 로잘리는 트렁크에 주인의 옷과 속옷 등을 챙겨 넣었다. 외출복을 집어넣다가 로잘리가 소리쳐 말했다.

"이런, 입으실 만한 옷이 하나도 없군요. 사람들이 보면 창피하겠어요. 파리의 여인들이 보면 하녀인 줄 알겠어요."

잔느는 그녀가 하자는 대로했다. 두 여인은 고데르빌르에서 초록색 바둑판무늬의 천을 사서, 마을의 재봉사에게 맡겼다. 그리고 공증인 루셀 씨의 사무실로 가서 여러 가지 여행하는데 필요한 얘기를 들었다. 루셀 씨는 해마다 보름씩 파리를 다녀오기 때문이었다. 잔느는 28년 동안이나 파리에 가보지 못했던 것이다.

루셀 씨는 마차를 피하는 방법, 소매치기 당하지 않는 방법 등에 대해 설명을 해 주고, 돈은 옷 속에 꿰매 넣어두고 주머니엔 당장 필요한 돈만 넣으라고 충고했다. 값싼 음식점을 말해주고, 여인들이 잘 가는 곳을 두서너 집 가르쳐주었다. 숙소는 정거장 옆 노르망디 여관이 자신의 단골여관이니까 거기 가서 그의 소개로 왔다고 말하라고 했다.

6년 전부터 화제 거리로 등장한 철도가 파리와 르 아브르를 운행하고 있었다. 그러나 잔느는 슬픔 탓으로 이 지방 사람들의 화젯거리가 된 증기기관차를 구경할 마음의 여유가 없었다.

폴한테서는 답장이 없었다.

일 주일을 기다리고 다시 이 주일을 기다렸다.

아침마다 우편배달부를 만나러 큰길로 나가서 떨리는 목소리로 물었다.

"말랑댕 영감, 내게 오는 것은 없어요?"

그러면 그는 비바람에 시달린 쉰 소리로 "오늘도 없는데요, 마님." 하고 대답했다.

폴에게 답장을 못하게 하는 건 그 여자가 틀림없었다.

생각다 못해 잔느는 당장 떠나기로 했다. 로잘리도 함께 가려고 했으나 그녀는 여비 걱정을 하며 거절했다.

뿐만 아니라 그녀는 잔느한테도 3백 프랑 이상은 가져가지 못하게 했다.

"돈이 더 필요하면 기별을 하세요. 그러면 공증인한테 말해서 부치지요. 더 가져가야 도련님께 빼앗기겠지요?"

12월의 어느 날 아침, 그들은 드니 르콕의 마차에 올라탔다. 드니는 두 사람을 역까지 태워다 주려고 온 것이다. 로잘리는 잔느를 역까지 바래다주었다.

그들은 먼저 차비를 알아본 뒤 짐을 부쳐 놓고 기차를 기다렸다.

어떻게 기관차가 움직일까 하는 신기한 생각에 여행의 서글픈 목적 같은 것도 잠시 잊었다.

멀리서 기적 소리가 들렸다. 그들이 고개를 돌려보니 시커먼 기계가 점점 커지면서 다가오고 있었다. 조그마한 집 같은 것을 꽁무니에 달고 무서운 폭음을 내면서 그들 앞을 지나 멈춰 섰다. 그러자 역 안내원이 문을 열어 주었다. 잔느는 눈물을 훔치면서 로잘리에게 입맞춤을 하고 그 중의 한 칸에 올라탔다.

로잘리도 감정이 격해져서 소리쳤다.

"안녕히 다녀오세요, 마님. 몸조심하시고 빨리 돌아오세요!"

"다녀올게, 로잘리."

기적이 다시 울자 바퀴가 움직였다. 처음에는 느리다가 차츰 빨라지더니 곧 무서운 속력으로 달렸다.

잔느가 탄 칸에는 두 남자가 구석에 잠들어 있었다.

그녀는 들판과 나무와 밭과 마을이 눈앞에 스쳐가는 것을 바라보고 있었다. 엄청난 속력에 정신이 온통 끌려들어가는 것 같았다. 예전 평온하던 소녀시절의 단조롭던 세상과는 전연 다른 세상을 향하여 달려가고 있는 듯한 느낌이 들었다.

기차가 파리에 도착하니 벌써 어둠이 깔려 있었다. 누군가 잔느의 트렁크를 낚아채듯 집어 들었다. 그녀는 놀라서 그 남자 뒤를 따라갔다. 사람이 붐비는 곳이라 이리 밀리고 저리 밀리며 그 남자를 놓치지 않으려고 달음박질하다시피 뒤쫓아 갔다.

여관까지 오자, 그녀가 다급하게 말했다.

"루셀 씨 소개로 왔어요."

뚱뚱한 여주인이 점잔을 빼며 카운터에 앉아 물었다.

"루셀 씨가 누구요?"

잔느는 당황하며 말을 이었다.

"고데르빌의 공증인인데 늘 여기서 묵는다던데요."

뚱보 여주인이 말했다.

"그럴지 모르죠. 하지만 잘 모르겠습니다. 방이 필요하세요?"

"네, 그래요."

그러자 안내가 짐을 들고 앞장서서 이층으로 올라갔다.

그녀는 속이 쓰렸다. 식탁에 앉자 수프와 닭 날개 고기를 주문했다. 새벽부터 아무것도 먹지 않았던 것이다.

그녀는 촛불 밑에서 여러 가지 일을 회상하며 쓸쓸히 식사를 했다. 신혼여행에서 돌아오는 길에 이 도시에 들렀던 일과, 그때 줄리앙이 본심을 드러냈던 것 등을 회상했다. 그러나 그 때의 그녀는 젊었다. 남을 의심할 줄도 모르고 건강했다. 그러나 지금 그녀는 늙어서 몸도 부자유스럽고, 겁도 많아지고, 체력도 약해져서 하찮은 일에도 마음이 흔들리는 것이었다. 식사를 끝내고 창가로 가서 붐비는 거리를 내다보았다.

밖에 나가보고 싶었으나 그럴 기운이 없었다. 길을 잃을 것 같은 생각도 들었다. 그래서 침대로 가서 불을 껐다.

낯선 도시인데다 시끄럽고 또 여행의 피로도 겹쳐서 좀처럼 잠을 이룰 수가 없었다. 시간이 지나면서 밖의 소음은 차츰 가라앉았으나 도회지가 갖는 이상한 정적에 신경이 써져서 여전히 잠을 이루지 못했다. 그녀는 모든 것을 잠들게 하는 전원의 고요하고 깊은 밤에 습관 되어 있었다. 그런데 지금 그녀는 자기의 주위에서 알 수 없는 움직임을 느끼고 있었다. 들릴까말까 한 사람의 목소리가 여관의 벽을 타고 스며들 듯이 들려왔다. 가끔 복도가 울리고, 문 닫는 소리에, 초인종이 울리기도 했다.

새벽 2시쯤, 그녀가 겨우 잠이 들려고 하자 갑자기 옆방에서 여자의 고함 소리가 들렸다. 잔느는 벌떡 일어나 앉았다. 뒤이어 남자의 웃음소리가 들리는 듯했다.

날이 밝아 오자 폴의 일이 걱정되어 견딜 수가 없었다. 곧 옷을 입었다. 폴은 소바즈 거리에 살고 있었다. 돈을 아끼라는 로잘리의 충고에 따라 거기까지 걸어갈 작정이었다. 날씨는 맑았으나 한기가 살을 에는 듯했다. 사람들이 달리듯이 걷고 있었다.

그녀는 가르쳐 준 길을 급히 걸어갔다. 길의 막다른 골목에서 오른쪽으로 꺾고 다시 왼쪽으로 꺾어져 광장이 나오면 거기서 길을 다시 물어야 했다. 그러나 그 광장을 못 찾아 어느 빵 가게에 가서 물었더니 엉뚱한 길을 가르쳐 주었다. 그녀는 다시 걸어갔으나 길을 잃고 헤매다가 어디가 어딘지 알 수 없게 되어 버렸다.

그녀는 정신 나간 사람처럼 발길 닿는 대로 걸었다. 마차를 부르려고 할 때 세느강이 눈에 들어왔다. 그래서 강가를 따라 걸어갔다.

한 시간쯤 뒤에 겨우 소바즈 거리를 찾았는데 아주 어둡고 뒷골목 같은 동네였다. 그녀는 문 앞에서 발걸음을 멈추었다. 가슴이 뛰어서 한 발도 떼놓을 수가 없었디.

여기, 이 집에 폴레가 있다.

무릎과 손이 마구 떨렸다. 그녀는 겨우 안으로 들어갔다. 좁은 입구를 따라가니 수위의 방이 보였다. 은화를 한 닢 내밀고 물었다.

"미안하지만, 폴 드 라마르 씨에게 어머니의 친구라는 사람이 아래 찾아왔다고 전해 주세요."

수위가 대답했다.

"그 사람은 이제 여기 살지 않아요, 부인."

그녀는 온몸을 떨며 겨우 물었다.

"네? 그럼 어디… 사나요?"

"모릅니다."

잔느는 금방이라도 쓰러질 것처럼 눈앞이 어지러웠다. 한참 동안 입도 열 수 없었다. 있는 힘을 다해서 정신을 차리고 물었다.

"언제 나갔어요?"

문지기가 자세히 말해주었다.

"보름이 됐습니다. 어느 날 밤에 늘 그렇듯이 둘이 같이 나가더니 그 길로 오지 않았습니다. 여러 곳에 빚을 져서 있는 곳을 알려주지 않아요."

잔느는 총을 맞은 것처럼 눈에서 불이 번쩍 났다. 오직 하나의 집념, 아들을 다시 찾아야겠다는 집념이 그녀로 하여금 이성을 잃지 않고 행동하게 했다.

"나가면서 아무런 말도 없었나요?"

"물론 아무 말 없었지요. 돈을 갚지 못했으니까 도망친 거예요. 그뿐입니다."

"하지만 누굴 시켜 편지라도 찾아갈 텐데요."

"편지도 없습니다. 일 년에 열 통 정도 올까요. 나가기 이틀 전에 한 통 전해 주었죠."

그것이 자기가 한 편지인 것 같았다. 그녀는 얼른 말을 받았다.

"나는 그 애의 어밉니다. 아들을 찾으러 왔어요. 10프랑 드릴 테니 그 애 소식을 알면 지체 없이 르 아브르 거리의 노르망디 여관으로 연락해 주세요. 사례는 충분히 하겠습니다."

문지기는 대답했다.

"잘 알겠습니다. 부인."

그녀는 그곳을 도망치듯 빠져나왔다. 아무 생각 없이 그냥 발길 닿는 대로 걷기 시작했다. 급한 볼일이라도 있는 것처럼 걸음을 재촉했다. 담장을 따라 걷다가 짐을 든 사람에게 부딪치기도 하고 마차가 오는 것도 모르고 길을 건너다가 마부의 호통을 듣기도 했다. 또 정신없이 걷다가 보도의 경계석에 발이 걸려 넘어질 뻔도 했다. 혼이 나간 사람처럼 그냥 앞만 보고 걸어갔다.

공원이 나왔다. 피곤하던 참이라 벤치에 걸터앉아 시간 가는 줄 모르고 울고 있었는데, 사람들이 지나가다가 걸음을 멈추고 바라보고 있는 걸 보니 꽤 오랫동안 울고 있었던 것 같았다. 심한 한기를 느껴 다시 걸으려고 일어섰다. 다리에 힘이 빠져 발걸음을 떼는데 너무 힘이 들었다. 그만큼 지쳐 있었던 것이다.

음식점에 들어가서 수프라도 마시고 싶었으나 수치신과

두려움으로 엄두가 나지 않았다. 마음속의 슬픔이 드러난 자신의 꼴이 부끄러웠기 때문이었다. 어느 순간, 음식점 문 앞에서 안을 살피다가 사람들이 식사를 하는 것을 보자 겁이 나서 돌아섰다. '다음 집에 들어가야지.' 하고 다짐했지만, 역시 들어가지 못했다. 겨우 어떤 빵 가게에서 초승달 모양의 조그마한 빵을 사서 먹으며 걸었다. 목이 말랐으나 물을 마시려면 어디로 가야 할지 몰라서 참았다.

둥근 지붕 밑을 지나니 울타리에 둘러싸인 공원이 또 나왔다. 그녀는 팔레르와이알(왕궁)이란 것을 그때 알았다.

햇볕을 쬐며 걸은 탓인지 심한 갈증이 나서 다시 한두 시간 앉아서 쉬었다.

사람들이 한 패 몰려 들어왔다. 모두가 고상해 보이는 사람들이었다. 이야기도 하고 웃기도 하고 인사를 나누기도 했다. 여인은 아름답고 남자는 부자고, 사치와 환락을 위해 살아가는 듯한 행복한 사람들이었다. 잔느는 그렇게 눈부시게 차려입은 사람들 틈에 있는 것이 난처해서 일어서 나오려고 하다가 문득 폴을 만날지도 모른다는 생각이 들어 사람들의 얼굴을 살피며 막연히 걷기 시작했다. 조심스러우면서도 빠른 걸음으로 공원 끝에서 끝까지 쉬지 않고 왔다 갔다 했다.

그러는 그녀를 돌아서서 유심히 보는 사람도 있었다. 손가락질하며 웃는 사람도 있었다. 그것을 알아차린 그녀는 도망치듯 나오면서 그 사람들이 자신의 모습과 옷을 보고 웃는 것이라고 생각했다. 로잘리가 골랐고, 그녀가 시키는 대로 고데르빌르의 재봉사에게서 맞춰 입은, 초록색 바둑

무늬의 옷이었다.

그녀는 길을 물을 기력조차 없었지만 가까스로 물어 겨우 자기가 묵고 있는 여관을 찾았다.

그녀는 그 날의 나머지 시간을 침대 옆 의자에 앉아 꼼짝 않고 지냈다. 그리고 그 전날처럼 수프와 고기를 조금 먹었다. 모든 행동을 습관적으로 마친 뒤 잠자리에 들었다.

이튿날은 경시청에 가서 아들을 찾아달라고 의뢰했다. 경시청에서는 장담은 못하지만 애를 써보겠다고 했다.

그녀는 아들을 만날지도 모른다는 막연한 희망을 안고 거리를 돌아다녔다. 사람이 붐비는 곳에 있으니 인적 없는 들판 한가운데 있는 것보다 더 외롭다는 생각이 들었다. 더 버림받은 것 같은 비참한 마음이었다.

저녁에 여관으로 돌아오니 폴한테서 왔다는 사람이 내일 다시 오겠다는 말을 하고 갔다고 했다. 심장이 두근거려서 그날 밤은 뜬눈으로 새웠다. 혹시 그 애가 아닐까? 여관 사람에게 여러 가지 물어봤지만 그것만으로 그가 폴이라고 단정할 수는 없었다. 하지만 그녀의 생각에는 그가 틀림없이 폴일 것 같았다.

아침 9시쯤에 문을 두드리는 소리가 들렸다. 그녀는 "들어와!" 하고 외치며 두 팔을 벌려 아들을 포옹할 자세를 취했다. 그러나 눈앞에 나타난 것은 낯선 사내였다. 그녀는 사내가 죄송하다는 말을 하고 자신의 용건, 즉 폴이 빌려간 돈을 받으러 왔다는 설명을 하는 동안 감추려고 해도 자꾸 솟아 나오는 눈물을 손으로 닦아내고 있었다. 사나이는 소바즈 거리의 수위에게 잔느가 왔다는 말을 듣고 폴을 찾다가 어머니에게 의논을 하러 왔다고 했다. 사나이가 내미는 종이 한 장을 그녀는 아무 생각 없이 받아들었다. 그녀는 90프랑이라고 적힌 숫자를 보고 돈을 꺼내서 당장에 갚았다. 그리고 그날 그녀는 밖에 나가지 않았다.

이튿날은 또 다른 빚쟁이가 왔다. 20프랑 정도를 수중에 남겨 놓고 돈을 다 주어 버렸다.

로잘리에게 편지로 현재의 상황을 알렸다. 로잘리의 답장을 기다리며 매일 거리를 돌아다녔다. 무엇을 해야 좋을지, 어디에서 이 비참하고 답답한 시간을 보내야 할지, 이야기를 주고받을 상대도 없고, 정처 없이 거리를 헤매면서도 마음은 당장 쓸쓸한 시골 길가의 작은 집으로 돌아가고 싶은 생각으로 가득했다.

불과 며칠 전만 해도 그녀는 그 집에서 살 수 없을 것 같았다. 그만큼 외로움이 그녀를 억압하고 있었던 것이다. 그런데 이제 자신의 침잠된 습관이 배어 있는 그 집이 아니면 못살 것 같은 생각이 든 것이다.

마침내 어느 날 저녁 로잘리의 편지와 2백 프랑의 돈을 받았다. 로잘리의 편지 내용은 이러했다.

잔느 마님, 빨리 돌아오세요. 돈은 더 부칠 수가 없습니다. 폴 도련 님은 다음에 소식이 오면 제가 가기로 하겠습니다.

— 마님의 하녀 로잘리

그래서 잔느는 바트빌르를 향해 떠났다. 눈이 나리는 몹시 추운 어느 날 아침이었다.

14

그 후 잔느는 전혀 외출을 하지 않았다. 매일 아침 같은 시간에 일어나서 창 밖의 날씨를 살피고 아래층으로 내려가서 벽난로 앞에 앉아 있는 것이었다. 그녀는 꼼짝도 않고 그렇게 앉아서 하루를 보냈다. 타오르는 불길을 가만히 바라보며 상처받은 상념에 잠기거나 자신의 비극적인 삶을 돌아보거나 했다. 어둠이 서서히 작은 집에 스며들어도 그녀가 움직이는 것은 겨우 벽난로에 불을 지피는 일 정도였다. 그러면 로잘리가 등불을 들고 와서 말을 걸었다.

"마님, 조금씩은 움직이세요. 그렇지 않으면 오늘도 시장기를 못 느끼십니다."

그녀는 자주 강박관념에 사로잡혀 하찮은 일에도 신경을 쓰며 괴로워하였다. 사소한 일도 그녀의 머리 속에선 병적으로 커지는 것이었다.

그러면서 그녀는 과거 속에서 살고 있었다. 그것도 그녀의 생애에서 어린 시절이라든가 코르시카 섬에서의 신혼여행 같은 먼 과거였다.

오래 전에 잊혀진 그 섬의 풍경이 벽난로의 타다 남은 불길 속에 갑자기 나타나면 그 곳에서 겪었던 일들이며, 거기서 만났던 사람들의 얼굴이 생각나는 것이었다. 안내인 장 라볼리의 얼굴이 끈질기게 따라다니고 때로는 그의 목소리가 들리는 듯했다.

그리고 폴의 어린 시절이 생각났다. 폴이 그녀와 리종 이모를 시켜 채소밭을 가꾸게 하던 시절이었다.

그러면 그녀의 입은 "폴레, 내 사랑스러운 폴레." 하고 마치 말을 걸 듯 속삭였다. 그러나 그녀의 그런 몽상도 이 폴레란 이름이 입밖에 나오면 끝이 나고, 다음은 그 이름을 몇 시간 동안씩 손가락으로 허공에 써 보는 일로 보냈다. 벽난로 앞에서 천천히 이름을 쓰는 그녀의 모습에는 마치 글자가 눈에 보이는 것 같았다. 그리고 잘못 썼다는 생각이 들면 떨리는 팔로 첫 글자부터 다시 쓰는 것이었다. 그리고 다 쓰고 나면 처음부터 다시 시작했다.

그러다가 마지막에는 아무것도 할 수 없고 모든 게 엉켜서 머리가 복잡해지는 것이었다.

그녀는 또 별난 버릇이 생겼다. 하찮은 물건도 위치가 바뀌면 몹시 짜증을 냈다. 로잘리는 여주인을 걷게 하려고 자주 밖으로 데리고 나갔다. 그러나 잔느는 잠시 후면 "난 더 못 걷겠어." 하며 개울가에 주저앉았다. 그녀는 몸을 움직이기가 더 싫어져서 늦게까지 잠자리에 누워 있었다.

어릴 적부터 있던 오직 하나의 습관만이 변함없이 계속되었다. 그것은 우유를 탄 커피를 마시려고 일어나는 습관이었다. 그녀는 밀크커피에 대단한 애착을 갖고 있었다. 그것이 없으면 다른 무엇보다 실망이 컸다.

그녀는 아침마다 로잘리가 들어오는 것을 본능적으로 기다렸다. 그리고 커피 잔이 탁자 위에 놓이면 재빨리 일어나서 굶주린 사람처럼 단숨에 들이마셨다. 그런 다음 이불을 제치고 옷을 입기 시작하는 것이었다. 커피 잔을 내려놓고 나서도 잠시 생각하는 버릇이 생겼다. 그리고 다시 자리에 누웠다. 날이 갈수록 이런 시간이 길어져서 마침내 로잘리도 화가 나 되돌아와서 억지로 옷을 입히곤 했다.

그뿐만 아니라 그녀에게는 이제 의지 같은 것은 없었다. 로잘리가 도와달라든가 의견을 묻거나 하면 그때마다 "좋을 대로 해." 하고 똑같은 말만 되풀이하는 것이었다.

자신을 끊임없이 따라다니는 불행이 너무 가까이 있다는 생각이 들어 그녀는 동양인처럼 운명론자가 되어 있었다. 꿈이 사라지고 희망이 무너져 버리는 것을 여러 번씩 보아 왔기 때문에 간단한 일을 결정하는데도 며칠씩 망설였다. 언제나 자신에게는 불운이 따르고, 하는 일은 잘 안 된다고 믿고 있었다.

그녀는 입버릇처럼 말했다.

"나는 운이 없어."

그러면 로잘리가 큰 소리로 외쳤다.

"만약에 먹고 살기 위해 일을 하지 않으면 안 될 형편이라면 어떻게 하시겠어요? 품 팔러 날마다 아침 6시에 일어나야 하는 사람들이 세상에 수두룩해요. 그리고 나이 들면 가엾게 죽어가는 거예요."

잔느가 대답했다.

"그러나 나는 외톨이야. 아들도 나를 버렸고…."

로잘리는 냉정하게 말했다.

"그래요! 그렇다면 아들이 군대에 갔다거나 미국으로 이민을 갔다면 어쩌실 거예요?"

307

미국이란 로잘리의 생각엔 한 밑천 잡으려고 벌이를 하러 가서 결코 돌아오지 못하는 나라였다.

로잘리는 말을 계속했다.

"언젠가는 헤어져야 할 때가 오는 거예요. 늙은이와 젊은이가 언제까지 함께 살 수는 없는 것이니까요."

그리고는 매몰차게 말을 맺었다.

"폴 도련님이 돌아가시면 어떻게 하시겠어요?"

잔느는 더 이상 대답하지 못했다.

봄이 찾아와 날씨가 풀리자, 잔느도 어느 정도 기운을 차렸다. 그러나 애써 회복한 기운을 더욱 더 서글픈 생각을 하는 데 썼다.

어느 날 아침에 무엇을 찾으려고 다락방으로 올라갔다가 우연히 낡은 달력이 들어 있는 상자를 열었다. 시골 사람들이 흔히 그러하듯이 소중하게 간직해 둔 것들이었다.

그녀는 자신의 지나간 세월을 다시 보는 것 같았다. 이 낡은 종이쪽지들을 앞에 두고 이상한 감정에 빠져서 그 자리에 가만히 서 있었다.

그녀는 그것들을 집어 들고 내려왔다. 크고 작은 여러 가지 모양의 달력이었다.

그녀는 달력을 탁자 위에 순서대로 가지런히 놓았다. 맨먼저 보이는 것이 그녀가 레 페플로 가지고 온 달력이었다.

그녀는 하염없이 달력을 보고 있었다. 수녀원을 나오던 그 이튿날 루앙을 출발하던 아침에 자신의 손으로 만들어 날짜를 적어 놓은 것도 그대로 있었다. 그러자 눈물이 나왔다. 천천히 흘러내리는 비참한 눈물이었다. 눈앞에 펼쳐진 불행한 자기 생애를 보는 늙은이의 가련한 눈물이었다.

어떤 생각이 그녀를 사로잡더니 그 생각은 끈질긴 집념으로 변했다. 그녀는 지금까지 자신이 겪은 일들을 다시 찾고 싶은 생각이 났다.

그녀는 벽과 벽걸이에 누렇게 바랜 종이를 한 장씩 핀으로 꽂아놓고 그 앞에서 '이 때는 무슨 일이 일어났었지?' 하며 몇 시간을 보냈다.

자신의 삶에서 기념될 만한 날에는 표시를 해놓았기 때문에 한 달을 모두 되새겨볼 수 있었다. 기억되는 중요한 일을 전후로 하여 일어난 작은 일들을 모아서 연결을 지어 하나씩 만들어 나갔다.

이렇게 기억의 실마리를 더듬어 정신을 집중시킨 결과로 레 페플에 도착한 뒤 2년 동안의 일들은 거의 완벽하게 만들어냈다. 그녀 생애의 먼 기억들이 놀랄 만큼 마음속에 각인되어 떠오르는 것이었다.

다음에 연결되는 세월은 엉키고 겹쳐서 안개 속에 있는 것 같았다. 한참을 우두커니 앉아 있었다. 먼 옛날로 생각을 달려가 봐도 그 세월의 기억들을 이 종이에서 찾아낼 수 있을지 의문이었다.

식당의 벽에는 수난을 당한 그리스도의 판화처럼 지나간 날의 그림이 죽 붙어 있었다. 그녀는 그 그림을 하나씩 둘러보았다. 그러다 갑자기 그 중 하나 앞에 의자를 당겨 앉아서 밤까지 그것을 지켜보며 생각에 잠기는 일도 흔히 있었다.

모든 생물이 태양의 온기로 눈을 뜨고, 농작물은 밭에서 싹이 트고, 나무들도 초록빛으로 변하고, 뜰 안 사과나무에 장밋빛 꽃이 만발해서 온 들판에 향기가 진동하니 괜한 설렘으로 마음이 들뜨는 계절이었다.

그녀는 한 곳에 가만히 있지 못했다. 하루에도 몇 번씩 집 안팎을 드나들었다. 그러다가 옛 추억에 견디지 못하고 멀리 배회하기도 했다. 풀숲에 외로이 핀 마거리트 나뭇잎 사이로 새어드는 햇빛과, 푸른 하늘이 비치는 웅덩이의 물을 보며 생각에 잠겨 들판을 거닐던 소녀 시절처럼 먼 옛날의 서정이 되살아나서 그녀의 마음을 뒤흔들어 놓는 것이었다.

그녀가 미래를 꿈꾸던 시절에도 이와 똑같은 설렘에 몸을 떨었고, 그 꿈이 사라진 지금도 그녀는 그대로 느낀 것이다. 마음속으로 아직도 느낄 수가 있었다.

한편으로 괴롭기도 했다. 다시 보이는 세상의 즐거움이 그녀의 늙어버린 몸과 영혼 속에 스며들긴 했어도 이미 약하고 가냘픈 매력밖에는 주지 못했던 것이다.

그녀의 주변에 무엇인가 변화가 생긴 것은 분명했다. 태양도 소녀 시절의 느끼던 것에 비해 열이 식은 것 같고, 하늘의 푸른빛도 풀빛도 엷어지고, 꽃도 빛이 바래고, 향기도 덜하여 지난날처럼 감동에 빠트리지 못했지만, 그래도 가끔은 살아 있다는 행복감에 가슴이 벅차서 다시 꿈에 잠기고 희망을 품고 무언가를 기대하기도 했다. 운명이 아무리 가혹한들 날씨가 좋은 날이면 인간인 이상 어찌 희망을 버리려고 하겠는가?

그녀는 영혼의 설렘에 채찍질이라도 하듯 몇 시간씩 앞

을 향해 걸었다. 때로는 길가에 주저앉아 여러 가지 서글픈 상념에 사로잡히기도 했다. 왜 자기는 다른 사람들처럼 사랑을 받지 못했는가, 어째서 단순한 삶이 행복이라는 걸 몰랐던가? 때로는 자신이 이미 할머니란 사실을 잊는 순간도 있었다. 자신에게는 이제 외로움 이외에 아무것도 없다는 것과 자신의 길은 거의 다 걸어왔다는 사실을 잊어버리는 때도 있었다. 열여섯 살 소녀처럼 부푼 계획을 세워 즐거운 미래의 조각들을 맞춰보기도 했다. 그러나 그럴 때면 냉혹한 현실이 그녀를 엄습했다.

그녀는 무거운 물건에 눌렸던 것처럼 겨우 일어났다. 그리고 집을 향해 걸으면서 중얼거렸다.

"미쳤지! 나는 미친 늙은이야!"

요즈음의 로잘리는 늘 이 말만 했다.

"마음을 진정하세요, 마님. 왜 그렇게 마음을 가라앉히지 못하고 돌아다니세요?"

그러면 잔느는 서글프게 대답했다.

"너무 그러지 마. 나도 죽기 전의 마사크르 같아."

어느 날 아침, 로잘리는 평소보다 일찍 그녀의 방에 들어와 탁자 위에 커피 잔을 놓으며 말했다.

"빨리 드세요. 드니가 문 밖에서 기다립니다. 레 페플에 가십시다. 제가 거기에 볼일이 있어요."

잔느는 감격해서 정신을 잃을 것 같았다. 그녀는 흥분에 떨며 옷을 입었다. 그리운 옛 집을 다시 볼 수 있다는 생각으로 허둥댔다.

찬란한 하늘이 대지 위에 펼쳐져 있었다. 말도 기분이 좋은 듯 잘 달렸다. 에투방 마을에 들어서자, 그녀는 가슴이 뛰어서 숨쉬기가 힘들었다. 울타리의 벽돌 기둥을 보자 그녀는 자기도 모르게 "오! 오, 오!" 하고 중얼거렸다. 충격적인 무엇이라도 본 것처럼.

쿠이야르의 집에 말을 풀어놓고 로잘리와 아들이 일을 보러 간 사이에, 한 소작인이 마침 주인이 없으니 저택을 한 바퀴 둘러보라며 잔느에게 열쇠를 내 주었다.

그녀는 혼자 바다가 보이는 저택 앞에 와서 걸음을 멈추고 저택을 바라보았다. 겉으로 봐서는 아무것도 변함이 없었다. 회색 건물의 퇴색한 벽 위를 햇살이 비추고 있었다. 덧문은 모두 잠겨 있었다.

마른 나뭇가지가 그녀의 옷에 떨어졌다. 눈을 들어 쳐다보니 플라타너스에서 떨어진 것이었다. 그녀는 연청색의 크고 굵은 나무에 다가가서 산짐승이라도 된 것처럼 손으로 어루만져 보았다.

그녀는 풀 속의 썩은 나무토막에 걸려 넘어질 뻔했다. 그것은 그녀가 늘 가족과 함께 앉던, 줄리앙이 처음 찾아오던 날 갖다 놓은 벤치의 조각이었다.

현관의 이중 문 앞까지 다가갔다. 녹이 슨 자물통이 잘 열리지 않아 문을 여는 데 애를 먹었다. 잔느는 곧장 자기 방으로 올라갔다. 방에는 밝은 벽지로 도배가 되어 있어 마치 다른 방 같았다. 창문을 열고 눈앞에 펼쳐진 그렇게도 사랑하던 방풍림과 느릅나무 숲과 넓은 들, 그리고 멀리 다갈색의 돛이 드문드문 보이는 바다를 보자 그녀는 몸이 떨려와 그 자리에 서버렸다.

그 다음에 집 안을 둘러보기 시작했다. 벽에는 옛날 그대로의 얼룩이 눈에 띄었다. 옷칠을 한 벽에 아버지가 뚫어 놓은 작은 구멍 앞에서 걸음을 멈추었다. 아버지는 이 앞을 지날 때면 젊은 시절이 생각난다고 벽에 대고 지팡이로 검술의 흉내를 내며 즐거워했다.

어머니 방 침대 옆의 어두운 구석에서 금으로 된 가느다란 핀이 꽂혀 있는 것을 발견했다. 그것은 옛날에 그녀가 꽂아 놓고(지금 생각이 났지만) 그 뒤 몇 해를 두고 찾았으나 끝내 찾지 못했던 것이었다. 잔느는 핀을 뽑아들고 귀중한 유물처럼 무의식적으로 입을 맞추었다.

그녀는 집 안을 돌아다니며 도배를 새로 하지 않은 방의 벽지에서 거의 알아볼 수 없는 얼룩을 찾아냈다. 그것은 헝겊이나 대리석에 그려진 무늬라든가 세월이 흘러서 더러워진 천장의 음영 같은 것이었는데, 상상해서 보면 이상해 보이던 물체의 형태도 옛날 그대로였다.

조용하고 넓은 집 안을 홀로 묘지라도 걷듯 발소리를 죽이고 걸었다. 그곳에는 그녀의 전 생애가 뒹굴고 있었다. 거실로 내려갔다. 덧문이 닫혀 어두웠기 때문에 살펴보는 데 한참 걸렸다. 차츰 어둠에 익숙해지자 새가 날고 있는 높은 벽걸이가 조금씩 눈에 들어왔다. 두 개의 의자가 금방 누가 앉았다가 나간 것처럼 여전히 벽난로 앞에 놓여 있었다. 방의 냄새, 사람이 각각 고유한 냄새를 갖고 있듯이 방이 늘 가지고 있는 냄새, 약하지만 그러나 분명하게 가려낼 수 있는 냄새, 오래된 방에서 은은하게 풍기는 향기가 잔느의 가슴에 스며들어 갖가지 추억을 불러 일으켰다. 그렇게 추억으로 달려가다가 두 개의 의자에 눈이 갔다. 그녀는 숨을 멈추고 그 자리에 서 있었다. 문득 그녀는 그녀가 자주 보아오던 모습 그대로 아버지와 어머니가 벽난로에 발을 쬐고 있는 것을 본 것 같았다. 아니 본 것이다. 소스라치게 놀라서 그녀는 뒷걸음질을 치다가 등이 문 모서리에 부딪혔다. 넘어지지 않으려고 몸을 기댄 채 눈은 여전히 그 의자를 보고 있었다. 환영은 사라졌다.

잠시 혼이 나간 듯 서 있다가 정신이 돌아오자 미칠 것 같아 달아나려고 했다. 문득 시선이 자신이 기대고 있는 널빤지로 갔다. 거기에 폴레의 키를 재는 눈금이 있었다.

희미한 표시가 고르지 않은 간격으로 점점 높아지고 있었다. 칼로 새긴 숫자가 아들의 성장 과정을 표시하고 있었다. 남작의 글씨가 있는가 하면, 그녀의 작은 글씨도 있고, 흘려 쓴 리종 이모의 글씨도 있었다. 그녀는 어린 아들이 이 자리에, 자기 앞에 있는 것 같았다. 금발 머리를 한 조그만 이마를 벽에 붙이고 서서 키를 재고 있는 모습이 보이는 것 같았다.

남작의 목소리가 들렸다.

"잔느야, 여섯 주일 동안에 1센티미터나 자랐구나."

그녀는 미칠 것 같은 사랑으로 널빤지에 입을 맞추기 시작했다.

그때 밖에서 그녀를 부르는 소리가 들렸다. 로잘리의 목소리였다.

"잔느 마님, 점심시간입니다. 모두 기다리고 있어요."

그녀는 황급히 밖으로 나갔다. 누가 무슨 말을 하는지 도무지 알 수가 없었다. 주는 대로 먹으면서 사람들이 하는 이야기를 건성으로 듣고 있었다. 아마 소작인의 아내일 것이다. 누군가 자신의 건강을 물어서 그 사람과 이야기를 하고 입맞춤도 받고 자신도 그녀의 이마에 입을 맞추고는 다시 마차에 올랐다.

저택의 높은 지붕이 나무 사이로 보이지 않자, 그녀는 가슴이 찢어지는 듯한 슬픔을 느꼈다. 이제 영원한 이별을 고했구나 하는 생각이 현실로 느껴졌다.

일행은 바트빌르로 돌아왔다.

집으로 들어가려는 순간, 그녀는 문 안에 떨어져 있는 하얀 물건을 발견했다. 집을 비운 사이에 우체부가 놓고 간 편지였다. 첫눈에 폴에게서 온 편지란 걸 알고 떨리는 손으로 편지를 뜯었다. 사연은 대략 다음 같았다.

그리운 어머니. 좀더 일찍 편지하지 않은 것은 어머니께서 파리까지 쓸데없는 여행을 하지 않도록 하기 위해서였습니다. 실은 곧 어머님을 만나야 합니다. 저는 지금 심히 곤경에 빠져 있습니다. 제 처가 사흘 전에 딸아이를 낳고 죽어가고 있습니다. 수중에는 돈 한 푼 없고, 아이는 관리인 아주머니가 우유를 먹이고 있습니다. 어떻게 해야할지 모르겠어요. 죽지 않을까 걱정입니다. 어머니께서 데려가시지 않겠어요? 정말로 막연합니다. 남의 집에 맡기려 해도 돈이 없습니다. 곧 답장 주십시오.

— 어머님을 사랑하는 아들 폴 드림

잔느는 의자에 주저앉아 버렸다. 겨우 로질리를 불렀다,

그녀가 달려오자 함께 편지를 다시 읽었다. 읽고 난 뒤 서로 얼굴만 쳐다보며 오랫동안 말없이 앉아 있었다.

간신히 로잘리가 입을 열었다.

"제가 아기를 데려오겠어요, 마님. 이대로 버려 둘 수는 없어요."

잔느가 대답했다.

"그래. 네가 가져."

그런 다음 두 사람은 또다시 입을 다물었는데 로잘리가 말을 이었다.

"마님, 모자를 쓰세요. 저하고 고데르빌르의 공증인한테 가시지요. 그 여자가 죽으면 도련님은 결혼식을 해야 할 겁니다. 아기의 장래를 생각해서요."

잔느는 한 마디 대답 없이 모자를 썼다. 형언할 수 없는 희열이 그녀의 가슴에 넘쳐났다. 그것은 떳떳치 않은 기쁨이었다. 부끄럽긴 해도 마음속으로 남몰래 느끼는 그런 기쁨이었다. 아들의 여자가 죽어가고 있는 것이다.

공증인이 로잘리에게 자세하게 설명했다. 그녀는 몇 번이고 그것을 되풀이해서 들었다. 그런 다음 실수는 없을 거라고 자신을 얻은 그녀가 말했다.

"염려하실 것 없어요. 제가 책임지겠어요."

그날 밤 로잘리는 파리로 떠났다.

잔느는 이틀 동안을 마음이 산란해서 아무것도 생각할 수 없었다. 사흘째 되는 날 아침에 저녁 기차로 돌아온다는 로잘리의 짤막한 편지를 받았다. 다른 것은 아무것도 쓰여 있지 않았다.

3시쯤에 이웃집의 마차를 빌려 타고 고데르빌르 정거장으로 나갔다.

그녀는 플랫폼에 서서, 차츰 간격이 좁아지면서 멀리 지평선까지 뻗어 있는 철길에 시선을 던지고 있었다. 역에 걸린 시계를 쳐다보았다. 10분 전, 5분 전, 2분 전 도착 시간이 되었다. 그러나 멀리 철길 위에는 아무것도 보이지 않았다. 그러더니 하얀 것이 불쑥 나타났다. 연기였다. 그리고 그 연기 아래 검은 점이 하나 보이더니 점점 커지면서 빠르게 달려왔다. 마침내 커다란 기관차가 속도를 줄이고 증기를 뿜으며 객차의 문을 뚫어지게 지켜보고 서있는 잔느 앞을 지나갔다. 문이 열리고 몇 사람의 승객이 내려섰다. 작업복 차림의 농부, 바구니를 든 농가의 아낙네들, 산고모를 쓴 서민들이었다. 로잘리를 발견했다. 로잘리는 린넬천으로 싼 보따리 같은 것을 안고 있었다. 그녀는 로잘리한테 달려가고 싶었지만 다리에 힘이 빠져 쓰러질 것 같았다. 로잘리가 잔느를 보더니 평소와 다름없이 차분한 태도로 다가와서 말했다.

"안녕하셨어요, 마님. 돌아왔습니다. 그렇게 쉽지만은 않았어요."

잔느가 더듬거리며 말했다.

"그런데?"

"여자는 죽었어요. 결혼식은 끝냈습니다. 자, 아기 여기 있어요."

그렇게 밀하며 로잘리는 포대기에 싸여 보이지 않는 아기를 내밀었다.

잔느는 아무 생각 없이 아이를 받아 안았다. 그들은 정거장을 나와 마차를 탔다.

로잘리가 다시 말했다.

"폴 도련님은 장례가 끝나는 대로 오실 겁니다. 아마 내일 이 차로 오실 거예요."

잔느는 "폴." 하고 중얼거리고는 더 말하지 않았다.

태양이 지평선으로 기울며 황금빛 장다리꽃과 핏빛처럼 붉은 양귀비꽃이 여기저기 피어 있는 초록 들판을 밝은 빛으로 감싸주고 있었다. 생명의 싹이 피어오르고 있는 평화로운 대지 위에 끝없는 정적이 감돌고 있었다. 마부가 혀를 차면서 말을 빠르게 몰았기 때문에 마차는 빠른 속도로 달려갔다.

잔느는 눈앞의 허공만 바라보고 있었다. 제비들이 불화살처럼 곡선을 그리며 하늘을 날고 있었다. 갑자기 따뜻한 생명의 온기가 그녀의 다리에 전해지더니 몸속으로 스며들어 왔다. 그것은 그녀의 무릎에서 잠자고 있는 작은 생명이 전해주는 체온이었다.

그러자 한없는 감동이 잔느의 몸을 감쌌다. 그녀는 아직 보지도 못한 갓난아이의 얼굴을 덮은 천을 젖혔다. 아들의 딸아이인 것이다. 그 서슬에 연약한 생명이 갑자기 강한 햇빛을 받아 입을 오물거리며 파란 눈을 떴다. 잔느는 두 팔로 아기를 안아 올려 입맞춤을 퍼붓다가 넋 나간 사람처럼 꼭 껴안았다. 로잘리는 기쁘면서도 한편으론 핀잔을 주며 잔느에게 말했다.

"마님 그만하세요. 아기가 울겠어요."

그리고 자신의 생각이었겠지만 이렇게 덧붙였다.

"인생이란 생각보다 그렇게 행복하지도, 또 그렇게 불행하지도 않은 것인가 봐요."